D1731275

Michael Jahn

Das Syndikat lässt bitten

Scherz

Bern – München – Wien

Einzig berechtigte Übertragung aus dem Amerikanischen
von Hardo Wichmann
Titel des Originals: »Death Games«
Schutzumschlag von Heinz Looser
Foto: Thomas Cugini

1. Auflage 1991, ISBN 3-502-51294-9
Copyright © 1987 by Michael Jahn
Gesamtdeutsche Rechte beim Scherz Verlag Bern und München
Gesamtherstellung: Ebner Ulm

Am Heldengedenktagswochenende und auf dem Höhepunkt eines herrlichen Abends glitzerte es auf der Straße vorm Plaza Hotel nur so vor Kristallen und Stahl.

Diamanten reflektierten das Gold der Löwen- und Frauenköpfe, die die schwarz emaillierten Laternen am Hotelportal zierten. Kostbare Abendkleider und Smokings waren mit höchster Sorgfalt um Körper drapiert, die aus Limousinen oder Taxen glitten. Tausende von Dollars warteten nur darauf, in den Zwei- und Drei-Sterne-Restaurants des mittleren Manhattan für französische Leckereien mit Kognak in Schwenkern ausgegeben zu werden.

Central Park South, die Via Vendetta des amerikanischen Traums, in der man sich an der Welt für Zweifel an seiner Fähigkeit zum Geldverdienen rächte, entmutigte Frankie Rigili. Der vor ihm ausgebreitete Reichtum, größtenteils ehrlich oder zumindest nicht mit Waffengewalt verdient, war ihm fremd. Frankie war es gewohnt, sich in Bensonhurst, Brooklyn, zu produzieren, wo er sich schon groß und stark vorkommen konnte, indem er schlicht sein Auto mit laufendem Motor in zweiter Reihe parkte und in einen Laden ging in der Gewißheit, daß niemand es wagen würde, es zu stehlen.

In Bensonhurst war er ein gefürchteter Mann. Vor dem Plaza Hotel war er fehl am Platz und sich dieser Tatsache auch bewußt; in seinem pastellfarbenen Anzug und mit der geliehenen Limousine war er eine Zielscheibe für heimlichen Spott. Er wollte überall sein, aber bloß nicht in Central Park South, wo die Rasiermesser genauso scharf waren wie in seinem alten Viertel, aber besser versteckt.

Wenn sie sich doch bloß beeilen würde. Und nicht so unwiderstehlich wäre.

Erst am Vorabend hatte er im l'Attesa an der Bar gesessen, einem vielbesuchten italienischen Restaurant, das jenem Zweig der Mafia-Familie Mancuso als Stammkneipe diente, der den Großteil der Upper West Side kontrollierte. Er hatte sein Lächeln im Spiegel hinter der Bar geübt und darauf gewartet, daß eine scharfe Stewardeß in seinem Leben landete. Doch dann marschierte *sie* herein – direkt aus einer Anzeige

in *Town & Country* – und setzte sich neben ihn. Andrea Jones
war nicht nur eine Schönheit, sondern ein echtes Blaublut
aus Virginia, das Rennpferde besaß und züchtete und oft
Vollblüter an wichtigen Rennen in Aqueduct und Belmont
teilnehmen ließ. Rigili entsann sich, ihren Namen im Sport-
teil der *Daily News* gesehen zu haben. Möglicherweise hatte
er sogar auf eines ihrer Pferde gesetzt.

Doch daß sie sich neben ihn an die Bar setzte und ihn um
Feuer bat – so ein Vorfall war unvorstellbar. In seinem Leben
kam so etwas einfach nicht vor. Er zündete ihr die Zigarette
an, ließ sein Lächeln strahlen und lud sie nach einer kurzen
Unterhaltung zum Abendessen ein.

Als sie ja sagte und ihn bat, sie am nächsten Abend abzuholen, dachte Rigili: Wenn die Jungs in Bensonhurst mich jetzt
bloß sehen könnten.

In der Gangsterhierarchie stand Rigili recht weit unten. Im
Grunde war er nicht mehr als ein Armbrecher für Vincent
Ciccia, den *caporegime*, den die Mancusos mit der Aufsicht
über die Geschäfte in der Upper West Side beauftragt hatten.
Doch was Rigili an Macht fehlte, machte er durch Mackertum
wett. Wenn er in den Spiegel guckte, sah er einen Juwelierla-
den; mit so vielen Goldketten, Ringen und Uhren war sein
Körper garniert.

Andrea Jones machte ihn mit Leichtigkeit aus, als er ketten-
rauchend auf dem Gehsteig auf und ab ging und häufig auf
seine goldene Rolex schaute. Sie kam die Freitreppe des Plaza
herunter und warf den Kopf zur Seite, damit die sanfte Mai-
brise so rechtzeitig in ihr Haar fuhr, daß er es sah.

Rigili erblickte sie, und ihm entgingen auch die neidischen
Männerblicke rundum nicht. Er begrüßte sie mit einer de-
monstrativen Geste: offene Arme und ein Lächeln, das allen
zu verstehen gab, daß sie ihm gehörte.

Sie schritt in diese Geste hinein und küßte ihn auf die Wange.
»Hi.«

»Sie sehen toll aus!« erwiderte er und umschlang sie.

Jones lächelte – weder gekünstelt noch natürlich; das Lächeln
eines wohlerzogenen Mädchens vom Lande.

»Sie sehen auch gut aus«, sagte sie leise und musterte kurz
seinen kaffeebraunen Anzug; »Sie erinnern mich an diesen
Schauspieler aus ›Miami Vice‹ – den Unrasierten.«

»Wirklich?« fragte er strahlend.

»Ja, aber Sie sind noch größer.«

»Ein solches Kompliment verlangt nach einem ganz speziellen Abend«, meinte Rigili. Er fuhr sich unwillkürlich übers Haar, etwas, das er sich bei jahrelanger Spiegelstarrerei angewöhnt hatte.

Er ließ sie in den Fond der Limousine steigen und setzte sich dann neben sie. Der Wagen glitt hinaus in den Verkehr, und sein Platz wurde rasch von einem anderen Straßenkreuzer eingenommen.

Rigili sagte: »Ich habe den besten Tisch des Hauses für uns bestellt, und der Küchenchef macht uns etwas ganz Besonderes.«

»Wo?«

»Im l'Attesa, wo wir uns kennengelernt haben.«

Sie ergriff seinen Arm. »Gehen wir heute abend anderswo hin.«

»Was stört Sie am l'Attesa?«

»Das kenne ich schon. Nun möchte ich in das Restaurant unter der Brooklyn Bridge. Von dem habe ich schon viel gelesen.«

Rigili, von seiner wohleinstudierten Bahn geworfen, versuchte verzweifelt, sich den Namen einfallen zu lassen. »Meinen Sie das Restaurant auf dem Schiff?«

»Eigentlich ist es eine Barkasse. ›The Bridge Café‹ heißt es. Die Magazine haben ein großes Getue gemacht. Sie waren bestimmt schon einmal dort.«

»Ach, *dieses* Lokal da. Nein, dazu bin ich noch nicht gekommen.«

Das Lokal lag in einem Teil von Brooklyn, der gerade massiv gentrifiziert wurde: Reiche New Yorker expandierten weiter in die äußeren Bezirke der Innenstadt. In der Umgebung des Bridge Cafés fühlte Rigili sich unbehaglich. Auch dort machte ehrlich verdientes Geld ihn nervös. Aber wenigstens lag das Bridge Café in Brooklyn.

»Wenn Sie aber etwas an dem Restaurant stört . . .«

»Ach wo«, meinte er rasch. »Wenn Sie dort hinwollen, sind wir schon unterwegs.«

Sie lächelte. »Ich habe schon angerufen und einen Tisch bestellt«, sagte sie.

Rigili wies den Chauffeur an, sie über den East River Drive und die Brooklyn Bridge zum Café zu bringen.

»Das macht irgendwie Spaß«, meinte er. »Ich war noch nie mit einer Frau aus, die genau wußte, wo sie hinwollte, und sogar einen Tisch bestellte, ohne mich zu fragen.«

Sie drückte seinen Arm. »Schwang da verletzter männlicher Stolz mit?«

»Wie bitte? Ach wo, hat mich nur durcheinandergebracht.«

Gegen diese nicht sehr überzeugende Erklärung erhob Andrea Jones keinen Widerspruch und ließ die Hand an Rigilis Arm, als der Wagen den East River Drive entlangrollte und das Gebäude der Vereinten Nationen passierte. Das Radio spuckte Aufzugmusik aus, die, wie Rigili einmal gelesen hatte, sexuell stimulierend wirken sollte.

Zur Linken spiegelten sich die Lichter von Brooklyn wie Perlen im Fluß. Rechts schimmerte Manhattan; eine unwirkliche Lichtskulptur, von der Strahlen gen Himmel jagten, ohne ihn je zu erreichen.

Als sich der Wagen der Abfahrt zur Brooklyn Bridge näherte, spielte Rigili mit ihrem kastanienbraunen Haar. Er wurde kühner und ließ seine Finger über das lose geschlungene Halstuch mit dem Monogramm und unter ihre Jacke gleiten.

»Frank«, flüsterte sie, als seine Finger sich ihrer Brust näherten, in einem sanften Ton, der »Nein« oder »Jetzt noch nicht« bedeutete. Er zog die Hand zurück.

»Verzeihung.«

Sie tätschelte seine Hand und ergriff sie dann, legte den Kopf an seine Schulter und schaute zum Fenster hinaus. Die Limousine rollte über die Brücke, die unter dem Gewicht von Autos, Lastwagen und Fußgängern vibrierte. Aus dem Radio kam Filmmusik; sie sang leise mit.

Die Limousine nahm die erste Abfahrt und bog rechts in die Old Fulton Street ein, die als Sackgasse am Fulton Ferry Landing endete, wo vor dem Bau der Brücke die Fähre zwischen Manhattan und Brooklyn verkehrt hatte. Gleich südlich der Brücke war das Café vertäut. Auf einem mit weißen Ketten abgetrennten Parkplatz standen andere Mietlimousinen und teure Privatwagen.

Der Fahrer ließ sie am Eingang aussteigen und parkte dann den Wagen. Andrea hielt Rigilis Arm fest gepackt, als sie das

Café betraten. Wie in Central Park South stank es hier nach Geld – Designergeld; Geld, mit dem man Kleider kaufte, die für Modelle, nicht für Normalsterbliche bestimmt waren. Man sah nur wenige Smokings und keine Pelzmäntel. Rigili fühlte sich nun etwas behaglicher und entspannte sich. Jones sah, wie er dem Oberkellner einen Hunderter zusteckte und dafür einen Tisch auf der Terrasse bekam – direkt an der Reling.

Sie wurden zu ihren Plätzen geleitet, vor denen sich der Fluß und die Skyline von Manhattan ausbreiteten. Eine dreißig Meter lange Yawl glitt so flink stromabwärts, daß sie aus dem Ruder zu laufen drohte, doch dem Steuermann gelang die Wendung nach Steuerbord, und die Jacht fuhr mit Dieselkraft den Hudson hinauf.

Die Speisekarte sah verlockend aus. Rigili verbreitete sich über die Attribute der verschiedenen italienischen Gerichte darauf. Jones hörte höflich zu, schien sich an diesem Abend kaum für Essen zu interessieren. Statt dessen wandte sie ihre Aufmerksamkeit der unmittelbaren Umgebung zu: dem Parkplatz, dem weiten Fulton Ferry Landing und den gepflegten immergrünen Pflanzen auf der Terrasse.

Mehrere Dreimaster, majestätische Segelschiffe, die an der Hundertjahrfeier der Freiheitsstatue teilnehmen sollten, lagen in der Nähe vertäut. Zwischen den Schiffen und dem Land verkehrten Tender mit Proviant und Männern an Bord.

Der Kellner brachte die Weinkarte, über der Rigili eine Zeitlang brütete, versuchte, sich unter den französischen Namen zurechtzufinden, und sich fragte, ob er es sich wohl leisten könne, schlicht eine Karaffe *vino rosso* zu bestellen. Jones bemerkte sein Dilemma und bestellte nach einem kurzen Blick auf die Karte einen respektablen Bordeaux.

»Danke«, meinte Rigili. »Ich trinke nämlich nur selten Wein.« Sie erhob sich und trat an die Reling. »Hier gibt es bald etwas zu sehen«, sagte sie und wies auf die Segelschiffe.

»Ja, sind Sie denn noch da? Die Feier ist in vier Wochen, und dann sollen vierzig- oder fünfzigtausend Boote in den Hafen kommen. Ich kann uns Plätze auf einem Ausflugsboot beschaffen.«

Er stellte sich neben sie, lehnte sich mit dem Rücken an die Wand.

Andrea Jones sagte: »Gute Idee, hierherzukommen. Ich finde es am Wasser herrlich.«

»Dabei kommen Sie aus dem Landesinneren.«

»Das Shenandoah-Tal heißt nach einem wunderschönen Fluß. Außerdem ist es nicht weit vom Meer. Ich bin früher oft an die Küste gefahren.«

Die Terrasse füllte sich rasch. Stuhlbeine scharrten, Geschirr klirrte. Zwei Frauen setzten sich an einen Tisch. Rigili musterte eine, weil er überzeugt war, daß es sich um eine Berühmtheit handelte.

»Dieser Abend ist herrlich«, sagte Jones, »ich möchte ihn nie vergessen.«

Sie ging an ihren Platz, kehrte ihm den Rücken zu und öffnete ihre Handtasche.

»Was haben Sie vor? Wollen Sie ein Bild von mir machen?«

»Nein, ich plane Dauerhafteres«, versetzte sie.

Was nun geschah, ereignete sich so schnell, daß nur ein Mann es in sich aufnahm, und nur der Allmächtige weiß, ob Frankie Rigili noch lange genug lebte, um es auch zu begreifen.

Sie drehte sich um und richtete einen schweren Revolver auf Frankie Rigilis Brust. Der Revolver war uralt und sah aus, als hätte ein Trapper ihn getragen. Sie gab zwei Schüsse ab, die Rigilis Taille trafen und ihn fast entzweirissen, ehe sie ihn über die Reling in die strudelnde Strömung des East River schleuderten.

Menschen schrien und warfen sich in Deckung. Tische wurden umgeworfen, und in der allgemeinen Kopflosigkeit ging Andrea Jones rasch zu den gepflegten Pflanzen am Rand der Terrasse, drängte sich durchs Laub und trat hinaus auf den Fulton Ferry Landing.

Die Panik hatte sich bis dorthin verbreitet. Ein Mann hielt Jones an. »Was ist passiert?« fragte er.

»Jemand ist erschossen worden«, erwiderte sie. »Der Täter ist zur Straße gerannt.«

Sie wies auf die Old Fulton Street, in der sich einige Passanten befanden, aber niemand, der einem Attentäter ähnelte. Der Mann lief trotzdem los.

Andrea Jones wandte sich in eine andere Richtung, lief rasch die Hicks Street hoch bis zur Kreuzung Cranberry Street.

Vor dem Antiquariat stand mit laufendem Motor ein grauer BMW. Eine Fondtür öffnete sich, sie stieg ein, und der Wagen fuhr los.

George, der Barmann, musterte Lieutenant Bill Donovan, der gerade eine halbe Stunde vor Georges Schichtende vom Dienst kam, finster. Es stand zu erwarten, daß der Mann in der letzten halben Stunde seiner Arbeitszeit bester Laune war.

»Was soll's sein? Ein Blatz oder was?« fragte er. »Kostet nur einsfünfzig.«

»Kommt nicht in Frage. Klingt ja, als hätte sich wer auf eine matschige Tomate gesetzt.«

George seufzte. »Ein Schmidt dann?«

Donovan war argwöhnisch. Die Getränkepreise waren in letzter Zeit bei Rigley's rascher hochgegangen als eine MX-Rakete. »Was kostet das?«

»Einsfünfundsiebzig.«

»Das kann doch nicht wahr sein! Arbeitest du jetzt für die Anonymen Alkoholiker? Mit diesen Preisen treibst du jeden zur Abstinenz.«

George reagierte digital, hob den Mittelfinger. Donovan blieb ungerührt.

»Vor fünf Jahren bekam man in dieser Kneipe ein Schmidt für fünfundsechzig Cent. Vor vier Jahren kostete es fünfundsiebzig. Vor drei Jahren fünfundneunzig. Und als es dann über einen Dollar stieg, hab ich die Übersicht verloren.«

»Donovan . . .«

»Was verlangst du jetzt für einen Jack Daniels?«

»Whiskey hast du doch noch nie getrunken.«

»Nenn den Preis, dann sage ich dir auch den Grund für die Frage.«

»Zweifünfzig«, erwiderte George zögernd.

»Wer für sieben Achtel einer Unze Jack Daniels zwei Dollar und fünfzig Cent verlangt, fängt in jedem Staat der Union fünf Jahre Kittchen.«

Donovan hielt einen Taschenrechner hoch und tippte rasch ein paar Zahlen ein. »Das wären siebzig Dollar pro Quart. Sie sind verhaftet. Sie haben das Recht, die Aussage zu verweigern . . .«

»Donovan«, unterbrach George, »hast du mal erwogen, Priester zu werden?«

»Ja, aber nur wegen des Meßweins. Ein Blatz bitte.«

Sofort wurde Donovan eine Flasche präsentiert, ungeöffnet und ohne Glas. »Ersauf drin«, sagte George.

Donovan und George waren seit einem guten Dutzend Jahren dicke Freunde, obwohl man das manchmal nicht merkte. Donovan war Chef des West Side Major Crime Unit, einer auf die Bekämpfung des organisierten Verbrechens spezialisierten Einheit, deren Mitglieder bei Riley's Stammkunden waren. Die Bar befand sich direkt unter den Räumlichkeiten der Einheit oder dem »Haus«, wie es in Polizeikreisen hieß, und die beiden Institutionen waren so eng miteinander verbunden, daß gelegentlich erwogen wurde, eine Rutschstange wie bei der Feuerwehr zwischen den Dienstzimmern im erste Stock und Riley's im Parterre einzubauen. Etwas Konkretes wurde aber nie daraus. Donovan war sich mit seinem Vorgesetzten darüber einig, daß so etwas in der Presse schlecht aussähe.

Riley's war eine kleine Bar auf der Westseite des Broadway zwischen 87th und 88th Street. Den ersten Stock des zweigeschossigen Gebäudes teilte sich die Einheit mit einem Fitneßcenter, das zunehmend wohlhabendere Kunden anzog. Im Erdgeschoß gab es ein Sportgeschäft, ein chinesisches Restaurant, ein Süßwarengeschäft, das in Wirklichkeit eine illegale Lotterieannahme war, Riley's und einen Army-Shop. Der Hauseingang, durch den man die Treppe erreichte, befand sich zwischen dem Chinarestaurant und Riley's.

Kaum hatte der erste Schluck Bier Donovans Speiseröhre passiert, da kam Sergeant Jefferson herein und sah in einem seiner vielen schnieken Anzüge von Brooks Brother aus wie ein Börsenmakler.

»Pest«, sagte George, als er Donovans schwarzen Stellvertreter und besten Freund erblickte.

»Was hat der denn?« fragte Jefferson Donovan.

»Er hat zehn Dollar auf die Yanks gesetzt und verloren und nimmt das jetzt als Vorwand, um die Gäste zu beleidigen.«

»Als ob der je einen Vorwand gebraucht hätte.«

George war indigniert. »Ah, ich rede doch mit einer Billigausgabe von Eddie Murphy, oder? Mach, daß du verschwindest, und den Penner da kannst du auch gleich mitnehmen.«

Anders als Jefferson war Donovan kaum für die Eleganz seiner Garderobe bekannt. Er selbst pflegte seinen Stil als »lässig« zu bezeichnen. Seinem Chef fielen drastischere Ausdrücke ein, aber er fand es unklug, mit dem erfolgreichsten Cop von New York City Streit anzufangen, nur weil er manchmal vergaß, sich Socken anzuziehen.

»Willst du was trinken, oder holst du hier nur den Müll ab?« fragte George Jefferson.

»Ich komm wegn 'm Müll, Mann.«

»Klar, dafür seid ihr Nigger gut. Ich seh euch Affen immer hinten an den Müllautos hängen.«

Der schwarze Sergeant, der gerade gehört hatte, wie George die ganze Rassenvielfalt der Upper West Side beleidigte, lachte nur und wandte sich an Donovan. »Was ist das für ein Gesöff da?«

George entfernte sich lächelnd, um einen anderen Gast zu bedienen.

»Blatz ist ein erstklassiges Bier. Ich kann es nur empfehlen.«

»Soll mir recht sein, solange du es austrinkst. In der Tiefgarage ist nämlich alles bereit. Und da du den Ciccia so liebst, willst du dir das bestimmt nicht entgehen lassen.«

»Dann mal los«, meinte Donovan, trank sein Bier aus, setzte sich in Bewegung und stieß auf dem Weg zur Tür auf Irving Nakima, einen weiteren Stammgast der Kneipe, der sich den Job eines Einnehmers für die illegale Lotterie gegeben hatte. George nannte ihn »Irving«, weil er seinen japanischen Vornamen nicht aussprechen konnte.

»Letzte Chance für die Nummer«, sagte Nakima.

Donovan drückte ihm einen Dollar in die Hand. »Tres«, sagte er.

»Bis später, Bill«, sagte Nakima, aber Donovan rannte bereits zu seinem Wagen.

2

Donovan bewunderte den mit Kupfer ummantelten Bleiobelisken. Der 44er Magnum hatte eine ganz eigentümlich melancholische Majestät: Irgend etwas ging von dem kühlen

Grün des Mantels und dem weichen Grau des Geschosses aus. Als junger Beamter in Uniform hatte Donovan ein Einmachglas mit leeren Patronenhülsen gefüllt und auf einem Tisch stehen gehabt, wo das Licht der untergehenden Sonne auf dem Grün funkelte.

Wenige Tage nachdem er den ersten Menschen erschossen hatte, warf er die Hülsen weg, aber die Faszination wollte nicht weichen. Melancholische Majestät, dachte Donovan: kühles Grün, das grauen Tod ausspuckte. Er betrachtete sich am Dreiecksfenster des Überwachungsfahrzeugs das Grau und Grün, ehe er die Patrone zurück in die Kammer gleiten ließ. Die Trommel rastete mit einem Klicken ein.

Jefferson drehte sich bei dem Geräusch um. »Haste jetzt endlich fertig gespielt?« flüsterte er.

Zur Antwort schob sich Donovan den Smith & Wesson-Revolver ins Schulterhalfter.

»Besorgst dir eine schwere Waffe und glotzt sie den ganzen Tag lang an«, meinte Jefferson.

»Halt die Klappe, und hol mir ein Sandwich und ein Coke. Und zwar den alten, nicht den abartigen neuen Geschmack.«

»Es stört dich doch hoffentlich nicht, wenn ich hier arbeite, während du mit deinem 44er Magnum rumfummelst. Würd mich nicht wundern, wenn du bald Clint Eastwood mimen würdest.«

Donovan brachte eine miserable Clint-Eastwood-Parodie. Jefferson gluckste und drehte wieder an seinen Audio- und Videorecordern.

Sie parkten in einer Tiefgarage in der West 106th Street, die vor einigen Jahren in Duke Ellington Boulevard umbenannt worden war. Donovan mochte Duke Ellingtons Musik, aber nicht seinen Boulevard, der über alle Reizlosigkeit der Hauptverkehrsadern der West Side verfügte. Die einförmigen Mietskasernen standen da wie stumpfgraue Grabsteine, es gab nur wenige Läden und Fußgänger, und nur die vielen Schlaglöcher hinderten die Taxifahrer daran, die Straße in die Gerade von Le Mans zu verwandeln.

Die Garage war auch nicht viel besser. Sie stank nach Schimmel, Öl und Urin. Außerdem war sie nun, am Wochenende des Heldengedenktages, fast leer. Und diese Tatsache wollten drei verschiedene Gruppen nutzen. Eine lockere Mafia-

Familie sandte ein paar Krieger, um Waffen zu verkaufen. Eine puertorikanische Straßenbande aus der Bronx sandte ein paar Mitglieder, um die Waffen zu kaufen. Und die Polizei wartete darauf, die ganze Gesellschaft zu verhaften.

»Wie stehen die Chancen, daß Ciccia persönlich auftaucht?« fragte Donovan.

»Eher werden die Yanks Meister.«

»Den Kerl will ich unbedingt erwischen.«

»Immer mit der Ruhe, Bill, den kriegen wir schon.«

Donovan grummelte. Seit Ciccia vor zwei Jahren zum *capo* der Mancuso-Familie gemacht worden war, hatte er ganz oben auf Donovans Liste gestanden. Daß er das illegale Glücksspiel in der West Side kontrollierte, störte Donovan, der selber gelegentlich mal einen Dollar setzte, nicht so sehr. Vielmehr hatte er es auf Ciccia abgesehen, weil der Maschinenpistolen vom Typ MAC-10 an Teenager verkaufte und, wie sich der Lieutenant ausdrückte, ein »Erzgauner« war.

Ciccia drehte Donovan eine Nase, indem er sich regelmäßig bei Riley's sehen ließ und versuchte, Donovan einen Drink zu spendieren. Ciccia ließ sich auch gerne als »das Tier« bezeichnen, obwohl an ihm der einzige Hinweis auf Härte eine Wampe von der Größe einer kleinen karibischen Nation war. Donovan war oft versucht, persönlich herauszufinden, ob Ciccia nicht in Wirklichkeit nur ein Plüschtier war, doch seine Einsicht und sein Chef hielten ihn davon ab.

Donovan schaute auf die Uhr. »Das Geschäft hätte schon vor einer halben Stunde laufen sollen«, sagte er.

»Vor zwanzig Minuten«, korrigierte Jefferson. »Vielleicht sind sie im Verkehr steckengeblieben.«

Das Funkgerät, das eine Zeitlang geschwiegen hatte, krachte. Der Kollege, der von einem Fenster im zweiten Stock aus die Straße observierte, hatte einen schwarzen Oldsmobile aus Ciccias Flotte ausgemacht, der von der Columbus Avenue her nach Westen fuhr.

»Wir haben ein Ziel«, verkündete Jefferson fröhlich.

»Wer sitzt drin?« fragte Donovan.

Jefferson wiederholte die Frage ins Mikrophon.

»Zwei weiße Männer«, kam die Antwort.

»Ähnelte einer davon einer kleinen karibischen Nation?« fragte Donovan.

»Ist einer dick?« fragte Jefferson den Ausguck.

»Negativ.«

»Mist«, stieß Donovan hervor.

»Immer mit der Ruhe. Früher oder später kriegen wir Ciccia.«
Jefferson drückte auf ein paar Knöpfe an seinen Geräten.
Links unten auf dem Monitor, der im Weitwinkel das Innere
der Garage zeigte, erschienen Datum und Uhrzeit.

Das Funkgerät meldete sich wieder. »Fahrzeug biegt in die
Garage ein.«

»Affirmativ, okay«, erwiderte Jefferson. Dann wandte er sich
wieder seinem elektronischen Gerät zu, drückte auf einen
weiteren Knopf und verkündete: »Videoband läuft ... Ton-
band läuft.«

Donovan lächelte und schüttelte den Kopf.

Der Oldsmobile rollte die Rampe hinunter.

»Die Waffenhändler, Szene eins, Take eins. Und ... Ach-
tung! Aufnahme!«

Jefferson stellte das Funkgerät leiser. Donovan nahm den Revolver aus dem Halfter. Der Wagen kam vor einer schwarzen
Wand zum Stehen, zwei Männer stiegen aus. Einer trug
einen dunklen Anzug, der andere braune Hosen und ein fast
bis zur Taille offenes Spitzenhemd.

»Wo bleiben die?« sagte einer.

»Wir sind ja auch zu spät dran. Wen juckt's?« Der Sprecher
war der Mann mit den braunen Hosen, der hier das Sagen
hatte, wie Donovan vermutete.

»Ich kann diese Rotzlöffel nicht verknusen.«

»Der Boss mag ihr Geld. Willst du mit dem Streit anfangen?«

»Welcher Boss?« flüsterte Donovan, als wollte er ihn souf-
flieren. »Verdammt, sagt doch, wie er heißt!«

Jefferson brachte ihn mit einem Zischen zum Schweigen. Es
kam gerade ein weiterer Funkspruch an. »Ich sehe einen roten Trans-Am mit gelben Flammen auf der Motorhaube.
Sieht aus, als käme er aus der Bronx.«

»Verstanden. Alles bereitmachen. Sowie Geld und Waffen
ausgehändigt werden, gebe ich das Zeichen.«

Der Trans-Am kam die Rampe herunter und hielt neben dem
Oldsmobile an. »Guck sich einer diese Zuhälterschaukel an.
Da haben ja die Nutten in der Tenth Avenue einen besseren
Geschmack.«

Zwei junge Hispanier stiegen aus und stolzierten auf die beiden Männer zu. Die Teenager, die kaum älter als sechzehn wirkten, trugen schwarze Jacken mit Flammen auf dem Rükken. »Darf ich vorstellen: die Creme der Melrose Avenue Flames«, sagte Jefferson.

Die Käufer und Verkäufer begannen keine sechs Meter von dem Überwachungswagen entfernt vom Geld zu reden. Alle vier punktuierten ihre Rede mit heftigen Armbewegungen.

»Kommt das alles auch bestimmt auf Band? Audio und Video?« fragte Donovan.

»Du sprichst zu Mr. Microchip«, murrte Jefferson. »Bloß keine Zweifel an meinen technischen Fähigkeiten.«

»Wollte ja nur ganz sichergehen.«

»Paß lieber auf, daß du dir mit deinem Clint Eastwood Special nicht selbst in den Fuß ballerst.«

»Wenn einer von diesen vier Clowns ein MAC auch nur anfaßt, gehen wir davon aus, daß es geladen ist, und eröffnen das Feuer. Richte das den Männern aus.«

»Jawoll, Boss.« Jefferson tat wie geheißen.

»Ich will vermeiden, daß so ein Ding auf engem Raum losgeht. Zweihundert Schuß pro Minute, Mündungsgeschwindigkeit über 300 m/s. Pest noch mal!«

»Eben. Moment! Da kommt die Ware raus!«

Ciccias Krieger öffneten den Kofferraum des Oldsmobile und nahmen eine schwere Holzkiste heraus, stellten sie auf den Boden und zerschnitten die Bänder überm Deckel. Der Mann mit der braunen Hose hob eine aggressiv aussehende MPi mit kurzem Lauf und umklappbarer Schulterstütze hoch.

»MAC-10«, meinte Donovan.

Jefferson sprach ins Mikrophon: »Die verkaufen eine ganze Kiste MACs. Aufmerksam bleiben.«

Donovan lauschte aufmerksam den Stimmen, die aus dem Lautsprecher kamen. »Zwanzig Stück, je zweitausend, klar?« sagte der Mann in den braunen Hosen.

»So war's abgemacht«, erwiderte eine Stimme mit spanischem Akzent.

»Laßt mal das Geld sehen.«

Jefferson flüsterte: »Wie kommen zwei Würstchen aus der Bronx an vierzig Riesen?«

Donovan zuckte die Achseln. »Pfandbriefe und Kommunalobligationen?«

»Das muß der Verein sein, der am Grand Concourse entlang Banken überfällt.«

Die beiden Teenager legten Geld aus ihren Brieftaschen zusammen, zählten Hunderter, als mischten sie Karten.

»Wann willst du zuschlagen?« fragte Jefferson.

»Ich sag Bescheid. Erst muß die ganze Transaktion auf Band.«

Das Zählen und Übergeben des Geldes dauerte zehn Minuten, die Donovan wie eine Stunde vorkamen. Die ganze Zeit fingerte er an seinem Revolver herum. Endlich sagte der Mann in der braunen Hose: »Angenehm, mit euch Geschäfte zu machen«, und klappte den Kofferraumdeckel des Oldsmobile zu.

Die beiden Teenager schlossen die Kiste und wollten sie gerade anheben, als Donovan sagte: »Jetzt.«

Jefferson drückte auf die Sendetaste. »Alle Mann los! Los!«

Donovan trat die Hecktür des Wagens auf und sprang hinaus. Jefferson setzte mit einem Megaphon in der Hand durch die Seitentür.

Die Köpfe der vier erstaunten Verdächtigen fuhren in die Richtung des Wagens herum.

»Polizei!« rief Jefferson. »Keine Bewegung!« Die elektronisch verstärkte Stimme hallte durch die Tiefgarage. Draußen heulten Sirenen, schwere Schritte erklangen auf der Rampe.

Der Mann im Anzug hechtete hinters Steuer des Oldsmobile, legte den Rückwärtsgang ein und trat das Gaspedal durch. Der Wagen schoß rückwärts und knallte gegen einen geparkten Dodge. Der Mann in der braunen Hose tastete nach dem Türgriff, fand ihn nicht, und der Wagen tobte ohne ihn vorwärts los und bog auf die Rampe ein.

Ein Teenager warf den Deckel der Kiste beiseite und griff nach einem MAC.

»Halt!« schrie Donovan und hob seinen Revolver.

Der Junge schenkte ihm keine Beachtung. Donovan sah, wie die schwere Maschinenpistole gehoben wurde, und entsann sich eines Films, in dem ein Toyota mit einem MAC entzweigeschnitten wurde. Er hob den Magnum und drückte einmal ab.

Der Junge wurde voll in die Brust getroffen und über das Heck des Trans-Am geschleudert. Der andere Teenager stand stocksteif da, doch dem Mann mit der braunen Hose wurde in die Schulter getroffen, herumgewirbelt und fiel zu Boden. Der Colt glitt aus seiner Reichweite.

Oben auf der Rampe erklangen fünf Schüsse und der Krach einer Autokollision.

Jefferson gesellte sich zu den beiden anderen Beamten, die dem verdutzten Teenager Handschellen anlegten und sich um den Verletzten kümmerten, der gerade genug Kriegsmaterial für die Ausrüstung eines kleinen Guerillatrupps verkauft hatte. Dann beugte sich Jefferson kurz über den Mann mit der braunen Hose, der sich vor Schmerz wand.

»Der überlebt's, Lieutenant«, meldete Jefferson.

Donovan steckte die Waffe ins Halfter und ging langsam auf die Leiche des Jungen zu, den er erschossen hatte. Er starrte das runde, bartlose Gesicht an, das noch Kinderspeck aufwies. »Das ist ja noch ein Kind!«

Jefferson trat neben ihn. »Ja, ein Kind, das dabei war, einen Krieg anzuzetteln.«

»Kann nicht einen Tag über fünfzehn gewesen sein.« Donovan schaute weg. Die Szene ringsum hatte sich in die vertraute Mixtur aus Sirenen, Schmerzensschreien, Quäken aus Funkgeräten, blitzenden Lichtern und das Verlesen der Rechte eines Festgenommenen in englisch und spanisch verwandelt.

»Der im Auto ist tot«, sagte Jefferson. »Was wird aus den beiden anderen?«

»Laß Al Capone in St. Luke zusammenflicken und schafft ihn dann auf die Krankenstation in der Anstalt Bellevue. Nehmt Che Guevara mit ins Haus und seht zu, was ihr aus ihm rausholen könnt. Wir sehen uns später.«

»Wo willst du hin?«

»Was glaubst du wohl?« versetzte Donovan und verließ die Szene in der Tiefgarage.

Er ging den Duke Ellington Boulevard entlang, wartete an der Fußgängerampel auf Grün, überquerte den Broadway. Gleich im Norden hielt das Olympia-Theater eine Stallone-Retrospektive. Donovan ging durch den Straus Park zu seinem Wagen.

Straus Park war ein kleines Dreieck an der Stelle, wo Broadway und West End Avenue zusammenliefen. Darin stand ein kleines Denkmal und Bänke, die von weintrinkenden Obdachlosen mit Beschlag belegt worden waren. Vier Penner führten ein lautes Streitgespräch, dem Donovan keinen Sinn entnehmen konnte.

Er blieb stehen, um die Inschrift auf dem Denkmal zu lesen, etwas, das er schon seit zwanzig Jahren vorgehabt hatte. Wie die meisten geborenen New Yorker schenkte Donovan den Sehenswürdigkeiten der Stadt kaum Beachtung und wußte nicht, woher der Straus Park seinen Namen hatte. Die Inschrift lautete: »Zum Andenken an Isidor und Ida Straus, die am 15. April 1912 beim Untergang der Titanic den Tod fanden. Im Leben gütig und freundlich, waren sie im Tode nicht getrennt.«

Eine liegende Frau aus Stein, die den Kopf in die Hand gestützt hatte, blickte traurig in das Becken eines Springbrunnens hinab, in dem Blätter, Papierfetzen und Weinflaschen schwammen.

Ein Mann in den Dreißigern, den Donovan als Junkie einstufte, beäugte den Lieutenant mißtrauisch. Donovan schritt weiter zu seinem Wagen und fragte sich dabei, was Isidor und Ida Straus wohl mit Duke Ellington gemeinsam gehabt haben mochten.

Vincent Ciccia hatte Hängebacken wie ein Basset, und Donovan fragte sich, ob er darunter wohl etwas versteckte. Lupf 'ne Lefze, und der Name einer Hure fällt raus. Bei diesem Gedanken mußte Donovan lächeln, und Ciccia interpretierte dies als ein Willkommen. Er und seine zwei schwarzgekleideten Gorillas lächelten zurück.

»Na, Lieutenant, wie geht's heut abend?« fragte Ciccia.

»Besser als Ihnen.«

Ciccia guckte perplex. *Ah, er hat noch nichts gehört,* dachte Donovan.

»Hier, ich spendiere Ihnen einen«, sagte Ciccia und stieg neben Donovan auf einen Barhocker.

»Sparen Sie sich Ihr Geld für den Anwalt«, meinte Donovan.

»Aber ehrlich! Haben Sie was gegen mich?«

Donovan starrte Ciccia hart an. »Da trink ich lieber mit Hitler.«

Ciccias Gorillas hatten einen schwächer entwickelten Sinn für

Humor als ihr Boss. Sie traten vor, wichen aber wieder zurück, als Donovan das Jackett öffnete und den Smith & Wesson sehen ließ.

Hinter der Theke kam Gus Keane herangeeilt, rascher, als Donovan ihn je erlebt hatte. »Gibt's hier Probleme?«

Diesmal klappte Donovans Clint-Eastwood-Imitation besser: »Nichts, mit dem Smith, Wesson und ich nicht fertig werden«, zischte er.

Ciccia stieg mit einigen Schwierigkeiten vom Hocker und suchte sich einen Platz weiter unten an der Theke. Seine Leibwächter folgten. Einer setzte sich neben Irving Nakima, der daraufhin aufstand und neben Donovan Platz nahm.

»Wie ich sehe, ist Ihr alter Freund hier«, meinte Nakima.

»Himmel, wenn der sich setzt, gibt's ein Erdbeben.«

»Wenn ich mich nicht irre, gibt's in zehn oder zwanzig Minuten hier ein echtes«, sagte Donovan.

Nakima fiel etwas ein. »He! Hätte ich beinahe vergessen! *Tres!*«

»Ehrlich?« rief Donovan aus. In der Lotterie gewann er nur selten. Eigentlich spielte er nur zum Jux und um Ciccia zu zeigen, daß seine illegalen Einnahmestellen toleriert wurden.

Trotzdem freute Donovan sich.

»Sieben Dollar«, sagte Nakima und legte das Geld vor Donovan hin.

»Ist das alles, was er heutzutage zahlt? Ich sollte ihn wegen unfairer Geschäftspraktiken auffliegen lassen.«

»Das dürfen Sie nicht«, rief Nakima in echter Panik. »Da müßte ich ja bis zur Amsterdam Avenue latschen.«

»Stimmt«, meinte Donovan. »Ich will nicht dran schuld sein, daß Sie sich die Beine ruinieren. Immerhin haben Sie mir vor ein paar Jahren im Park aus der Klemme geholfen; da bin ich Ihnen was schuldig. Gus!«

Augustus Keane, der im Augenblick bei Riley nachts an der Bar stand, war ein hochgewachsener, dünner Mann mit Harvard-Bildung, die ihn in die Lage versetzte zu erkennen, daß das Ausschenken geistiger Getränke weniger auf den Geist geht als ein geistiger Beruf.

»Darf ich den Gentlemen was bringen?« fragte er.

»Zwei Blatz«, sagte Donovan.

Keane war der exzentrischste Mensch, dem Donovan je begegnet war, und das in einer Stadt, in der exzentrisches Verhalten zum guten Ton gehörte. Anders als George, der sich aufplusterte wie ein Kampfhahn, war Keane eine ätherische Präsenz. Er schwebte über seiner Umgebung, oft auf einer Graswolke, und verstreute Perlen der Weisheit, die er im Lauf seiner zehn Jahre als Kriegsberichterstatter in Südostasien gesammelt hatte. Keane hatte sich mit Zen, C. G. Jung und Anthropologie befaßt und diese Gebiete mit seinen Erfahrungen als Kriegsberichterstatter und Barmann in Australien kombiniert.

Aus dem Ganzen hatte er sich eine Lebensphilosophie zusammengebraut, die ihn gelehrt hatte, daß man mit einem Problem am besten fertig wurde, indem man über ihm schwebte, es beobachtete und hoffte, es würde sich verflüchtigen. Löste sich das Problem nicht von selbst, redete Keane ihm gut zu, bis es sich besserte.

Anfangs hielt Donovan Keanes Philosophie nur für einen geschickten Vorwand, um sich betrinken oder mild berauschen zu können und dann mit unbelebten Objekten zu reden. Dann aber, an einem feuchtkalten Februartag, als Donovans Wagen trotz der Anstrengungen dreier Kfz-Mechaniker der Polizei nicht anspringen wollte, hatte Keane gesagt: »Bill, das Problem liegt in der Tatsache, daß dein Auto sich in der Garage wohl fühlt und keine Lust hat, draußen noch nässer und kälter zu werden. Wir müssen ihm seine Verantwortung der Gesellschaft gegenüber klarmachen. Es muß verstehen, daß es dich unbedingt zum Schauplatz des Verbrechens zu bringen hat. Ein Auto existiert schließlich nicht allein, und ein mürrischer Verteiler oder eine feuchte Lichtmaschine sind noch kein Grund für Drückebergerei.«

Keane sprach zu dem Auto, schraubte ein bißchen daran herum, und fünf Minuten später bretterte Donovan den Broadway entlang zur Szene eines Überfalls. Kurz darauf wurde ein Verdächtiger festgenommen. Von diesem Augenblick an zog Donovan Keanes Lebensphilosophie nie mehr in Zweifel und nahm ihm sogar seine Behauptung ab, ein direkter Nachkomme des gleichnamigen britischen Ethnologen, Geographen und Hindustaniprofessors zu sein. Donovan nahm die zwei Bier und gab eins an Nakima weiter.

»*Gracias*«, meinte Nakima.

»De nada.«

Das Münztelefon an der Wand klingelte. Keane nahm ab, lauschte kurz und schaute dann Ciccia an. »Für Sie.«

Ciccia erhob sich grunzend.

Er hörte der Stimme am anderen Ende eine knappe Minute lang zu und legte dann auf. Er starrte auf die kahle Wand, drehte sich dann um und stierte Donovan wütend an. Der Lieutenant bildete mit den Fingern einen Revolver, zielte auf Ciccia und sagte mit Lippensprache: »Peng.«

Ciccia warf einen Fünfer auf die Theke und rumpelte hinaus. An der Tür blieb er stehen und starrte den Lieutenant finster an. Donovan zeigte ihm erneut seinen Revolver.

»Donovan . . .«, sagte Ciccia mit unterdrückter Wut.

»Angenehmen Abend noch«, erwiderte Donovan.

»Was war da eigentlich los?« fragte Keane, als Ciccia fort war.

»Er hat gerade erfahren, daß wir ihm vor einer Weile ein Geschäft vermasselt haben. Der Mann bringt es einfach nicht fertig, schlechte Nachrichten mit Würde aufzunehmen.«

»Offenbar kein Gentleman«, bemerkte Keane.

»In der Tat.«

»Andererseits bin ich Gentleman genug, eine Information mit dir zu teilen.«

»Und die wäre?«

»Die schönste Frau, der ich jemals begegnet bin, kam eben gerade herein, sah deine ›Diskussion‹ mit Ciccia und ging wieder.

Nach Süden.«

Donovan rannte hinaus und schaute nach Süden, aber Andrea Jones war schon um die Ecke und verschwunden.

Donovan kehrte enttäuscht in die Bar zurück.

»Hättest Gentleman genug sein sollen, mir das früher zu sagen«, murrte er.

3

»Dahinter steckt Leonard Bernstein«, sagte Donovan. »Der und Jerome Robbins.«

Jefferson schaute verwirrt drein.

»Die haben das Musical *West Side Story* geschrieben, in dem es um Jugendbanden in der West Side geht. In der West Side gibt es keine mehr, aber in der Bronx scheint eine Renaissance stattzufinden.«

»Das stelle man sich mal vor – ein paar hundert Rotzlöffel kämpfen um ein paar Quadratmeilen ausgebrannter Häuser. Mann, wenn ich mir was besetzen wollte, dann täte ich das in Beverly Hills.«

»Hast halt Geschmack, mein Freund.«

»Danke, Massa, danke«, sagte Jefferson und machte einen Diener. Hin und wieder spielte er gern den Onkel Tom, um seinen Chef zu erheitern.

»Ich fühl mich heut versifft«, sagte Donovan. »Übernimm du doch heut abend die Presse.«

Jefferson strahlte. »Ehrlich?«

»Müde bin ich auch.«

»Billy, du bist ein Star. Die Presse erwartet dich.«

Wahr genug. Der Mythos der West Side und einige spektakuläre Festnahmen hatten William Donovan zum bekanntesten Cop der Stadt gemacht, der sich nicht einmal mehr entsinnen konnte, wie oft er vor den Fernsehkameras gestanden hatte. Er beschloß, das für eine Weile Jefferson zu überlassen.

»Wenn wir Ciccia kriegen, stecke ich die Lorbeeren ein.«

»Hab ich doch gewußt, daß die Sache einen Haken hat.«

»Komm mit, ich stelle dich vor.«

Das Vernehmungszimmer war in einen Ausstellungsraum für das an diesem Tag erbeutete Arsenal verwandelt worden. Auf dem langen Resopaltisch lagen in einer Reihe die klobigen Maschinenpistolen mit Magazinen und Schachteln voller Munition. Zwei Fernsehteams, sechs Reporter und vier Fotografen begafften die Waffen und taten sich an Kaffee und süßen Stückchen gütlich.

Jefferson musterte die Szene und sagte dann zu Donovan: »Ich war noch nie im Fernsehen. Muß ich mich da extra zusammennehmen oder was?«

»Rede ganz normal«, riet Donovan und rückte Jeffersons Krawatte zurecht. »Und keine Seitenhiebe gegen die Abstammung gewisser Leute.«

»Wird gemacht. Sehe ich einigermaßen aus?«

»Sensationell. Auf geht's.«

Als die Reporter Donovan erblickten, flammten die Scheinwerfer auf. Donovan ging an den Tisch und sagte: »Ich möchte Ihnen Sergeant T. L. Jefferson vorstellen. Er sammelte die Informationen, die zu den heutigen Festnahmen führten. Da er auch die Überwachung leitete, ist er am besten qualifiziert, Ihnen den Fall zu erläutern.«

Dann zog sich Donovan in sein Dienstzimmer zurück und ließ Jefferson die beschlagnahmten Waffen vor den Fernsehkameras demonstrieren. Er sah gut aus und hielt sich ordentlich. Donovan war mehr denn je davon überzeugt, daß Jefferson eine steile Karriere bevorstand.

Donovan schaute aus dem Fenster auf den Verkehr auf dem Broadway und erblickte einen Wirrwarr von Menschen verschiedenen ethnischen Hintergrunds bewohnter Viertel, verbunden von einer reparaturbedürftigen vierspurigen Straße, die Touristen mit hellen Lichtern und Theatern, die Einwohner der West Side aber mit spanischen Bodegas, koreanischen Obstständen, Szechuan-Restaurants, illegalen Lotterieeinnahmen unter dem Deckmantel von Süßwarengeschäften, Nouvelle-Cuisine-Restaurants, die scheinbar nichts als Quiche servierten, und Eisdielen mit alten ausländischen Namen, die für ein Bällchen $ 1,10 verlangten, assoziierten.

Die West Side wurde im Norden von der Columbia University begrenzt, im Osten vom Central Park, Riverside Park und dem Hudson im Westen und dem Lincoln Center für darstellende Künste im Süden. Es war Donovans Aufgabe, für sichere Straßen zu sorgen. Gewiß, für Routineangelegenheiten gab es die Streifenbeamten vom 22. und 26. Revier, doch mit dem Wohlstand nahm in der East Side auch das Schwerverbrechen zu. Einige prominente Bürger wurden ermordet, es gab ein paar Ritualmorde im Riverside Park, und im Nu hatte die Einheit Budget, Bürofläche und Personal verdoppelt.

Es gab auch mehr Computer, die Donovan mit Argwohn betrachtete, und reservierte Parkplätze. Im Fenster hing sogar ein Schild, das die Öffentlichkeit von der Tatsache in Kenntnis setzte, daß in diesem ehemaligen Billardsalon nun eine Eliteeinheit der New Yorker Polizei residierte.

Donovan holte sich eine Tasse Kaffee und machte seine Bürotür hinter sich zu. Es war schon nach elf, aber noch füllten flanierende Paare die Straßen. Die Gentrifizierung der Columbus Avenue hatte begonnen, auf den Broadway zu schwappen, und bis zur 96th Street im Norden säumten Schikkimicki-Restaurants und unverschämt teure Läden die Straße. Donovan beäugte einen Papierstoß auf seinem Schreibtisch. »Das kommt davon, wenn man Geld in ein Viertel pumpt«, murmelte er und schlug ein paar Blätter um. Corrigan und Bailey hatten eine neue Spur zu dem Kokaindealer, der dafür sorgte, daß seinen reichen Kunden die Nase aus dem Gesicht fiel. Bonaci und Tieman kamen bei der Fahndung nach dem Mann, der in der 72nd Street drei Frauen vergewaltigt hatte, nicht weiter. Masterson glaubte, den Schwindler identifiziert zu haben, der in Central Park West reiche Damen ausnahm. In dem ganzen Stoß ging es nur um Gendarmen, die Räuber jagten.

Auf eine Eingebung hin zog Donovan eine Schreibtischschublade auf und nahm ein verblaßtes Polaroidfoto heraus. So hatten sie vor zwölf Jahren nebeneinander gestanden, am Pool ihres Vaters in Cronton-on-Hudson. Donovan, ein forscher junger Sergeant mit frechem Schnauzer und der Entschlossenheit, alles Verbrechen in New York ganz allein auszurotten, und die junge Rekrutin Marcie Barnes, frisch von der Polizeiakademie. Ihr seidiges schwarzes Haar floß über Donovans Schulter, und ihre kakaobraune Haut war nur ein wenig dunkler als Donovans Sonnenbräune.

Donovan begann vor sich hin zu summen und kam sich dann lächerlich vor. Marcie hatte er seit einem Jahr nicht mehr gesehen, und auch damals nur zum Lunch. Er wußte noch nicht einmal, ob sie noch in Midtown South arbeitete. Warum sollte er dann über einem verblaßten Schnappschuß ins Schwärmen geraten und an eine Liebesgeschichte denken, aus der etwas hätte werden können?

Er sagte dem Papierstoß, er solle sich selbst erledigen, und ging nach Hause.

Im Fernsehen gab es nichts Interessantes. Seine Lieblingssendung war abgesetzt worden, weil der Star das Zeitliche gesegnet hatte, die britische SF-Serie »Doctor Who« mußte einer Podiumsdiskussion über die neueste Nahostkrise weichen, und übrig blieb nur eine Folge von »Hawaii 5-0«, die er schon ein halbes dutzendmal gesehen hatte.

Er ging in sein Arbeitszimmer, knipste die Schreibtischlampe an, blätterte in seinem Technikmagazin und las die die erste Hälfte eines Artikels über ein U-Boot im Eigenbau.

Im Gästebadezimmer platschte es. Die Schildkröte wurde in letzter Zeit unruhig. Im Lauf der Jahre war sie vom Dessertteller- zu Servierplattengröße herangewachsen. Donovan ging in die Küche, holte zwei Weißfische aus dem Kühlschrank und trug sie ins Bad.

An die Schildkröte war Donovan über den Mordfall Riverside Park gekommen. Damals war das Tier noch relativ gutartig gewesen und hatte nur mittelschwere Fleischwunden hinterlassen. Nun aber war ein Monstrum aus ihm geworden. Als Donovan näher kam, riß es das Maul auf und ließ eine rosa Zunge und rasiermesserscharfe Kiefer sehen.

»Clint, du gehst mir langsam auf den Geist«, sagte Donovan.

Er warf die Weißfische in die Badewanne. Clint streckte den langen Hals aus und biß einen entzwei.

»Mangia«, sagte Donovan.

Er ging ins Wohnzimmer, legte eine Duke-Ellington-Platte auf, begab sich in seinen alten Armsessel und döste ein. Um zwei Uhr früh wachte er auf, stellte den Plattenspieler ab und legte sich ins Bett.

Donovan knöpfte sich gerade das Hemd zu, als es an der Tür klingelte. »Es ist offen!« rief er, doch seine Wohnung war so groß und weitläufig, daß sich seine Stimme darin verlor.

Es klingelte noch einmal. »Hätt ich nie reparieren lassen sollen«, brummte er auf dem Weg zur Tür in sich hinein.

Jefferson sah wie gewöhnlich aus, als wäre er einer Anzeige in einem Modemagazin entsprungen.

»Tag . . . ist ja geil, das bügelfreie Hemd«, sagte er.

»Tja, die Ausländerbehörde hat den Mann aus meiner Wäscherei doch noch erwischt«, erwiderte Donovan und kehrte mit Jefferson ins Schlafzimmer zurück.

»Doch nicht etwa Mr. Yin? Der ist schon seit zehn Jahren hier.«

»Trotzdem muß er jetzt in Hongkong Kragen stärken.«

Donovans Schlafzimmer war voller Erinnerungsstücke. Jefferson wühlte für sein Leben gern zwischen den Softballschlägern, Segelpokalen, Baseballhandschuhen, dem Footballprogramm mit Joe Namaths Autogramm und den zahllosen anderen Ikonen. Ein Gegenstand aber fiel Jefferson ins Auge. Er war gerahmt und hing neben dem Kleiderschrank an der Wand.

»*Das Cisco-Kid-Malbuch?*«

»Die Erstausgabe«, erklärte Donovan stolz. »Von 1953.«

»Das kann doch nicht dein Ernst sein.«

»Du, dafür hat man mir schon hundert Dollar geboten. Bei Sammlern solcher Cowboysachen ist es sehr gesucht.«

Jefferson lachte.

»Außerdem stammt dein Spitzname daraus«, ergänzte Donovan.

Er sagte nämlich oft »Pancho« zu Jefferson – einmal, weil der Kumpan des Cisco Kid auch so hieß, und zum zweiten, um Jefferson wegen seiner andauernden mißgünstigen Bemerkungen über die Hispanier eins auszuwischen.

»Mann, wenn du damit bloß aufhören würdest!« stöhnte Jefferson.

»*No habla Ingles,* Pancho.«

»Tja, und das hat Che Guevara die ganze Nacht lang gesagt.«

»Und Al Capone? War der redseliger?«

»Der kennt nur das eine Wort, das man braucht, um in New York durchzukommen: Anwalt.«

»Warum überrascht mich das nicht?« meinte Donovan. »Was ist dann so Wichtiges vorgefallen, daß du mich persönlich abholen kommst?«

»Frankie Rigili, Ciccias Armbrecher, wurde von einem Angler aus der Sheepshead Bay gefischt. Die Leiche liegt auf Eis.«

»Und warum soll ich jetzt zur Sheepshead Bay, nur um mir die Überreste von Frankie Rigili anzugucken?«

»Weil der Leichenbeschauer meint, so was hätte er noch nie gesehen.«

»Hab ich nicht gesagt, das sei ein verrückter Fall?« sagte der Leichenbeschauer. »Ich habe keine Ahnung, was das für ein Geschoß ist, Lieutenant. Sieht aus wie Kaliber 45, könnte aber auch 44 sein. Auf jeden Fall ist mir so etwas noch nie untergekommen.«

»Sie kennen doch jedes Geschoß, das je hergestellt wurde«, sagte Donovan und gab den Plastikbeutel mit der Kugel zurück.

»Dachte ich auch. Aber dieses da ... werde ich erst einmal gründlich überprüfen müssen. Es sieht zum Beispiel sehr alt aus.«

»Alt? Zehn Jahre alt oder so?«

»Eher hundert. Das Blei ist viel zu weich, um in diesem Jahrhundert gegossen worden zu sein. Sicher kann ich erst sein, wenn ich ein paar Tests gemacht habe. Und die werden das Labor zweitausend Dollar kosten. Können Sie die von Ihrem Etat abzweigen?«

»Ich schicke Ihnen einen Scheck. Wie lange lag dieser Kerl im Wasser?«

»Das ist nicht so schwer zu sagen. Rigili wurde gestern abend zwischen sieben und neun Uhr erschossen.«

»Und wo? Moment, vielleicht weiß Pancho das.« Er rief Jefferson herbei.

»Erschossen wurde er im Bridge Café«, erklärte Jefferson. »Saß dort mit einer attraktiven Frau beim Essen, als es ihn erwischte. Alles ging so rasch in Deckung, daß niemand den Täter sah, aber es könnte Rigilis Freundin gewesen sein. Sie verschwand nämlich.«

»Wahrscheinlich hat ihr sein Rasierwasser gestunken«, murrte Donovan und wandte seine Aufmerksamkeit wieder der Leiche und dem Beschauer zu. »Was zum Teufel geht hier vor?« fragte er. »Daß Rigili abgeknallt wird, verstehe ich ja noch; er war nicht gerade beliebt. Aber warum ausgerechnet jetzt, und warum mit einer so verrückten Kugel?«

»Das ist noch nicht alles«, meinte der Leichenbeschauer. »Sehen Sie sich einmal genau die Umgebung der Einschußwunde an.«

Donovan zog den Leichensack so weit auf, daß er das Loch in Rigilis Rumpf sehen konnte. Haut und Kleidung waren mit einem feinen Pulver bedeckt.

»Pulverspuren. Er wurde also aus nächster Nähe erschossen.«

»Das ist *Schwarz*pulver«, sagte der Leichenbeschauer.

»Schwarzpulver! Außer Waffensammlern hat doch seit dem Bürgerkrieg kein Mensch mehr Schwarzpulver benutzt!«

»Genau.«

»Und welcher professionelle Killer legt sein Opfer mit Schwarzpulver um?«

»Gute Frage. Sie sind der Detektiv. Ich sammle nur die Überreste ein und versuche herauszufinden, wie sie in diesen Zustand gelangten. Und diesmal habe ich eine harte Nuß zu
knacken.«

»Mehr haben wir nicht gefunden, Lieutenant«, sagte Jeffer-
son.
»Nichts, was den Kerl mit Ciccia in Verbindung bringt?«
»Nein, nur ein Adreßbuch. Wir überprüfen die Namen, aber
auf den ersten Blick konnte ich nichts Nützliches entdecken.«
»Ciccias Männer müssen besser trainiert sein, als ich dachte.
Wie hieß der Kerl?«
»Dominic Palucci«, las Jefferson von seinem Blockhalter ab,
»siebenundvierzig, verheiratet, zwei Kinder, Beruf Schrei-
ner.«
»Da hätte er sich seinen eigenen Sarg zimmern und seiner
Witwe die Ausgabe sparen können«, meinte Donovan.
»Palucci wurde sechsmal festgenommen, Lieutenant. Drei-
mal wegen bewaffneten Raubüberfalls, zweimal wegen Kör-
perverletzung, einmal wegen Mordverdachts.«
»Was wurde aus dem Mordfall?«
»Er bekannte sich schuldig und kam mit drei Jahren wegen
Totschlags davon. Anderthalb Jahre saß er ab und wurde
dann vor zwei Jahren wegen guter Führung entlassen. Und
bis Corrigan ihm gestern in der Tiefgarage das Hirn rauspu-
stete, blieb Palucci auch sauber.«
»Und der Kerl mit der braunen Hose?«
Jefferson blätterte um. »Peter Bono, unverheiratet, 34. Lebt in
einem neuen Haus in der Third Avenue.«
»Teures Pflaster.«
»Der Durchsuchungsbefehl muß jeden Augenblick hier sein.
Auch Bono war ein feines Früchtchen. Zweimal hochgenom-
men wegen Körperverletzung, einmal wegen illegalen
Glücksspiels, einmal wegen Mordverdachts.«
»Und?«
»Die Tatzeugin erschien nicht vor Gericht und wird immer
noch vermißt.«
»Fischfutter«, sagte Donovan.
»Wie auch immer«, meinte Jefferson, »als Beruf gab Bono Po-
lier an.«

»Wie geht es ihm?«

»Er kommt durch, aber vergeude bloß keine Zeit mit einem Verhör; er sagt immer nur noch ›Anwalt‹.«

»Na, wenigstens können wir seine Wohnung durchkämmen. Haben wir dort jemanden postiert?«

»Zwei Mann, die auf den Durchsuchungsbefehl warten. Du hast also noch Zeit zu frühstücken und dich ein bißchen herzurichten.«

»Was soll das heißen, ›herrichten‹?«

»Du hast vergessen, dich zu rasieren.«

Donovan fuhr sich über die Oberlippe. »Ich trage mich mit dem Gedanken, mir einen Schnauzbart stehen zu lassen.«

»Echt? So eine kleine Bürste unter der Nase würde dir gut stehen. Wann bist du auf die Idee gekommen?«

»Vor zwölf Jahren. Damals hatte ich nämlich einen.«

»Wußte ich gar nicht.«

»Hast ja auch noch in den Windeln gelegen.«

»Damals war ich zwanzig«, protestierte Jefferson.

»Genau.«

»Schon gut, schon gut.«

»Und der Oldsmobile?« fragte Donovan. »Haben wir in dem außer Fetzen von Palucci etwas gefunden?«

»Nichts Relevantes.«

Donovan schüttelte den Kopf. »Und die MACs?«

»Die Ballistik versucht gerade, mit Röntgenspektroskopen die Seriennummern sichtbar zu machen, aber viel kommt dabei bestimmt nicht heraus. Ciccia arbeitet professionell ... das mußt du ihm lassen.«

»Den lasse ich in den vorzeitigen Ruhestand versetzen«, meinte Donovan grimmig.

»Ich habe nur anständige Mieter«, sagte der recht erregte Hausmeister. »Vielbeschäftigte Leute, Akademiker. Wer sonst kann sich zweitausend Dollar für eine Zweizimmerwohnung leisten?«

Donovan legte eine Fingerspitze an die Schläfe und dachte laut: »Dealer, Zuhälter, Rockstars und Leute, die Maschinenpistolen an Teenager verkaufen.«

Der Hausmeister ließ beinahe seinen Schlüsselbund fallen.

»Sie wollen doch nicht etwa sagen, daß Mr. Bono einer der

Männer war, die heute in der Zeitung stehen? Ich habe den Artikel zwar nicht ganz gelesen . . .«

»Tun Sie das ruhig.«

»Du lieber Gott . . . ich hätte nie gedacht . . .«

»Wenn Sie nicht aufmachen wollen, geben Sie mir den Schlüssel«, sagte Donovan.

Er schob ihn geräuschlos ins Schloß. Der dicke Teppich in dem Korridor des Hochhauses erstickte leise Geräusche.

»Ist da wer drin?« fragte Donovan Jefferson.

»Höchstens 'ne Tussi.«

»Bist du da ganz sicher?«

»Ziemlich«, meinte Jefferson. »Ich nehme die untere Position.«

»Ist ja toll«, versetzte Donovan. Die untere Position, in der man hockte, wenn die Tür aufgestoßen wurde, war die sicherste.

Donovan zog seinen 44er Magnum und drehte den Schlüssel im Schloß um. Der Hausmeister hatte sich ans Ende des Korridors verzogen und war auf dem Sprung, wenn nötig im Aufzug zu verschwinden. Leise stieß Donovan die Tür auf.

»Auf drei«, sagte er und begann zu zählen.

Wie ein Mann, Donovan oben, Jefferson unten, stürzten die beiden in die Wohnung und begegneten nur Schweigen. Kein Leben. Donovan und Jefferson gingen Wohnzimmer, Küche, Bad und Schlafzimmer ab; alles sicher. Das Spurensicherungsteam war bereits unterwegs.

Donovan setzte sich auf die weiße Cordcouch und schaute sich um. Fast alles, was er sah, war weiß, mit Ausnahme der verchromten Stehlampen, die hier einen weißen Sessel, Tisch oder Hocker illuminierten.

»Signor Bono muß gerade in seiner weißen Periode sein«, bemerkte Donovan.

Zwei Farbtupfer belebten das Wohnzimmer: ein Konzertplakat, das einen Auftritt von Frank Sinatra in der Carnegie Hall verkündete, und eine Neonskulptur an der Wand, die blaßblau leuchtete, wenn man sie einschaltete. Sie glich einem Bündel Rohrkolben und war eins fünfzig hoch.

»Geschmackvoll«, kommentierte Donovan.

»Voll durchgestylt«, stimmte Jefferson zu. »Guck mal ins Boudoir.«

Bonos Schlafzimmer füllte fast völlig ein Monstrum von Bett, das bibberte, als Donovan sich daraufsetzte.

»Schon wieder einer mit einer Affinität zum Wasser«, meinte Donovan. »Muß mit Rigili verwandt gewesen sein.«

»Nix wie H_2O«, sagte Jefferson. »Wenn du auf den roten Knopf da drüben drückst, gibt's Wellen.«

»Sohn, wenn ich zum Wellenmachen im Bett erst auf einen Knopf drücken muß, häng ich meine Sporen auf.«

Jefferson hob den Deckel eines großen weißen Kastens an, der wie eine Kommode ohne Schubladen aussah. Plötzlich surrten Motore und Getrieberäder, die Front glitt auf, und oben kam ein 150-cm-Bildschirm heraus.

»Donnerwetter«, meinte Jefferson, »der Mann hat die Glotze am Bett. Mal sehen, was er für einen Geschmack hat.«

Donovan glitt vom Bett auf den dicken weißen Teppich. Unter dem Videorecorder stand eine lange Reihe Kassetten.

»Hast du hier eigentlich ein Buch gesehen?« fragte er.

»Im Klo liegt ein Pornomagazin rum.«

»Ist ja wild. Na, dann wollen wir mal sehen, wohin fünftausend Jahre Zivilisation uns geführt haben.« Donovan fuhr mit dem Zeigefinger an den Videokassetten entlang. »*Debbie legt Dallas.* Fängt ja gut an. *Deep Throat.* Ein Klassiker. *Der Teufel in Miss Jones.* Auch ein Klassiker. Der Junge hat Geschmack. *Wayne Newton Live.* Musikfan ist er also auch. *Frank Sinatra – Porträt eines Stars.* Was noch? *Rocky, Rocky II, Rocky III.* Na komm schon, wo bleibt *Rocky IV*?«

»Gibt's noch nicht auf Kassette, Bill.«

»Gut, daß du da auf dem laufenden bist. Setz dich doch aufs Wasserbett und mach Wellen.«

Jefferson lachte in sich hinein und setzte seine Suchaktion fort.

»*Die glorreichen Sieben, Das dreckige Dutzend* . . . und die letzten acht Footballendspiele! Hm, nicht übel.« Donovan erhob sich und strich die Fussel von seinen Hosen.

»Ist das alles?« rief Jefferson aus dem begehbaren Kleiderschrank.

»Nein, noch zwei *Rambos* und drei Filme mit Chuck Norris.«

»Nichts mit Clint Eastwood?«

»Nein, dazu reicht's bei Bono nicht hin. Irgendwas im Kleiderschrank?«

»Ein Haufen Polyester und Leder«, erwiderte Jefferson und kam aus dem Kleiderschrank. »Erinnert mich an . . .«

»Genau.« Donovan wandte den Kopf ab.

»Bill, ich bitte dich. Wenn ich nur den geringsten Hinweis bekomme, daß du vorhast, dich wieder mit *Sergeant* Barnes einzulassen, schließe ich dich in den Keller, und da bleibst du auch, bis das Geheul aufhört.«

»Sie ist nur eine alte Bekannte.«

»Hab ich das nicht irgendwann schon mal gehört? Himmel, ich will noch nicht mal mehr dran denken. Komm, hier ist nichts zu holen. Erst muß die Spurensicherung ran, ehe unsere Leute in die Ecken gucken können.«

»Geiles Teil, die Glotze da«, sagte Donovan.

»Klar, so eine besorgen wir morgen fürs Büro.«

»Kannst du dir vorstellen, wie sich *Jäger des verlorenen Schatzes* in diesem Ding macht?«

»Lieutenant . . .«

4

Andrea Jones war rasch fertig. Im Ankleidezimmer ihrer Suite im Plaza schlüpfte sie in gelbgrüne Shorts und ein passendes Oberteil. Dazu trug sie teure Laufschuhe und einen kleinen, leichten Rucksack.

Sie schaute sich im Spiegel an. Sie war ungeschminkt, und ihr Haar, das von einem Stirnband gehalten wurde, war nicht kastanienbraun, sondern blond und zu einem Pferdeschwanz zurückgebunden. Kontaktlinsen verwandelten das leuchtende Blau ihrer Augen in ein stumpfes Grau. Jones versteckte ihr Haar unter einem hellen Kopftuch und ihre Augen hinter einer dunklen Sonnenbrille und verließ die Suite.

Auf dem Weg durch die Hotelhalle spürte sie die Männerblicke.

»Schöner Abend zum Joggen, Miss Jones«, brachte der Page an.

»Finde ich auch«, erwiderte sie.

»Einmal um den Park herum?«

»Zweimal, wenn's mir nicht zu kalt wird.«

»Bleiben Sie aber bei einer Gruppe. Es gibt Ecken im Central Park, in die sollte sich eine junge Frau wie Sie nicht allein wagen.«

»Mir passiert schon nichts«, meinte sie und ging hinaus auf die Fifth Avenue.

Sie überquerte die Straße und machte an einer niedrigen Granitmauer ihre Streckübungen. Nachdem sie fünf Minuten lang die Rolle der ernsthaften Läuferin gespielt hatte, ging sie in den Central Park und joggte nach Westen zum Südeingang des Parks.

Am Columbus Circle verlangsamte sie ihren Schritt und schlenderte durch den Zirkus, der sich in dieser Ecke des Parks abspielt. Auf der Parkseite dröhnte eine Reggae-Band, vor dem Coliseum gegenüber machte jemand Marcel Marceau nach, und an der Ecke Eighth Avenue und Central Park South sang ein junger Bärtiger zur Elektrogitarre mit Batterieverstärker *The Night They Drove Old Dixie Down*.

Andrea Jones tat Kopftuch und Sonnenbrille in den Rucksack und ging lässig die 58th Street entlang, bis sie das heruntergekommene Hotel erreichte, das ihre wahre Basis in New York darstellte. Der Mann am Empfang war zugleich der Besitzer und ein älterer Schwarzer, der schon alles gesehen hatte und den Wert des Geldes zu schätzen wußte. Eine ganze Menge hatte er bereits von Andrea Jones bekommen.

Bei ihrem Anblick erhob er sich. »Hi, Miss.«

»Nachrichten?«

»Nur eine. Hier ist sie.« Er reichte ihr den Zettel. »Waren Sie joggen?«

Sie schaute ihn schelmisch an. »Wie war unsere Abmachung?«

»Ich seh nix, ich weiß nix«, sagte er rasch.

Jones gab ihm einen Fünfzigdollarschein. »Schweigen ist Gold.«

»Sie können sich auf mich verlassen«, meinte der Alte und steckte das Geld ein.

»Vorzüglich. Ich gehe jetzt auf mein Zimmer und möchte nicht gestört werden.«

Die Frau mochte eine der Stadtstreicherinnen gewesen sein, die in Ecken und Hauseingängen der Seitenstraßen schliefen und mit unermüdlichen Fingern die Münzschächte in den Telefonzellen nach vergessenem Wechselgeld absuchten. Sie mochte dreißig oder sechzig gewesen sein; der Schmutz im Gesicht verbarg fahl aussehende Haut, die mit den Überresten von Doughnuts und Pizzakrusten aus Abfalleimern verschmiert zu sein schien. Ein viel zu großer Trenchcoat verbarg ihre Kleidung, aber unten schauten für Ende Mai zu warme Wollhosen heraus.

Sie humpelte den Broadway entlang nach Norden, hielt bei jedem Abfallhaufen, jeder Telefonzelle an. In dem Müll vor einem Obststand fand sie zwei angestoßene Äpfel und eine Orange, die sie einsteckte. Der alte Kopfkissenbezug, der ihr als Tasche diente, lastete schwer auf ihren Schultern. Vor einem Spirituosengeschäft blieb sie stehen, setzte den Kissenbezug ab und durchsuchte ihre Taschen nach Geld. Es fanden sich drei Dollar und ein paar Cent; lächelnd erstand sie eine kleine Flasche Jack Daniels und setzte dann ihren langsamen Treck fort.

Kurz nach acht Uhr am Abend machte sie vor Riley's halt, setzte das Kissen ab und spähte durch die große Frontscheibe der Bar. Im Fernsehen lief gerade ein Footballmatch. Vom Gehsteig aus konnte die Frau es gut mitverfolgen. So schleifte sie ihren alten Kissenbezug an den Randstein, setzte sich, lehnte sich an die Flanke eines Autos – Donovans Wagen. Sie biß in einen Apfel und spülte mit Whiskey nach.

Gus Keane stieß Donovan an, wies mit dem Daumen auf die Stadtstreicherin und meinte: »Verwandtenbesuch für dich.«

Donovan wandte sich kurz von seinem Kaffee und Sandwich mit Corned beef ab und musterte die Frau kurz. Ihr Abendessen hatte sie inzwischen beiseite gelegt und polierte mit einem alten Lappen ihre Gürtelschnalle. Donovan lächelte und wandte sich wieder dem Essen und dem Spiel zu.

Der Verkehr war schwach. Ein weißer Cadillac glitt langsam vorbei, bog dann rechts in die 86th Street ein und fuhr um den Block. Ein weiterer Cadillac, diesmal ein schwarzer, parkte in zweiter Reihe neben Donovans Wagen.

Ciccia quälte sich mit Hilfe des Chauffeurs aus dem Fond.

»Aufgepaßt, da kommt er«, sagte Gus.

»Der Strafzettel ist schon ausgefüllt«, meinte Donovan. »Ist schon lange her, daß ich jemandem einen Knollen gegeben habe.«

Donovan würdigte Ciccia keines Blickes, die Stadtstreicherin aber wohl. Sowie der Wagenschlag zugefallen war, schob Andrea Jones die Hand in ihren Beutel und spannte den Hahn einer sehr alten und seltenen Waffe.

Ciccia stampfte schwerfällig auf und über den Gehsteig. Sein Fahrer hielt nervös nach links und rechts Ausschau, blieb aber beim Wagen. Jones hob die Pistole und zielte auf Ciccias massige Gestalt. Er stieß die Tür zu Riley's auf, und in diesem Augenblick drückte Jones dreimal ab, schoß durch den Kopfkissenbezug. Drei Kugeln bohrten sich in Ciccias Körper, schleuderten ihn durch die Pendeltür und gegen den Flipper. Der Donner der Schüsse hallte durch den Broadway.

Ciccia prallte gegen die Maschine und sank auf sie, blieb ein paar Sekunden auf ihr liegen und rollte dann zu Boden. Seine Brust war praktisch aufgerissen; vom Flipper tropfte Blut auf sein Gesicht.

»Himmel noch mal!« stieß Donovan hervor und zog seinen Revolver. Nakima und die anderen Gäste duckten sich hinter Barhocker. Nur Keane, der in Südostasien noch viel Ärgeres gesehen hatte, stand aufrecht.

Donovan sprang neben die Tür und hielt den Magnum mit dem Lauf nach oben. »Einheit verständigen!« bellte er.

Keane nahm den schweren Schraubenschlüssel, mit dem George sonst lästige Gäste einschüchterte, und hieb dreimal kräftig gegen das Wasserrohr, das aus dem Keller durch die Bar verlief und oben die Klos versorgte.

Binnen Sekunden waren auf der Treppe Fußtritte zu vernehmen. Donovan sauste durch die Tür und hinaus auf den Gehsteig. Eine Passantin stieß beim Anblick seines Revolvers einen ängstlichen kleinen Schrei aus. Polizisten, angeführt von Jefferson, stürmten aus dem Gebäude.

»Was ist los?« fragte Jefferson.

»Jemand hat Ciccia erschossen. Schau mal in die Bar.«

Jefferson lehnte sich in die Bar, kam dann wieder heraus. Er schnarrte Befehle und ließ den Schauplatz abriegeln.

Donovan rannte zu seinem Wagen und ging neben ihm in Deckung, hielt nach einem Scharfschützen in einem der Häuser gegenüber Ausschau. Auch Jefferson ließ Männer ausschwärmen und zwischen 86th und 89th Street die Dächer absuchen.

Andrea Jones war verschwunden. Gleich nachdem sie in die West End Avenue eingebogen war, fand sie eine dunkle Ecke unter der Vortreppe eines Sandsteinhauses. Sie entledigte sich ihrer Lumpen, unter denen die Sportkleidung zum Vorschein kam. Die Verkleidung stopfte sie in eine Mülltonne und wischte sich mit einem Papiertaschentuch die Schminke aus dem Gesicht. Bald stand sie wieder auf dem Gehsteig.

Zwei Minuten nachdem sie ein Leben ausgelöscht hatte, war Andrea Jones wieder eine gutsituierte, attraktive junge Frau, die eine Avenue entlangjoggte.

Donovan packte Ciccias Fahrer, der wie erstarrt neben der schwarzen Limousine stand. »He, Sie da! Haben Sie was gesehen?«

Der Mann schüttelte den Kopf.

»Los schon, raus damit! Sie müssen doch was gesehen haben!«

»Ich schwöre, Lieutenant, ich hab nichts gesehen. Nur die Straße rauf und runter geguckt. Dann ist der Boss getroffen worden, und alles fing an rumzurennen.«

»Gegen den Wagen! Bonaci!«

»Jawoll, Lieutenant.«

»Durchsuchen Sie diesen Kerl, bringen Sie ihn dann hoch, und halten Sie ihn fest.«

Bonaci nickte. »Los, du Sack.«

»Sehen Sie sich auch den Wagen an. Und das klemmen Sie unter den Scheibenwischer.« Er gab ihm den bereits ausgefüllten Strafzettel.

»Wird gemacht.«

Donovan rief Verstärkung aus dem 24. Revier, und für den Rest des Abends hielten Polizisten Passanten an, befragten Ladenbesitzer und inspizierten Dächer – ohne Ergebnis. Es erschienen drei TV-Teams, aber der Zugang zu dem abgesperrten Tatort blieb ihnen verwehrt.

Donovan war wütend. Sein Primärziel war erschossen worden, ehe er Gelegenheit bekommen hatte, ihm das Handwerk zu legen, und obendrein war es noch in seiner Stammkneipe passiert. Er lehnte Interviews ab und verfaßte nur eine kurze Presseerklärung, die er von Jefferson kopieren und verteilen ließ. Spekulationen über die Identität des Täters wollte er nicht anstellen. Kein Wunder: Er hatte nämlich keine Ahnung.

»Sie war nur eine Pennerin«, sagte Donovan. »Oder sie erweckte zumindest den Anschein.«

Jefferson begann, sich Notizen zu machen.

»Wenige Minuten vor Ciccias Eintreffen kam sie angehinkt. Sie hatte irgend etwas am rechten Bein, täuschte das aber bestimmt nur vor. Sie guckte bei Riley's rein, stellte fest, daß sie vom Randstein aus fernsehen konnte, setzte sich hin und genehmigte sich einen Apfel und einen Schnaps dazu.«

Donovan beugte sich vor und schaute in die Gosse unter seinem Wagen. »Den Apfel da«, sagte er und deutete darauf, »schaffen Sie den ins Labor.«

»Abdrücke?«

»Ich will ihn auf alles überprüft haben: Abdrücke, Speichel, Blutgruppe, Genotyp.«

»Wird gemacht.«

»Mir hat es den Anschein, als habe diese Pennerin auf Ciccia gewartet und dann aus der Hüfte durch den Kopfkissenbezug, in dem sie ihre Sachen trug, geschossen. Aus diesem Grund sah niemand eine Waffe. Auch der Einschußwinkel deutet darauf hin, daß sie im Sitzen schoß.«

»Und du hast diese Frau gesehen?«

»Ja. Und Gus auch. Eine Personenbeschreibung arbeiten wir noch aus. Und da sie so rasch fliehen konnte, nehme ich an, daß sie die Pennerverkleidung irgendwo in der Nähe wegwarf. Laß im Umkreis von fünf Blocks Ecken und Mülltonnen prüfen.«

Donovan gab Jefferson die Beschreibung der Frau und ließ ihn dann Gus befragen. Schließlich setzten sich Donovan und Jefferson mit einem Polizeizeichner zusammen, und ein Phantombild der Verdächtigen wurde angefertigt.

»Lust auf ein Bier?« fragte Donovan nach Dienstschluß auf der Treppe.

»Nach so einem Tag? Klar, warum nicht?« erwiderte Jefferson.

Vor der Tür zu Riley's stand ein Beamter Wache. Die Fernsehteams waren fort, doch vor der Absperrung verharrte noch eine kleine Menge, größtenteils Stammgäste der Bar. Keane saß am vorderen Ende der Theke auf einem Hocker, trank ein Bier und löste ein Kreuzworträtsel.

»Auf, Jungs, jetzt wird einer gezischt«, rief Jefferson.

»Von wegen«, sagte Gus. »Die Polizei hat das Lokal geschlossen. Ich stehe hier nur Wache.«

»Die Polizei hat es gerade wiedereröffnet«, erklärte Donovan. »Ich darf meine Gäste also reinlassen?«

»Nein, nur Pancho und mich. Zwei Blatz, bitte.«

»Das geht nicht, Bill. Schau sie dir da draußen an, wie ein Rudel hungriger Wölfe sehen sie aus. Jetzt sind es nur sechs oder sieben, aber die Menge wächst zusehends. Das gibt einen Sturm auf die Bastille.«

»Zwei Blatz.«

»Wenn die sehen, daß hier ein privates Fest abgeht, rasten sie aus.«

»Gut«, meinte Donovan, »machen wir halt ein Fest im Park.«

»Geht das denn?« fragte Gus.

»Hier in meiner Gegend ja.«

So glücklich wie jetzt hatte Gus Keane seit dem Tag nicht mehr ausgesehen, an dem an Donovans Barhocker ein Bein abbrach und der Lieutenant kopfüber gegen den Erdnußautomaten flog.

»Wißt ihr noch . . . vor zehn oder fünfzehn Jahren war das . . . vierzig Leute hatten wir nach der Polizeistunde am Kriegerdenkmal.«

»Bill, Alkoholkonsum in der Öffentlichkeit ist inzwischen nicht mehr erlaubt.«

»Dann habe ich gerade das Gesetz geändert. Wenn die Puertorikaner Picknicks und die Schwarzen Grillfeste abhalten können, werd ich doch meine Party am Denkmal schmeißen dürfen.«

»Ich hol ein paar Kisten Blatz«, sagte Gus.

»Und ich geh die Wermutbrüder verscheuchen«, sagte Jefferson.

Donovan strahlte. »Das wird wie in der guten alten Zeit!«

Gus marschierte singend zum Hinterzimmer.

»Dreihundertfünfzig Dollar sollten reichen«, meinte Gus.

Donovan schaute zu seinem Freund hinüber. »Was war das?«

»Das ist der Betrag, den du mir schuldest.«

»Und wofür, wenn ich fragen darf?«

»Dreihundert für den Flipper. Auf dem ist Ciccia nämlich verblutet.«

40

»Na und? Wolltest das Ding doch eh loswerden.«

»Ich wollte es in Zahlung geben, aber der Automatenfirma wird der neue Zustand der Maschine nicht gefallen.«

»Dann mach sie gefälligst sauber«, knurrte Donovan. »Und die restlichen fünfzig?«

»Vierzig für zwei Türscheiben, zehn für Bier. Die teilen wir uns aber.«

»Wie großzügig.«

»Ich bin auch nicht der einzige, der deinetwegen Geld verloren hat.«

Nun stimmte Irving Nakima ein. »Allerdings. Ich hatte endlich mal einen Treffer, aber Ciccia wurde umgelegt, ehe er auszahlen konnte.«

»Nicht zu vergessen der Umsatzverlust«, sagte Gus. »Gib mir das Papier zurück, ich will noch zweihundert Dollar draufschlagen.«

Inzwischen war die Gesellschaft auf achtzehn oder neunzehn angeschwollen. Streifenwagen, die gelegentlich vorbeikamen, wurden von Donovans Männern verscheucht. Donovan sah zu, wie sich die Bäume im Riverside Park in der sanften Brise vom Hudson wiegten. Er wollte an offenen Himmel und blaue See denken.

Gus setzte sich wieder neben Donovan und reichte ihm die revidierte Schadensmeldung.

»Siebenhundert Dollar?« fragte Donovan.

»Während Ciccia fortgeschafft wurde, entging uns viel Umsatz. Zwei Stunden, sechs Mann und ein Abschleppwagen waren nötig, um ihn zum Leichenwagen zu schaffen.«

Donovan gab Jefferson das Papier. »Zur Ablage.«

Jefferson zerknüllte es, zielte auf den Papierkorb und warf daneben.

»So nehmen dich die Celtics nie«, bemerkte Donovan.

»Nicht jeder Schwarze ist ein Basketballtalent«, versetzte Jefferson. »Du bist zum Beispiel besser als ich.«

»Für mich ist Körbewerfen auch eine Therapie.«

»Meine ist Lesen«, warf Gus ein.

»So? Ich dachte, dein Hobby wäre Zeitreisen«, sagte Jefferson.

»Und was liest du so?« fragte Donovan.

»Vorwiegend Sachbücher, Geschichte. Ich habe mir gerade

im modernen Antiquariat das *Große Buch der Entdeckungen* gekauft. Faszinierend, wie Abenteurer vom Schlage des Captains Cook vor Hunderten von Jahren navigierten. Sie nutz-
ten einfach den Passatwind. Vor dem Passat kann man im
Zickzack die ganze Erde umsegeln.«

Donovan nickte. »Und den Forschungsreisenden folgten die
Händler.«

»Sagt mal, kriegt man bei diesem Kurs eigentlich ein Di-
plom?« fragte Jefferson.

»Nein, aber du kannst mir noch ein Bier holen.«

Donovan zerknüllte die Dose und warf sie in den Papierkorb.
Ein sehr gut gekleidetes Paar Mitte Dreißig überquerte auf
dem Heimweg von einem teuren Thai-Restaurant den Broadway.

»Die Gentrifizierung der West Side ist mir ein Rätsel«,
meinte Donovan.

»Hängt alles mit Handelswegen zusammen«, ließ sich Gus
vernehmen. »Wie bei Captain Cook.«

»Wie bitte?«

»Alle diese Aufsteiger und Angehörige der geburtenstarken
Jahrgänge, die in reichen Vororten wie Westchester und Riverdale aufwuchsen. Vor zwanzig Jahren kamen sie nach
Manhattan, machten Geld und arbeiten sich nun, da sie in die
mittleren Jahre kommen, in ihre Urheimat zurück.«

»Riverdale eine Urheimat? Der Gedanke ist mir noch nie gekommen«, sagte Donovan.

»Für diese Leute schon. Die West Side stellt nämlich eine na-
türliche Migrationsroute von den traditionell wohlhabenden
Teilen Manhattans nach Riverdale und Westchester dar.
Denk nur an Persien.«

»Jetzt blick ich überhaupt nicht mehr durch«, meinte Jefferson.

»Dann steig aus dem Kurs aus«, schnappte Donovan. »Die
Perser also . . .«

». . . die auf einer natürlichen Migrationsroute zwischen dem
Heiligen Land und dem Fernen Osten saßen, wurden so alle
hundert Jahre von einer Armee von Fanatikern, die im Auftrag Gottes zu handeln glaubte, niedergewalzt. Und aus diesem Grund sind die Perser – Iraner, sollte ich eigentlich sagen – so fremdenfeindlich und mißtrauisch«, schloß Gus.

»Hochinteressant«, meinte Donovan. »Dann stellt also die West Side so wie Persien eine natürliche Migrationsroute dar.«

»Und ich bin der Ayatollah«, brachte Jefferson endlich an.

»Der Ayatollah läßt vorlaute Untergebene erschießen«, sagte Donovan.

In diesem Augenblick fuhr die Limousine vor. Ein Chauffeur in Uniform riß den Schlag auf. Donovan strahlte, als Sergeant Marcie Barnes ausstieg und selbst in Jeanshemd und verblichenen abgeschnittenen Jeans elegant aussah.

»Mein Gott, doch nicht schon wieder!« stöhnte Jefferson und vergrub das Gesicht in den Händen.

Marcie kam herüber, setzte einen Fuß auf die Betoneinfassung und lächelte. »Endlich bist du auf dem angemessenen Niveau gelandet, Donovan – unrasiert und biertrinkend nachts auf einer Parkbank.«

»Hallo, Kleine!« rief er. »Was führt dich zu uns in die Walachei?«

Fast flog Donovan über die Platten, vorbei an den alten Kanonen, um Marcie in die Arme zu nehmen. Viele neidische Blicke folgten ihm. Außer Nakima und Jefferson hatte noch keiner der Stammgäste von Riley's die legendäre schwarze Schönheit aus Donovans Vergangenheit zu Gesicht bekommen. Manche waren schon zu der Annahme gelangt, er habe sie erfunden.

»Ich wollte dich um Hilfe bitten«, sagte sie, »und man hat mir gesagt, du seist hier.«

Donovan hörte überhaupt nicht zu. Er nahm ihr Gesicht in die Hände und schaute sie an. Ihre kakaobraune Haut schimmerte wie polierte Bronze. Ihr normalerweise langes, glattes Haar war lockig und fiel ihr bis knapp auf die Schultern. Sie sah ein wenig wie die Hauptdarstellerin von *Flashdance* aus, nur noch rassiger.

»Was hast du mit deinem Haar angestellt?« fragte er. »Sieht großartig aus.« Er ergriff ihre Hände und trat einen Schritt zurück. »Echt, du siehst toll aus.«

»Hast dich auch gut gehalten, Donovan. Ich fürchtete schon, du hättest einen Bierbauch und graue Haare.«

»Ich gehe fast jeden Tag ins Fitneßcenter und spiele sonntags Basketball.«

Marcie sah sich um und erblickte nur Männer. »Wo ist Rosie? Meinst du, sie läßt zu, daß ich dich mal für ein, zwei Stunden ausborge?«

»Rosie gehört der Geschichte an ... seit sechs Monaten«, sagte Donovan. »Du brauchst also keine Erlaubnis. Was liegt an?«

»Ich ziehe um.«

»In die West Side? Aber du bist doch nicht aus Riverdale.«

»Croton-on-Hudson liegt in Westchester!« brüllte Jefferson.

Sie warf Jefferson einen Blick zu. »*Diesen* Mühlstein hast du also immer noch um den Hals, Donovan. Ich weiß nun nicht, was Westchester damit zu tun hat, aber ich ziehe für den Sommer auf ein gemietetes Boot im Jachthafen an der 79th Street. Hilfst du mir?«

»Klar, ich muß mich nur noch von diesen Clowns hier verabschieden.«

Ehe Donovan sich an die Clowns wenden konnte, hörte er Handschellen klingeln. Jefferson ließ ihm ein Paar vor der Nase baumeln.

»Los, in Riley's Keller, du Idiot!« fauchte Jefferson.

»Wie bitte?«

»Ich hab mir geschworen, dich da einzusperren, bis das Geheul aufhört, wenn du dich wieder mit ihr einläßt.«

Marcie machte eine Kopfbewegung zu Jefferson hin und fragte: »Was hat er denn?«

»Lebensmittelvergiftung«, erwiderte Donovan und stieß Jeffersons Hand mit den Schellen beiseite. »Komm, ich will ihr doch nur beim Umzug helfen.«

»Wenn mir ein Text zu dieser Arie einfiele, verkaufte ich mehr Platten als Michael Jackson.«

Donovan sagte: »Laß die Jungs noch ein bißchen feiern, und schick sie dann heim. Und sieh zu, daß Riley's abgeschlossen und bewacht wird.«

»Bill ...«, flehte Jefferson.

»Umzug«, sagte Donovan leise. »Auf ein Boot.«

»Quatsch«, erwiderte Jefferson. »Mit Soße.«

5

Selbst in der Dunkelheit sah das Boot beeindruckend aus. Die *West Wind* war eine dreizehn Meter lange hölzerne Ketsch mit einem scharf geschwungenen Vorsteven, der in einen Spriet mündete, und gepflegten, aber gerade im rechten Maß abgenutzten Teakdecks. Früher war sie einmal eine Rennjacht gewesen und hatte bestimmt eine gute Zahl von Regatten hinter sich, wenn nicht unbedingt mehrere Weltumseglungen, wie Marcie behauptete. Nun war sie im Ruhestand und lag an der südlichsten Pier der Marina.

Bis alle Kleider vom Parkplatz zum Boot getragen worden waren, verging eine Stunde, und das Verstauen der Kisten in der Hauptkabine dauerte fast so lange. Marcie blieb unter Deck und überlegte, wie ihre umfängliche Garderobe unterzubringen sei.

Donovan ergriff das hölzerne Steuerrad und schloß die Augen. Er war nun Jack London vor den Salomoninseln, Lord Nelson bei Trafalgar, Ted Turner bei der Rückeroberung des America's Cup.

»Klar zum Wenden!« bellte er seine imaginäre Mannschaft an. »Hart Lee!«

Marcies Kopf erschien in der Tür zum Niedergang. »Was treibst du denn?«

»Stör mich nicht. Ich bin mitten in einem Duell mit Dennis Conner.«

»Mit wem?«

»Dem Mann, der 1983 das Rennen um den America's Cup verlor.«

»Donovan, hast du schon mal vom Peter-Pan-Syndrom gehört?«

»Geh lieber den Klüver verkürzen.«

»Donovan!«

Er nahm die Hände vom Rad und öffnete die Augen. Auf einem Boot in der Nähe war eine Party in vollem Gang.

»Komm runter«, sagte sie.

»›Unter Deck‹ heißt das«, meinte er und folgte.

Marcie reichte ihm ein Glas und schenkte Champagner ein. »Auf einen ruhigen, friedlichen Sommer.«

Sie stießen an und tranken, und dann führte Donovan sie zu

einer L-förmigen Couch an der Backbordseite der Kabine. Donovan setzte sich, legte die Beine auf einen Couchtisch aus Eiche und lud sie ein, sich an ihn zu schmiegen. Sie legte ihren Kopf an seine Schulter, blieb eine Weile so, küßte ihn dann und griff wieder nach ihrem Glas.

»Es ist jetzt ein Jahr her, daß du zuletzt angerufen hast«, sagte sie.

»Unsinn, an deinem Geburtstag waren wir zusammen essen.«

»Mein Geburtstag ist im Juli. Das ist fast ein Jahr her.«

»Ich hatte halt viel um die Ohren.«

»Besonders in letzter Zeit. Sag mal, hast du wirklich ein Pastrami-Sandwich gegessen, als Ciccia umgelegt wurde?«

»Nein, es war Corned beef drauf«, erwiderte Donovan gereizt, »und ich will auch nicht weiter drüber reden.«

Sie legte den Arm auf die Rücklehne der Couch und spielte mit Donovans Haar. »Worüber können wir dann überhaupt reden? Was macht dein Liebesleben?«

»Nicht sensationell. Wie sieht's bei dir aus?«

»So ähnlich«, gestand sie. »Auch ich war zu beschäftigt.«

Er lächelte und setzte sein Glas ab. »Also *das*«, meinte er, »wäre doch ein angenehmes Thema.«

»Dann fang mal an«, sagte sie und öffnete die Lippen.

Donovan schlug die Augen auf und sah Marcies Gesicht. Sie war geschminkt und trug ein Leinenkostüm.

»Kaffee, Käpt'n?« fragte sie und reichte ihm einen Becher.

»Wie spät ist es?« fragte er und setzte sich in dem großen Bett der Kabine auf.

»Halb acht. Gut geschlafen?«

»So gut wie seit Jahren nicht mehr.« Er trank einen Schluck Kaffee und nickte anerkennend. »Hm, Hochlandsorte.«

»Auf meiner Jacht wird nur das Beste serviert.« Sie richtete sich auf und strich sich die Jacke glatt. »Im Kühlschrank findest du Quark und Brötchen. Ich muß fort. Heute knacke ich einen Fall.« Sie lächelte stolz. »Ich arbeite inzwischen nicht mehr für die Sitte, sondern operiere als Einkäuferin eines großen Kaufhauses.«

»Ach, wirklich?«

»Ja, und ich bin im Begriff, Teppich-Arnie neun Meilen heiße

Ware abzukaufen. Er geht mit mir in ein teures Lokal frühstücken.«

»Wo hast du die Antenne?« fragte Donovan.

»Im BH.«

»Da würde ich zuerst hinlangen.«

»Du vielleicht«, versetzte sie, »aber Arnie steht auf Beine. So, ich muß jetzt wirklich ziehen. Am Waschbecken liegt ein Rasierer.« Sie beugte sich über ihn und gab ihm einen Kuß.

Er trank seinen Kaffee aus und schwang die Beine aus dem Bett.

»Bis heut abend«, sagte sie und ging durch den Aufgang ins Tageslicht.

Marcie trat vom Heck der *West Wind* und schritt forsch die Pier entlang. Auf halbem Weg begegnete sie Thomas L. Jefferson, der stehenblieb, um mit ihr zu reden. Sie aber drängte sich an ihm vorbei und strich sich einen Fussel vom Aufschlag.

»Captain Bligh ist in der Dusche«, sagte sie.

»Ich will nichts hören«, sagte Donovan und hoffte, das Rauschen der Dusche würde Jeffersons Stimme übertönen. Da irrte er sich.

»Mann, ich glaub's einfach nicht. Alle zwei Jahre taucht sie auf wie dieses komische Schlechtwetterding im Pazifik und bringt alles durcheinander.«

»El Niño heißt das«, gab Donovan zurück. »Das Knäblein.«

»Ja, dieser da. Sie kommt, säuselt dir was ins Ohr, und schon springst du zu ihr ins Bett.«

»Das geht dich überhaupt nichts an.«

Donovan spülte sich das Shampoo aus dem Haar und stellte das Wasser ab.

»Es geht mich schon etwas an, wenn du mitten in der Nacht mit der Dame verschwindest, um auf einem Boot zu pennen. Wir haben einen heißen Fall laufen, und ich muß wissen, wo du bist, wenn ich dich brauche.«

»Hast mich doch gefunden. Reich mir mal das Handtuch.«

Jefferson tigerte im Boot herum, während Donovan sich abtrocknete. »Hm, ganz akzeptabel hier. Wo ist der Fernseher?«

»Es gibt keinen.« Donovan war inzwischen in der Hauptkabine und zog sich an.

»Wie willst du ohne Fernsehen existieren?«

»Ein Abend läßt sich auch mit anderen Dingen verbringen.«

»Kann ich mir vorstellen.«

»Wer sagt denn überhaupt, daß ich noch eine Nacht hier verbringe?«

Jefferson lachte. »Mann, du hast einen riesigen Selbstzerstörungsknopf. Klar bleibst du heute nacht hier.«

Donovan band seine Krawatte, zog sie gerade, knöpfte dann den Kragen auf. Seit Donovan zur Kriminalpolizei gekommen und gezwungen worden war, regelmäßig Anzug und Krawatte zu tragen, *mußte* er irgend etwas tun, um aus dem Rahmen zu fallen. Kleine Verstöße gegen die Konvention wie verschiedenfarbene Socken, einen offenen Kragenknopf, eine Schnappschildkröte in der Badewanne – von solchen Dingen zehrte er. Er gab sich oft Tagträumen hin, manchmal nur zum Trotz, gelegentlich aber zu einem guten Zweck. Und in der Dusche war ihm etwas Gutes eingefallen.

»Timmins«, sagte er, als er in der Kabine ins Jackett schlüpfte.

»Wie bitte?«

»Willis Timmins, der Lottokönig.«

Donovan ging voran an Deck und schloß die Tür zum Niedergang ab.

»Und was soll mit dem sein?« fragte Jefferson.

»Hast du in letzter Zeit etwas über ihn gehört?«

»Nein, er scheint normal zu operieren und macht nicht viel Ärger. Alle zwei Monate oder so halten die Kollegen vom Revier mal Razzia in einem seiner Läden, aber tags darauf geht es dann wie üblich weiter. Lotterie ist relativ harmlos, Bill, und Timmins ist auch nicht zu geldgierig.«

»Fährt er einen weißen Cadillac?«

»Nein. Fahren tut der Chauffeur. Timmins sitzt mit einer Mieze hinten.«

»Kurz vor dem Anschlag auf Ciccia fuhr ein weißer Cadillac langsam an Riley's vorbei.«

»Hier gibt's massenweise weiße Cadillacs«, sagte Jefferson. »Ich dachte, du wärst sicher, daß eine Pennerin geschossen hat.«

»Bin ich auch. Es besteht nur die Möglichkeit, daß Timmins sich vorbeikutschieren ließ, um zuzuschauen. Wir wissen ja, wie er Ciccia haßte.«

»Genug, um es mit der Mafia aufzunehmen?«

»Warum nicht? Mit Sportwetten läßt sich eine Menge Geld verdienen, und die kontrollierte Ciccia in der West Side.«

»Ach, ich weiß nicht. Ist Timmins denn überhaupt stark genug für so etwas?«

»Dann laß uns das doch einmal herausfinden. Ich rede mit den Chefs, du ziehst Timmins' Akte. Und laß mal rumhören, ob er in letzter Zeit Personal eingestellt hat. Bisher kontrollierte Ciccia alle Sportwetten und ein paar Lotterieeinnahmen. Timmins hatte alle anderen Einnahmen und nichts mit Sportwetten zu tun. Wer weiß, vielleicht ist er geldgieriger, als wir glauben.«

Jefferson nickte. »Unter der Dusche fallen dir gute Sachen ein.«

Donovan blieb am Ende der Pier stehen, drehte sich um und bewunderte die *West Wind.* »Solltest mal auf einem Boot schlafen«, meinte er. »Tut der Seele wohl.«

Donovan starrte die Boulevardzeitung auf seinem Schreibtisch an. »Warum mußte sich Ciccia an einem Tag abknallen lassen, an dem sonst nichts los war? Hätte es nicht irgendwo eine Revolution oder ein Erdbeben geben können?«

»Genau«, meinte Jefferson.

»Und warum hat Reagan nicht irgendeine Bananenrepublik besetzen lassen? Wozu ist er überhaupt da?« Donovan griff nach einer *New York Post.* »Gangsterboss erschossen – Polizei macht Pause«, hieß die Unterschrift.

»Etwas Poetisches ist schon dran«, meinte Donovan, »und etwas Ironisches. Zweimal hatte ich bisher eine Chance, auf die Titelseite zu kommen – aber das erste Mal trat Nixon zurück, und beim zweiten Mal marschierten die Russen in Afghanistan ein. Resultat: Ich landete zwischen den Anzeigen der Pornokinos.«

Er lachte bitter und nahm die *News.* »»Menü mit Knalleffekt.‹ Finde ich besser. Walter Burns wäre stolz gewesen.«

»Wer ist das?«

»Hast du *Extrablatt* gesehen?«

»Nein.«

»Dann bleib mal auf, wenn der Film im Fernsehen kommt. Was ich nicht verstehe, ist die Sache mit dem Pastramisandwich. Wo haben sie das her? Wenn man in New York den Unterschied zwischen Pastrami und Corned beef nicht mehr kennt, ist alles verloren. Was hat die *New York Times* über mich zu sagen?«

»Drei Absätze im zweiten Teil«, erwiderte Jefferson. »Dein Name wurde nicht erwähnt. Dein Sandwich auch nicht.«

»Ein Hoffnungsstrahl«, meinte Donovan. »Endlich hat jemand gewußt, was druckenswert ist.« Er warf die Zeitungen in den Papierkorb. »Gibt's hier Kaffee?«

»Moment noch. Wie lief's bei den Chefs?«

Donovan zuckte die Achseln. »Es ging. Ich gab Ihnen Kopien meines Berichts, man drückte Mitgefühl aus und bot Hilfe an. Und der Präsident bat mich, beim nächsten Mal doch lieber in einem Schnellimbiß oder Café zu sitzen, wenn jemand abgeknallt wird. Himmel, dabei hab ich nur Kaffee getrunken.«

»Da können wir froh sein, daß die Rutschstange nie eingebaut worden ist«, meinte Jefferson.

»Man schien übrigens ganz froh zu sein, daß ich mal dumm dastand.«

»Ich fand's auch Spitze«, gestand Jefferson.

»Danke. Hat die Phantomzeichnung der Stadtstreicherin irgendwelche Ergebnisse gebracht?«

»Nein. Wir haben zwischen Second und 110th Street auf beiden Seiten des Broadways alle Ladenbesitzer gefragt. Niemand kann sich entsinnen, sie gesehen zu haben.«

»Timmins muß sie importiert haben . . . von der Küste vielleicht.«

»Oder sie ist eine Ausgeburt deiner Phantasie.«

»Moment, ich habe sie selbst gesehen. Gus auch. Und zwei oder drei Leute sagten aus, Rigili sei mit einer Frau im Bridge Café gewesen.«

»Die sahen eine attraktive Frau. Du und Gus, ihr habt eine Pennerin gesehen.«

»Und der Apfel? Waren Abdrücke auf der Schale?«

Jefferson schüttelte den Kopf. »Alles verwischt.«

»Und die Blutgruppe?« fragte Donovan hoffnungsvoll.

»O negativ. Nicht besonders selten. Und für den Genotyp ist es noch zu früh. Das DNA der Dame können wir uns erst morgen ansehen. Und die Durchsuchung der Mülltonnen ist bislang ergebnislos verlaufen.«

»Nachrichten über die Geschosse?« fragte Donovan.

Jefferson stand auf, räusperte sich und sagte: »Magst du einen Schluck Whisky im Kaffee?«

Donovan schaute ihn entsetzt an. »Bitte nicht!«

Jefferson nickte. »Doch. Alle drei Kugeln hätten Davy Crokkett gehört haben können.«

»Ich sehe die Schlagzeilen von morgen schon vor mir.«

»Keine Sorge, das mit den Geschossen bleibt geheim. Das Labor will nicht so dumm dastehen wie du.«

»Und was weiß das Labor bislang?«

»Etwas mehr als gestern. Wir haben Glück. Weil an Vincent mehr dran war als an Frankie Rigili, holte man ein Geschoß völlig intakt aus ihm heraus.«

»Ehrlich? Hat der Dicke mir also doch noch was Gutes getan.«

»Das Geschoß ist unversehrt, vom Kaliber 44 und zwischen hundert und hundertfünfzig Jahre alt. Bis morgen sollte das Labor das Gutachten vom John Jay College haben.«

»Was hat denn ein College damit zu tun?«

»Es hat Archäologen, Lieutenant«, sagte Jefferson. »Unser Labor nicht.«

Donovan schaute gen Himmel. »Warum immer ich?« fragte er. »Warum können die verrückten Fälle nicht in Queens oder der Bronx passieren? Nun, wenigstens wissen wir jetzt, warum die Schüsse aus nächster Nähe abgegeben wurden. Eine Pistole aus dem letzten Jahrhundert kann über größere Entfernungen nicht sehr akkurat sein. Aber warum . . . *warum* . . .?«

»Lassen wir die Imponderabilien mal beiseite und kümmern uns um das, was wir haben«, meinte Jefferson. »Zum einen haben wir alles aus Bonos Wohnung, das unsere Jungs für möglicherweise wichtig hielten.«

Er gab Donovan einen großen braunen Umschlag.

»Größtenteils Rechnungen und Quittungen fürs Finanzamt.«

»Sag bloß nicht, daß so ein Gauner Steuern zahlt.«

»Klar. Er arbeitet auf dem Bau und verdient siebenundzwanzigtausend im Jahr.«

»Reicht also locker für zweitausend Dollar Miete im Monat«, meinte Donovan.

»Arbeitgeber ist Harbison Construction.«

»Laß nachprüfen, ob das eine Tarnfirma des organisierten Verbrechens ist«, sagte Donovan.

Jefferson machte sich eine Notiz. »Bono wird heute nachmittag aus dem Krankenhaus entlassen und dem Haftrichter vorgeführt.«

»Ich schaue mir seinen Kram an und sehe zu, daß er wieder in seine Wohnung kommt, ehe er gegen Kaution freigelassen wird«, meinte ein ärgerlicher Donovan.

Jefferson hatte Mitgefühl. »Wenn ich gewußt hätte, daß sich Bono so schnell erholt, hätte ich anderswo hingeschossen.«

Donovan öffnete den Umschlag und kippte den Inhalt auf seinen Schreibtisch. »Ich muß also diesen Kram durchgehen und heute nachmittag zur Verhandlung erscheinen? Pest, geh Kaffee holen. Was ist übrigens mit Timmins?«

»Nichts, was auf den ersten Blick auffiele. Ich kann nur sagen, daß er zwischen sechs und acht am Abend in der Black Diamond Bar in der 125th Street hofhält.«

»Gut, nach der Verhandlung schaue ich da mal rein. Wenn ich nicht wüßte, wie du zu schwarzen Gangstern stehst, würde ich dich ja bitten, mitzukommen.«

»Willst du da wirklich allein hin?« fragte Jefferson. »Da wagte ich mich selbst mit einer MAC nicht rein.«

»Timmins und ich, wir kennen uns schon lange«, meinte Donovan und machte sich an den Papierstoß aus Bonos Wohnung.

6

Die Black Diamond Bar befand sich knapp westlich des Broadway in der 125th Street und an der Grenze von Donovans Zuständigkeitsbereich. Nach Harlem ging er nur selten – höchstens ins Yankee Stadium oder in ein schwarzes Restaurant, wenn Jefferson es als authentisch empfohlen hatte. Das Lokal war recht fein: Nischen mit Lederpolsterung, Kellnerinnen in Uniform, ein Barmann mit roter Weste. Da die Gäste überwiegend schwarz und in mittleren Jahren waren, gab es in der Jukebox Billie Holiday, Charlie Parker, Thelonious Monk, Archie Shepp und B. B. King. Musik nach Donovans Geschmack; aber gelegentlich hatte er auch Vivaldi- oder Beach-Boys-Phasen.

Die Black Diamond Bar gefiel ihm, und es störte ihn auch nicht, daß viele Gäste Einnehmer für Timmins' illegale Lotterie waren. Die brachten niemanden um – wenigstens nicht, solange Billie Holiday sang.

»Ich nehme an, Sie haben vom Hinscheiden des stärksten Pasta-Essers der West Side gehört.«

Timmins trank einen Schluck Kognak. »Stand in der Zeitung.«

»Was halten Sie davon?« fragte Donovan.

»Pech für Sie, daß Sie dabeisaßen und auf einem Sandwich kauten«, meinte Timmins. »Tja, ich weiß, was Sie gegessen haben. Ich hab überall Freunde, selbst bei Riley's. Und als Sie vor ein paar Jahren den Schnaps steckten, hab ich das noch vor Ihrer Leber gemerkt.«

Donovan lächelte.

»Ich weiß auch, daß Sie viel zu schlau sind, um zu glauben, daß ich mit dem Anschlag etwas zu tun hatte. Gewiß, mein bester Freund war er nicht gerade, und Blumen schicke ich auch keine zu seiner Beerdigung.«

»Werden Sie jetzt plötzlich anfangen, sich für Sport zu interessieren?« fragte Donovan.

»Kommt drauf an«, antwortete Timmins.

»Worauf?«

»Kommt drauf an, wer sonst noch in Ciccias, äh, Familie sich für Sport zu interessieren beginnt. Ich bin zufrieden mit dem, was ich habe, Lieutenant. Wann habe ich Ihnen zuletzt Ärger gemacht?«

»Ich kann mich nicht entsinnen, daß Sie mir überhaupt je Ärger gemacht haben«, gab Donovan zurück. »Hin und wieder regen sich die Kollegen in Uniform über Sie auf, aber das geht mich nichts an.«

»Bitte schauen Sie mich an«, sagte Timmins. »Mein Geschäft schädigt niemanden und lenkt die Leute von ihren miesen Jobs oder dem schlechten Wetter ab. Und was kostet es sie schon? Ein Dollar pro Tag? Zwei? Für sie bedeutet es Spannung und für mich ein Auskommen. Ich beschäftige ein paar Leute, und ich investiere meine Gewinne nicht in Drogen oder Prostitution, wie Ciccia es tat. Und Waffen verkaufe ich auch nicht. Besonders nicht an Jugendliche. Das wissen Sie genau. Ich bin bemüht, nicht aufzufallen. Meinen Sie, ich wäre so verrückt, eine Killerin anzuheuern, die sich als Pennerin maskiert?«

»Das wissen Sie also auch.«

Timmins entfaltete das Phantombild der Stadtstreicherin und legte es auf den Tisch. »Kein Kunststück. Am Samstag abend wird Ciccia erschossen, am Sonntag fliegen diese Dinger in der ganzen West Side rum.«

»Wo waren Sie Samstag abend?« fragte Donovan.

Timmins schüttelte den Kopf. »Lieutenant, Sie enttäuschen mich. Wer gab Ihnen den Tip über den Waffenhandel in der Tiefgarage? Sie wissen doch, wie sehr ich Gewalt verabscheue.«

»Und wer flüsterte dem Staatsanwalt vor zwei Jahren etwas ins Ohr, nachdem Sie so dumm gewesen waren, sich bei einer Razzia der Uniformierten persönlich erwischen zu lassen?«

»Na gut, dann sind wir quitt.«

»Wo waren Sie am Samstag abend?«

»Ich habe mit ein paar Freunden Billard gespielt«, erwiderte Timmins und machte eine Kopfbewegung zu vier ordentlich gekleideten, aber sehr massiv und finster aussehenden Schwarzen hin. Von diesem Quartett war Donovan böse angestarrt worden, seit er das Lokal betreten hatte.

»Und diese ›Freunde‹ werden das natürlich bestätigen.«

»Natürlich. Es ist ja auch die Wahrheit. Wollen Sie mal mit ihnen reden?«

»Reine Zeitverschwendung. Wenn ich Zeugenaussagen brauche, stehen sie ja bestimmt zur Verfügung.«

»Bestimmt.«

Donovan erhob sich. Timmins legte ihm eine Hand auf den Arm. »Ich würde mich an Ihrer Stelle einmal in Ciccias Organisation umsehen. Mag sein, daß dort jemand aufsteigen wollte und versucht, mir den Schwarzen Peter zuzuschieben.«

»Wer denn? Bono? Der lag zur fraglichen Zeit im Krankenhaus.«

»›Lag‹, sagten Sie gerade. Hat man ihn schon wieder entlassen?«

»Ich dachte, Sie hätten überall Freunde«, versetzte Donovan. »Vor ein paar Stunden wurde er dem Haftrichter vorgeführt und gegen Kaution entlassen. Und wenn Sie an Facci denken: Der ist tablettensüchtig und hat für so was nicht den Mumm.«

»Ich wollte Ihnen ja nur helfen«, meinte Timmins und gab Donovans Arm frei. »Wissen Sie, was ich tat, als ich von Ciccias Tod erfuhr?« Er lachte.

»Haben Sie Ihre Spaghettiaktien abgestoßen?«

»Nein, ich habe in der Lotterie gespielt«, sagte Timmins stolz. »Das tu ich sonst nie, weil die Gewinnchancen zu schlecht sind.«

»Und?«

»Ich hatte so eine Eingebung und setzte auf eins vier vier. Kapiert? Eins vierundvierzig.«

Donovan erklärte, er habe begriffen. »Und haben Sie gewonnen?« fragte er.

»Nein.«

Roberto Facci war ein kleiner, ausgemergelter Mann mit dunklen Augen, die rastlos jeden Gast des Restaurants musterten. Bono war selbstgefällig und ölig, Facci hingegen bibberte vor Mißtrauen und Furcht. Bono sah in jedem Fremden einen Trottel, für Facci war jeder Fremde ein Attentäter oder Polizist. Ciccia hatte sie durch Einschüchterung diszipliniert, doch nun war mit Bono als dem Kronprinzen alles möglich.

Facci spießte mit zitternden Fingern ein Stück gedünsteten Fisch auf, legte die Gabel aber sofort wieder hin, als Bono hereinkam. Bono trug die Jacke seines beigen Anzugs lose über der vergipsten Schulter. Er setzte sich an die Bar, bestellte einen Manhattan und schaute sich im Lokal um.

Bono entdeckte Facci, der allein an dem Familientisch in einer dunklen Nische des sonst vollbesetzten Restaurants aß. Bono trank aus und ging zu Facci.

»Wie geht's der Schulter?« Seine Stimme war ebenso nervös wie seine Finger.

»Könnte schlimmer sein. Der Knochen ist nur angesplittert. Schmerzmittel hab ich genug.«

»Du bist wohl nicht bei Trost! Rennst ein paar Tage, nachdem du eine Kugel abbekommen hast, in der Stadt rum! Wein, Weib und Gesang bringen dich noch um.«

Bono zuckte die Achseln. »*Allore, di smetti cantare . . .* geb ich halt das Singen auf.«

Facci runzelte die Stirn und klopfte mit der Gabel auf die Tischplatte.

»Was zum Teufel geht eigentlich vor? Erst gehst du der Polizei in die Falle. Am Tag darauf wird Vinnie erschossen. Frankie landet im Fluß. Wer steckt dahinter?«

»Du warst draußen, nicht ich. Also laß dir mal was einfallen.«

»Es hat jemand eindeutig der Polizei einen Tip über das Geschäft in der Tiefgarage gegeben. Puertorikaner vielleicht, Rivalen der Flames. Vinnies Büro habe ich nach Wanzen durchsuchen lassen. Nichts. Von unseren Jungs wußte nur noch Palucci über das Geschäft Bescheid, und der wurde in der Tiefgarage erschossen.«

Bono rieb seinen Gipsverband. »Ich leg den Nigger um, der mich angeschossen hat.«

»Vinnie hat es immer vermieden, sich direkt mit der Polizei anzulegen.«

»Schon, aber Vinnie ist tot und kann uns keine Vorschriften mehr machen.«

»Himmel noch mal, wir haben doch so schon genug Probleme . . .«

»Wer hatte an diesem Abend in der Garage Dienst? Ein Schwarzer, nicht wahr?«

»Ja, Pete . . . aber nicht jeder Schwarze in der West Side arbeitet für Timmins.«

»Nein, aber dieser? Timmins bildet sich doch ein, alles zu wissen. Fühl mal diesem Pete auf den Zahn.«

Facci sträubte sich, den Befehl eines Mannes zu befolgen, den er noch nicht als neuen Boss anerkannt hatte, schwieg aber.

»Timmins hat es schon seit Jahren auf unser Geschäft abgesehen«, meinte Bono. »Und jetzt, glaube ich, schlägt er zu.«

»Das ist nicht zu beweisen. Außerdem sucht die Polizei eine Pennerin.«

»Wie bitte?« fragte Bono ungläubig.

»Du weißt, was ich meine. Eine Stadtstreicherin. Donovan glaubt, Vinnie sei von einem als Pennerin verkleideten Profi erschossen worden. Zumindest hört man das.«

Bono lachte höhnisch. »Hab ich dir nicht gesagt, daß Donovan nicht alle Tassen im Schrank hat? Weißt du eigentlich, daß er sich zu Hause in der Badewanne eine Schnappschildkröte hält?«

»Na und? Ist der verrückter als du? Du rennst rum und trinkst und nimmst Drogen, wo du eigentlich ins Bett gehörst.«

»Ich nehme keine Drogen, sondern nur Schmerzmittel!« versetzte Bono ärgerlich.

»Wie du meinst.«

»Eine Pennerin, ehrlich! Hör auf, mir Märchen zu erzählen, und kümmere dich um den Parkwächter. Ich weiß genau, daß Timmins uns angreift. Ruf in Bensonhurst an und versuche, mehr Leute zu besorgen. Ich hab keine Lust auf mehr Löcher in meiner Haut.«

Facci hatte einen zweiten Befehl bekommen, behielt seinen Zorn aber für sich.

»Wenn Timmins einen Krieg will, kann er ihn haben«, sagte Bono. »Einen ganz kurzen.«

Facci nickte und stocherte in seinem Essen herum. »Ich werde mich darum kümmern.«

»So, ich gehe jetzt zurück an die Bar«, erklärte Bono. »Und du siehst dich vor, klar?«

»Ich habe draußen einen Mann im Auto sitzen.«

Bono erhob sich lächelnd. »Und mach dir keine Sorgen, Bobby. Schade um Vinnie, aber wir kriegen das schon hin. Bist du morgen im Büro?«

»Sicher.«

»Bis dann.«

Facci versuchte, sich wieder auf sein Abendessen zu konzentrieren, Bono drängte sich durch die Menge und eroberte seinen Platz an der Theke zurück. Er bestellte sich noch einen Manhattan und hatte gerade nach dem Glas gegriffen, als ihm der lockende Duft eines teuren Parfüms in die Nase stieg. Links von ihm war die schönste Frau, die er je gesehen hatte, erschienen. Sie hatte langes, honigblondes Haar, ein Gesicht, von dem er bisher nur geträumt hatte, und war elegant gekleidet. Außerdem schaute sie ihn an. Rasch prüfte er im Spiegel hinter der Bar sein Aussehen.

Andrea Jones hielt ein Glas Weißwein in einer Hand und berührte mit der anderen seinen Gipsverband.

»Zum Skifahren ist es zu spät in der Saison. Sie müssen also vom Pferd gefallen sein«, sagte sie.

»Pignolen sind Samen aus Pinienzapfen und werden in der

türkischen und italienischen Küche viel verwandt«, sagte Marcie.

»So?«

»Unter dem Namen Pinienkerne sind sie besser bekannt. Sie werden gemahlen und mit Olivenöl, Basilikum, Knoblauch, Salz und Pfeffer und, in diesem Fall, mit feingehacktem Blattspinat gedünstet. Die entstehende Paste läßt man abkühlen und vermischt sie dann mit frisch gekochten italienischen Nudeln. Das Resultat heißt *pasta al pesto*.«

»Hast du das selbst gemacht, hier auf dem Boot?« fragte er.

»Nein, ich habe es bei Zabar gekauft.«

»Und die Ente à l'orange auch?«

Sie nickte. »Die Ente hat pro Portion nur 3,99 gekostet. Wenn man die Pasta und den Wein hinzurechnet, kommt man auf ein Abendessen für zwei für unter zwanzig Dollar. Nicht übel für Manhattan.«

»In der Tat nicht übel«, meinte Donovan, öffnete die Weinflasche und schenkte zwei Gläser ein. Es war halb neun am Abend, und an der Marina begann gerade das Nachtleben. Es lagen dort rund zweihundert Boote, die meisten das ganze Jahr über, aber es gab auch einige Durchreisende, die meist die flotteren Gefährte hatten. Zu letzteren gehörte eine in der Nähe von Marcies Boot vertäute Ketsch aus Fiberglas, eine funkelnagelneue Sonderanfertigung für Hochseeregatten. Ehe Marcie das Essen an Deck brachte, fiel Donovan auf dem Vorderdeck der Ketsch ein makellos gekleideter, distinguierter Herr im blauen Blazer auf, der mit einem jungen Mann in neuen Jeans und einem weißen Rollkragenpullover sprach. Der ältere Mann sah aus wie der typische Jachtclubcommodore, der mit weißen Handschuhen die Chrom- und Messingteile nach Stäubchen absucht.

Vom Hausboot auf der Landseite der *West Wind* drangen Opernklänge; gelegentlich war ein großer, massiger Mann zu sehen, der gerne mit freiem Oberkörper ging und eine Brust voller Haare zur Schau stellte, die ebenso weiß waren wie sein Bart und sein Schopf.

Marcie servierte Ente und Pasta. »Iß«, meinte sie und setzte sich zu Donovan auf eine Bank im Cockpit.

Donovan schnitt sich eine Scheibe Ente ab. »Wie ging es mit Teppich-Arnie?« fragte er.

»Wir haben sein Kaufangebot auf Band. Nun brauche ich die Ware nur noch anzunehmen, und dann haben wir ihn.«

»Hat der Kerl dich wenigstens zu einem anständigen Frühstück eingeladen?«

»Nein«, versetzte sie ein wenig ärgerlich, »er ging mit mir in ein Kettenrestaurant.«

»Da gibt es oft vernünftiges Essen.«

»Mag sein, aber ich hatte mir etwas Französisches vorgestellt und nicht Steak mit Spiegelei und Pommes.«

»Hunderte von Generationen von Donovans haben sich von Steak und Kartoffeln ernährt und sind gut dabei gefahren.«

»Das sieht man«, meinte sie und piekste ihn in den Bauch.

»Höre ich Klagen?« fragte er.

»Na gut, hast Gewichte gestemmt. Das kostet dich wahrscheinlich deine irische Staatsbürgerschaft.«

»Ich habe übrigens erwogen, nach Dublin zu ziehen«, sagte Donovan. »Die Guardia nimmt mich bestimmt.«

Sie lachte. »Du gehst doch nie von der West Side weg.«

Donovan aß ein Stück Ente und trank einen Schluck Wein. »Paß auf, ich überrasche dich noch.«

Marcie sog die milde Nordwestbrise ein und meinte: »Angenehm hier draußen. Frische Luft. Wie ich höre, stinkt der Fluß im Sommer manchmal erbärmlich.«

»Alles Lügen. Der Hudson riecht wie die Kosmetikabteilung von Bloomingdale's. Wie lange liegt diese große Ketsch schon da?« Donovan machte eine Kopfbewegung zu dem älteren Herrn hin, der nun zusammen mit einem anderen jungen Mann, der Khakihosen und ein blaues Polohemd trug, im Cockpit herumfummelte.

»Drei, vier Wochen.«

Donovan nickte und sah zu, wie die Sonne drüben in New Jersey unterm Horizont verschwand. »Und der Mann mit dem Hausboot an Steuerbord? Santa Claus? Was treibt der?«

»Keine Ahnung, aber manchmal singt er mitten in der Nacht Arien aus *Tosca*. Warte nur, bis du den Kamera-Spanner erlebst. Der lebt auf einem alten Chris-Craft an Pier zwei und ist wohl Fotograf, denn er beobachtet mich bei jeder Gelegenheit durch ein Teleobjektiv.«

Wütende Eifersucht durchfuhr Donovan. »Beachtet er nur dich?«

»Nein, er guckt sich alle Frauen an, die im Badeanzug sind. Bislang hat er sich auf mich konzentriert, weil ich die Neue bin.«

»Den Kerl sollte ich mir mal vornehmen«, sagte Donovan.

Marcie schüttelte den Kopf. »Ach laß, das ist nur ein harmloser Voyeur. Außerdem kann ich mich gut selbst verteidigen. Laß den armen Spinner in Frieden, und kümmere dich lieber um deine mordende Pennerin. Die Nachbarn kannst du mir überlassen.«

»*Pasta al pesto* schmeckt mir«, meinte er. »Bin zwar für die nächste Woche mit Knoblauch verseucht, aber geschmeckt hat's trotzdem.«

»Zumindest hält es dir Jefferson vom Leib. Vampire können nämlich Knoblauch nicht ausstehen.«

Nach dem Essen trank Donovan einen Espresso. »Ich bin erstaunt, was du hier so auftischst. Auf einem Boot hätte ich mit Notrationen gerechnet.«

»Man gibt sich halt Mühe«, meinte sie. »Und du hast wohl keine Lust, mir beim Abwasch zu helfen?«

Donovan starrte sehnsüchtig auf die Linien der großen Ketsch.

»Dacht ich mir's doch. Echte Männer spülen nicht.« Sie räumte das Geschirr ab.

Donovan, jäh aus einem Wunschtraum gerissen, schaute auf. »Hast du was gesagt?«

»Nein«, versetzte sie mit gespieltem Hochmut, »es hat nur der Wind in den Drähten gepfiffen, die die Maste freihalten.«

»Die heißen Stagen«, verbesserte Donovan.

In der Tür zum Niedergang blieb sie stehen und sagte: »So, ich gehe jetzt *unter Deck*.«

»Der Kerl hat sich über mich lustig gemacht«, sagte Donovan. »Wer?«

Marcie war mit einer Tasse Espresso nach oben gekommen und setzte sich neben Donovan. Beide hatten die Füße auf die Achterreling gelegt. Die Sonne war inzwischen versunken. Hinter ihnen schimmerten die Lichter von Manhattan.

»Willis Timmins.«

»Bitte hilf meinem Gedächtnis nach.«

»Der schwarze Lotteriekönig.« Donovan berichtete, daß Timmins auf die Nachricht von Ciccias Tod auf 144 gesetzt hatte.

»Das war ein Wink mit dem Zaunpfahl.«

»Woher wußte er denn, daß die Mordwaffe das Kaliber 44 hatte?« fragte sie. »Das stand doch gar nicht in der Zeitung.«

»Eben.«

»Zufall?« schlug sie vor.

»Die Anrufung des Zufalls«, erklärte Donovan geschwollen, »ist die einfachste Methode, sich um eine logische Erklärung für zwei oder mehr gleichzeitig stattfindende Ereignisse zu drücken.«

»Plutarch?« fragte sie.

»Donovan«, erwiderte er.

»Immerhin sind 44er weitverbreitet.«

»Es gibt Dutzende von Kalibern, vom Flobert bis zur Elefantenbüchse, aber Timmins suchte sich das richtige aus und grinste, als er es erwähnte. Der Kerl machte sich über mich lustig, ohne daß ich es merkte.«

Marcie legte den Kopf an Donovans Schulter. »Käpt'n, du hast einen guten Nachtschlaf nötig. Morgen ist ein großer Tag.«

»Was ist morgen?«

»Heldengedenktag. Erst sehen wir uns die Parade an, und dann gibt der Captain einen Empfang auf seiner Jacht.«

Donovan schaute sie fragend an.

»Der ältere Herr auf der Ketsch, die du bewundert hast, ist ein pensionierter Captain der Royal Navy und wird mit seinen beiden Söhnen an der Parade teilnehmen – in Uniform natürlich. Und du auch.«

»Barnes . . .«

»Keine Widerrede. Ich will dich in Ausgehuniform sehen, mit allen Orden.«

»Ich weiß noch nicht mal, wo die rumfliegen«, fauchte Donovan.

»Wahrscheinlich immer noch in dem Schuhkarton im Kleiderschrank.«

»Ich hasse diese Ausgehuniform.«

»Ich ziehe meine auf jeden Fall an.«

Donovan seufzte. »Bisher hab ich mich nur für den OB in Schale geworfen.«

»Als Paar sehen wir bestimmt toll darin aus.«

Donovan erkannte, daß weitere Einwände nichts fruchteten.

Er schaute zu der großen Ketsch hinüber und stellte fest, daß die Fahne eingeholt worden war; vermutlich bei Sonnenuntergang. Er gab sich wieder seinen Gedanken an den Fall hin.

»Timmins könnte mir den Tip über das Waffengeschäft im Duke Ellington Boulevard gegeben haben, um mit meiner Hilfe die italienische Konkurrenz auszuschalten«, sagte Donovan.

»Wie bitte?« Marcie verschüttete ihren Kaffee.

7

Die Neonskulptur war die einzige Beleuchtung in Bonos Wohnzimmer und warf einen kühlen, blassen Schein auf die Anwesenden.

Andrea Jones sah strahlend aus in ihrem weitgeschnittenen Kostüm von Calvin Klein und dem engen, pastellfarbenen T-Shirt darunter. Das lange, im Neonlicht schimmernde Haar trug sie lose.

Bono war in einer Hochstimmung, die Alkohol und Schmerztabletten allein nicht ausgelöst haben konnten. Kaum war er Gefängnis und Krankenhaus entronnen, da tauchte diese herrliche Traumgestalt auf, um ihn die Schmerzen in seiner Schulter vergessen zu machen.

Und auf ihre Initiative hin! Sie hatte den ersten Schritt getan, den Gipsverband erwähnt. Danach hatte er die Situation in der Hand, steuerte das Gespräch, erzählte die üblichen Lügen über seinen tollen Job in der Bauindustrie.

Sie saßen auf der Couch, tranken Wein und hörten Frank Sinatra, bis Bono keine Lügen mehr einfielen und der Alkohol und die Schmerztabletten ihn benommen machten.

Nach der letzten Platte stand Andrea auf und stellte die Hifi-Anlage ab. Das Gerät verschwand automatisch in einem weißen Kasten.

»Reizend«, meinte sie und drehte sich zu ihm um.

»Ich umgebe mich gerne mit schönen Dingen, wenn Sie wissen, was ich meine. Und ich mag Weiß.«

Sie hatte die Stereoanlage abgeschaltet, für ihn das Signal, daß sie für die Hauptattraktion bereit war.

»Weiß ist hübsch«, meinte sie, »aber ich persönlich bevorzuge Herbstfarben – Gelb-, Orange- und Rottöne. Fahren Sie manchmal aufs Land, Peter?«

»Sicher, über Weihnachten und Ostern fahre ich zu meiner Familie am Hopactong-See.«

»Wo liegt der?«

»In New Jersey.«

»Muß sehr hübsch sein«, meinte sie und setzte sich wieder neben ihn.

Sie berührte seinen Gipsverband. »Das muß weh tun.«

Er war tapfer und betrunken. »Ach wo, ich versuche, nicht dran zu denken.«

»Wie ist das passiert?«

Er dachte kurz nach, lachte dann und sagte: »Ein Polizist hat mich angeschossen.«

»Das soll natürlich ein Witz sein«, erwiderte Jones.

»Klar. Passiert ist es auf einer Baustelle in der Park Avenue. Sie sind wirklich kühl wie 'ne Hundeschnauze. Jede andere wäre schockiert gewesen, als ich sagte, ich sei angeschossen worden.«

»So was kommt dauernd vor«, versetzte sie. »Schießen ist der wahre amerikanische Volkssport.«

Er mußte wieder lachen. »Kleine, du bist köstlich. Ich mag dich, rutsch mal ein bißchen näher ran.«

»Sollten Sie sich nicht einen guten Schlaf gönnen, damit Ihre Schulter heilt?«

»Klar«, sagte er. »Danach schlaf ich gut.«

»Wonach?« fragte sie kokett.

Er zog sie an sich, und sie ließ es nach flüchtigem Widerstand geschehen. Doch als seine Hände ihren Körper zu erkunden begannen, wich sie zurück. »Können wir es uns nicht irgendwo anders bequem machen?«

Bono stand ein wenig zittrig auf und nahm sie bei der Hand. »Hier entlang«, sagte er und ging mit ihr aufs Schlafzimmer zu.

An der Tür blieb Andrea Jones stehen. »Ich muß erst ins Bad.«

»Klar. He, ich hab da drin einen tollen Fernseher. Soll ich einen Film auflegen?« Er zwinkerte ihr anzüglich zu. »Was Scharfes, klar?«

»Was hast du denn?«

Er zählte auf, wohin fünftausend Jahre Zivilisation ihn gebracht hatten.

»*Der Teufel in Miss Jones* klingt irgendwie angemessen«, meinte sie.

»Kommt sofort.« Er wandte sich ab, um die Vorführung zu arrangieren.

Sie suchte sich das Bad, ging hinein und schloß hinter sich ab. Ihrer Handtasche entnahm sie den Colt Dragoon. Nachdem sie sich davon überzeugt hatte, daß er geladen war, spannte sie den Hahn.

Sie griff nach einer Bürste und strich sich einige Male übers Haar; bei Exekutionen sah Jones gerne makellos aus. Die Verkleidung als Pennerin war nur eine peinliche Notwendigkeit gewesen. Sie betätigte die Toilettenspülung, nahm ihre Handtasche und ging zurück ins Schlafzimmer. Den Colt hielt sie in den Falten ihres Kostüms versteckt.

Bono hatte inzwischen das Hemd und die Goldketten abgelegt und saß auf der Bettkante. Alle Lampen waren aus; Licht kam nur von den ersten Szenen des Pornofilms auf dem Großbildschirm.

»Komm«, sagte er und streckte einladend die Arme aus.

Jones betrachtete sich angewidert die Szene, doch ihr Gesicht verriet keine Gefühlsregung – höchstens einen leicht ironischen Zug um die Mundwinkel.

Sie nahm den Colt heraus und zielte auf Bonos Brust.

Bono, betrunken und berauscht, lachte. »Was soll denn das?«

»Das ist der Volkssport«, sagte sie und drückte einmal ab. Der Raum erzitterte, als Schwarzpulver das Geschoß aus dem Bürgerkrieg tief in Bonos Brust trieb. Er wurde rückwärts auf das Wasserbett geschleudert, das erbebte und Wellen schlug. Bonos Körper tanzte auf und ab und begann dann zu sinken, als das leckgeschossene Wasserbett auszulaufen begann. Um die Leiche herum stieg das Wasser; Andrea Jones steckte den Revolver weg.

Ehe sie ging, drückte sie auf den roten Knopf der Wellenautomatic und machte die Wohnungstür hinter sich zu. Drinnen zuckte die Leiche scheußlich im flackernden Schein des Bildschirms.

Donovan stand wieder an der Pinne des alten hölzernen Segelboots, mit dem er als Junge an Regatten teilgenommen hatte. Sein Start in einem Feld von elf Booten war nur mittelmäßig gewesen, aber der Wind blies wechselhaft, trügerisch, und für so etwas hatte er schon als Teenager ein Auge gehabt. Er machte sich die Böen aus wechselnden Richtungen zunutze und lag vor der ersten Wendemarke an zweiter Stelle hinter dem Spitzenreiter, einem eingebildeten Jachtclubtypen namens Tad, der gerne mit seinem neuen Boot, seinen neuen Klamotten und seinem neuen Porsche prahlte. Donovan stand allem Neuen mißtrauisch gegenüber, da er der Auffassung war, daß alles Neue, seien es nun Ideen, Maschinen oder Menschen, sich erst einmal ein paar Jahre lang einlaufen mußte. Außerdem hatte er eine Abneigung gegen Typen, die Tad hießen, und gegen Porsches, die ihn an breitgetretene VW-Käfer erinnerten. Und es bereitete ihm auch Vergnügen zu beweisen, daß neue Boote nicht unbedingt schneller waren als alte.

Donovan umrundete die Wendemarke und war gerade im Begriff, sich auf den zunehmend nervösen Tad zu stürzen, als in der Kabine das Licht anging. Er stöhnte und drehte sich auf den Rücken.

Marcie sah in seinem Bademantel aus wie ein Teddybär. Sie setzte sich auf die Bettkante, fuhr ihm durchs Haar und spielte an seinem vier Tage alten Schnurrbart herum, bis er widerwillig die Augen aufschlug.

»Ich steh nicht auf, um den Abfall rauszutragen«, sagte er.

Sie lächelte. »Du läßt dir wieder einen Schnurrbart stehen.«

»Hast du mich geweckt, um mir das zu sagen?« knurrte er. »Dann dreh ich mich nämlich gleich um und schlafe weiter.«

»Bedaure, aber die Welt verlangt nach dir.«

Er seufzte. »Was gibt's?«

»Um es kurz zu machen: Ein gewisser Peter Bono wurde auf seinem eigenen Wasserbett erschossen.«

Donovan setzte sich auf. »Wer hat dir das gesagt?«

»Dein Schmalspur-Eddie-Murphy, wer sonst? Er tigert an Deck herum und wartet auf dein Erscheinen.«

Donovan schwang die Beine aus dem Bett. »Entweder passiert es, wenn ich esse, oder es geht ab, wenn ich am Pennen bin. Was sagt Jefferson?«

»Du sollst deinen ›weißen Arsch aus der Mulle wuchten‹, meinte er. Bill, dieser Mann ist die Insubordination auf zwei Beinen.«

»Er ist mein Freund.«

»Ist damit jede Untat entschuldigt?«

»Wie spät ist es?« fragte Donovan und stand auf.

»Halb eins.«

Donovan stopfte sich das zerknitterte Hemd in die Hose und schnallte den Gürtel zu. »Zeit, daß ich in meine Wohnung gehe und mich umziehe.« Er schlüpfte in Schulterhalfter und Jackett.

»Und nimm am besten gleich deine Ausgehuniform mit«, meinte Marcie und gähnte. »Morgen gibt's Betrieb.«

»Schließt du deinen Fall der heißen Teppiche ab?«

»Ja. Anschließend stehen die Parade und der Empfang des Captains auf dem Programm.«

Donovan stopfte sich Brieftasche und Schlüssel in die Tasche.

»Ich weiß nicht, ob ich das schaffe.«

»Du mußt aber. Ich habe bereits gesagt, daß ich komme . . . und meinen Zukünftigen mitbringe.«

»Deinen Zukünftigen? Das soll wohl ich sein.«

»Allerdings.«

»Und was hast du in Zukunft mit mir vor, wenn ich fragen darf?«

»Hab ich mir noch nicht überlegt. Frag in ein paar Tagen noch einmal.«

»Und wie komme ich zu dieser Ehre?«

»In meiner Zusage auf die gedruckte Einladung eines britischen Captains hielt ich es für angemessener, dich als meinen Verlobten zu bezeichnen.«

Durch den Niedergang drang ein Gebrüll. »Donovan, du dumme Sau, mach, daß du rauskommst!«

Zurückgebrüllt wurde: »Kannst mich mal, du schwarzer Arsch! Ich mach, so schnell ich kann.«

»Und das soll dein Freund sein?« fragte Marcie.

»Der beste, den ich habe«, erwiderte Donovan.

»Versuchen Sie doch, darin die optimale außergerichtliche Einigung zu sehen«, sagte Donovan.

»Das verstehe ich nicht ganz«, erwiderte Abteilungsleiter Connelly, sein Vorgesetzter.

Donovan schaute versonnen auf Bonos halbversunkene Leiche. »Hätte der Mann überlebt, würde sein Prozeß die Stadt mindestens eine Million kosten. Ein aufmerksamer Bürger hat uns diese Ausgabe erspart.«

Connelly kannte Donovan und seinen Vater nun schon seit fast vierzig Jahren und hatte im Lauf der Zeit die Weisheit des Sprichworts »Der Apfel fällt nicht weit vom Stamm« erkannt.

»Das meinen Sie doch wohl nicht ernst.«

»Den Reportern, die draußen warten, würde ich das natürlich nicht sagen.«

»Hm. Nun, mit der Presse kamen Sie ja immer gut zurecht. Wie ich sehe, haben Sie sich seit ein paar Tagen nicht mehr rasiert. Wollen Sie wieder den angeschlagenen, aber dennoch kampfentschlossenen Krieger spielen?«

Donovan pflegte gelegentlich die Presse zu manipulieren, indem er den Eindruck erweckte, sich heftig mit den Mächten des Bösen herumzuschlagen. »Eigentlich lasse ich mir wieder einen Schnurrbart wachsen.«

Connelly zog eine nachdenkliche Miene. »Wenn ich mich recht entsinne, hatte Ihr Vater einen prächtigen Schnurrbart. Wie nannte er ihn noch mal? Ach ja, sein ›Suppensieb‹.«

»Ja, so ähnlich.«

»Bill, Sie müssen eine Pressekonferenz ansetzen. Diesem Bandenkrieg in der West Side muß entgegengetreten werden. Und ein Bandenkrieg ist es doch, oder?«

»Es sieht so aus.«

»Und dieser Timmins?«

»Scheint der Hauptakteur zu sein.«

Connelly musterte Donovan argwöhnisch. »Jetzt haben Sie Ihre Aussage schon zum zweiten Mal relativiert. Es ›sieht aus‹ wie ein Bandenkrieg. Timmins ›scheint‹ der Verantwortliche zu sein. Wollen Sie damit etwas andeuten?«

»Kann sein«, meinte Donovan und lachte auf.

»Ich muß fort. Sie sind genauso schwer festzunageln wie Ihr seliger Vater.«

»Ich halte Sie auf dem laufenden«, sagte Donovan.

»Gut. Der OB will sich einmischen. Er steht unter Druck, weil man ihm Laschheit bei der Verbrechensbekämpfung vorwirft. Und der Trottel spielt mit dem Gedanken, noch einmal für das Amt des Gouverneurs zu kandidieren.«

»Halten Sie mir den vom Leib«, sagte Donovan. »Tun Sie der West Side einen Gefallen und lassen Sie die Clowns außen vor.«

Connelly lachte. »So drückte sich Ihr alter Herr auch aus. Zu mir sagte er einmal: ›Der OB mag im Rathaus das Sagen haben, aber in der West Side bestimme ich, wo's langgeht.‹ Ich stelle zu meiner Freude fest, daß sich da nichts geändert hat.«

Als Connelly gegangen war, kam Jefferson. »Mann, diese Großmuftis machen mich nervös.«

»Manche sind in Ordnung«, meinte Donovan. »Connelly kenne ich schon seit einer Ewigkeit. Er weiß, daß er mir trauen kann.«

»Was weiß er denn, was ich nicht weiß?«

Donovan strafte Jefferson mit einem vernichtenden Blick. »Sag lieber mal, was Sache ist.«

»Bono wurde zwischen elf und halb zwölf erschossen. Eine Nachbarin hörte zwei Schüsse.«

»Sah die Nachbarin jemanden?«

»Nein, die Schüsse waren so laut, daß sie sich versteckte.«

»Und der Portier?«

»Fehlanzeige. Bono kam anscheinend durch die TV-überwachte Tiefgarage ins Haus. Der Portier hat zwar Monitore, kann aber nicht unablässig draufstarren. Eines kann ich dir aber verraten . . . Bono nahm eine Frau mit nach Hause.«

»Mit nach Hause? Ging er denn am Abend aus?«

Jefferson nickte und reichte seinem Boss ein durchweichtes Briefchen Streichhölzer. »Das hab ich in seinem Hemd gefunden. Als unsere Jungs die Wohnung durchsuchten, sahen sie keine Streichhölzer aus diesem Restaurant.«

Donovan las den Namen des Lokals: l'Attesa, ein italienisches Restaurant Ecke 83rd Street und Columbus Avenue. »Ich hab da mal gegessen. Die Scampi sind abartig.«

»Ich hab dafür gesorgt, daß das Personal heute abend länger bleibt«, sagte Jefferson, »weil ich mir dachte, daß du vielleicht mit den Leuten reden willst.«

»Gut. Was haben wir noch gefunden?«

»Ein paar interessante Sachen. Im Wohnzimmer zwei Weingläser, beide mit Fingerabdrücken. Mehr noch, die ganze

Wohnung ist voller Abdrücke. Wenn die Dame, die bei Bono zu Gast war, geschossen hat, und da besteht wohl kaum ein Zweifel, gab sie sich kaum Mühe, die Tatsache zu verbergen.«

»Oder sie hatte es zu eilig«, meinte Donovan. »Oder es war ihr gleichgültig.«

»Es soll ihr gleichgültig sein, daß wir am Tatort ihre Fingerabdrücke finden?« fragte Jefferson.

»Ich spekuliere ja nur.«

»Na, deine Spekulationen sind gut, denn die Lady ließ auch einen sauberen Abdruck auf dem roten Knopf der Wellenautomatik zurück.«

»*Sie* hat sie also angestellt? Nachdem sie ihn erschossen hatte, nehme ich an; warum ein bewegliches Ziel erzeugen? Die Dame hat einen Sinn für Humor. Hm, und ich rieche auch Schwarzpulver.«

»Die Überreste von Bonos Brust sind voller Schmauchspuren.«

»Faszinierend. Sie gibt sich alle Mühe, Aufmerksamkeit auf sich zu lenken. Warum sollte eine professionelle Killerin so etwas tun?«

»Frag mich nicht. Du bist derjenige, der fürs Denken bezahlt wird. Ich mach nur Notizen.«

»Und reißt mich aus angenehmen Träumen.«

»Noch etwas«, meinte Jefferson und zog seinen Blockhalter zu Rate, »als die ersten Beamten eintrafen, war der Fernseher noch an. Bonos Geist betrachtete sich *Der Teufel in Miss Jones*.«

»Ach, wirklich? Paß mal auf, Pancho. Wenn du Peter Bono wärst, ein junger, gutaussehender Macho mit viel Kohle, würdest du dann kurz nach der Entlassung aus dem Krankenhaus in ein Restaurant gehen und was Unattraktives aufgabeln?«

»Ausgeschlossen.«

»Versuchen wir mal ein Spiel. Revidieren wir das Phantombild und lassen das Pennerkostüm verschwinden.«

»Gute Idee.« Jefferson machte Notizen.

»Lassen wir sie gut aussehen. Der Zeichner soll sie mit langem und kurzem, blondem und dunklem Haar darstellen. Und das zeigen wir dann herum, besonders bei den Leuten, die im l'Attesa und im Bridge Café arbeiten. Mal sehen, was da kommt.«

Donovan musterte die Fassade des l'Attesa, die abgesehen von Kreditkartenaufklebern wenig bemerkenswert aussah.

»Ich weiß nicht, was mich bewog, hier zu essen, aber das Sodbrennen ist mir noch lebhaft in Erinnerung.«

Jefferson schnüffelte. »Sag mal, bist du ins Knoblauchbeet gefallen?«

»Nein, das war *pasta al pesto*. Hat Marcie bei Zabar gekauft.«

»Und du hast zweifellos auf ihrer Jacht *diniert*.«

Donovan nickte.

»Typisch, sie kann nicht kochen.«

Donovan gab Jefferson einen nicht ganz freundschaftlichen Rippenstoß.

»Das ist meine letzte Warnung«, meinte Jefferson. »Das Fertiggericht von Zabar war erst der Anfang. Als nächstes kommt eine Kreditkarte bei Bloomingdale's, und dann geht's ab nach Cronton-on-Hudson in ein großes Haus mit Pool und Kindern und Privatschulen und . . .«

»Halt die Klappe«, sagte Donovan.

»Vergiß nur nicht, daß ich dich gewarnt habe.«

»Wie sieht's in dieser Pinte aus?« fragte Donovan.

»Wir haben das ganze Personal zusammengetrieben und verhört. Bonaci und Corrigan sind mit dem Wirt draußen und verdrehen ihm die Linguine.«

Drinnen saßen sieben oder acht Angestellte und warteten mürrisch, daß man sie gehen ließ.

»Wie lange war Bono hier?« fragte Donovan.

»Die Aussagen ergeben im Mittel eine halbe Stunde. Er kam herein, trank zwei Manhattan und ging wieder.«

»Hier stimmt was nicht«, sagte Donovan. »Vorgestern bekam Bono von dir eins auf den Pelz gebrannt, heute nachmittag kam er aus dem Krankenhaus, und zwei Stunden später macht er sich die Mühe, sich in sein bestes Polyester zu werfen, nur um quer durch die Stadt zu fahren und in dieser überfüllten und überteuerten Kaschemme zwei Manhattan zu trinken. Was hättest du denn an seiner Stelle getan?«

»Mir telefonisch eine Pizza und eine Flasche Wein bestellt. Was sonst?«

»Genau. Wir können also davon ausgehen, daß Bono hierherkam, um sich mit jemandem zu treffen.«

»Mit der Frau, die ihn erschoß?«

»Eine Frau hätte er sich auch telefonisch bestellen können. Nein, ich glaube, daß er hierherkam, um sich von einem seiner Kumpels über die Lage an der Front informieren zu lassen.«

Jefferson stimmte zu. »In diesem Zusammenhang ist interessant, daß alle Kellner und Bedienungshilfen die gleiche Geschichte erzählten. Bono trank zwei Manhattan, sprach mit niemandem und ging.«

Donovan lächelte. »Und jeder Angestellte in dieser Kneipe, in der abends allerhand Betrieb ist, behielt Bono die ganze Zeit im Auge, klar?«

»Der Wirt hat das Personal vergattert, ehe wir kamen«, meinte Jefferson.

Corrigan blockierte mit einem Polizeibus die schmale Gasse hinter dem Restaurant. Dann ging er mit Bonaci auf Posten, um Neugierige abzuwehren, die versuchen mochten, an dem Bus vorbeizuspähen.

Der Inhaber des l'Attesa, ein Mittsechziger namens Corro, stand mit dem Rücken zur Wand und schwitzte stark. Jefferson hatte das Jackett ausgezogen, die Ärmel hochgekrempelt, und ging vor dem glücklosen Restaurateur auf und ab. Donovan hatte eine dicke Latte gefunden, lehnte sich an die gegenüberliegende Mauer und hieb gelegentlich kräftig gegen eine Mülltonne. Ansonsten warf er die Latte in die Luft und fing sie wieder auf.

Jefferson piekte Corro mit dem Zeigefinger in die Brust und sagte: »Der Lieutenant meint, Ihre Scampi seien widerwärtig.«

»Es . . . es sind die besten in der West Side«, erwiderte Corro unsicher. Sein Blick war unstet.

»Was sind Scampi eigentlich, Corro?« fragte Donovan.

»Äh . . . gedünstete Garnelen.«

»Sergeant, haben Sie das gehört.«

»Jawohl, Lieutenant.«

Donovan schmetterte die Latte auf den Deckel einer Mülltonne und verbog ihn. Corro fuhr zusammen.

»Stimmt das denn nicht?« fragte er.

»Wo kommen Ihre Garnelen denn her?« fragte Donovan.

»Aus dem Meer.« Corro wischte sich mit der Manschette den Schweiß aus den Augen.

»Aus welchem Meer?« fragte Donovan und fuchtelte mit der Latte.

Corro geriet in Panik. »Kommt das denn drauf an? Meer ist Meer.«

Donovan trat auf ihn zu. »Mein Freund, Scampi macht man mit einer großen Garnele aus der Adria. Das Wort ›Scampi‹ ist venezianisch und bedeutet ›Garnele‹. Das Tier gehört zur Gattung der Zehnfußkrebse und hat eine dünne, fast durchsichtige Schale und keine Scheren. Das Fleisch ist zart und wohlschmeckend. Haben Sie mich verstanden? ›Wohlschmeckend‹, habe ich gesagt.«

»Ja, ich habe Sie verstanden.« Corros Hemdbrust war nun schweißgetränkt.

»Scampi sollten entweder aus der Adria oder notfalls aus der Bucht von Gaeta bei Neapel kommen. In letzterem Falle heißen sie *mazzacuagno*. Sind Sie überhaupt Italiener?«

Corro nickte heftig.

»Aha. In England wird das Gericht oft aus Garnelen aus der Dublin Bay zubereitet. Wo haben Sie die Garnelen für diese eklige Pampe her, die Sie als Scampi bezeichnen?«

Corro schluckte. »Vom Fischmarkt. Gefroren.«

Donovan versetzte der Mülltonne einen fürchterlichen Hieb. »Gefroren?« rief er.

Jefferson packte Corro an den Jackenaufschlägen und sagte: »Wenn Sie nicht aufpassen, sind Sie morgen früh auch auf Eis. Erstens haben Sie uns über Bono etwas vorgelogen, und zweitens ist es nicht statthaft, tiefgefrorene Garnelen als Scampi zu verkaufen.«

»Schon gut, schon gut! Was wollen Sie?«

»Mit wem hat sich Bono hier getroffen?« fragte Donovan.

Corro schaute nach links und nach rechts, als krabbelten ihm Spinnen an den Schultern hoch. »Das muß unter uns bleiben.«

»Raus damit.«

»Er hat mit Facci gesprochen.«

»Roberto Facci, Ciccias *numero tres*. Hätte ich mir denken können«, meinte Donovan.

»Wenn Sie das durchsickern lassen, bin ich ein toter Mann«, sagte Corro.

»Wo finde ich Signor Facci?«

»Keine Ahnung. Er ist viel unterwegs. Ich leite ja nur das Lokal, in dem er sich mit seinen Freunden trifft.«

»Wegen der guten Küche kommt er bestimmt nicht«, meinte Donovan lässig und feuerte die Latte in die Gasse.

»Was hatten Facci und Bono zu bekatern?« fragte Jefferson.

»Ich bitte Sie! Das weiß ich nicht, und ich will es auch gar nicht wissen. Ich kann Ihnen nur sagen, daß sie ein paar Minuten miteinander sprachen und daß Facci nervös aussah.«

»Mit gutem Grund«, merkte Donovan an.

Jefferson ließ Corros Jacke los.

»Versprechen Sie auch, nicht zu verraten, daß Sie das von mir haben?«

»Erzählen Sie uns von der Frau«, befahl Donovan. »Er hat doch hier eine Frau getroffen, oder?«

»Ja, an der Bar, nachdem er mit Facci gesprochen hatte.«

»Ihren Namen kennen Sie wohl nicht«, sagte Jefferson.

»Nein, aber es war eine Klassefrau. Groß ... blond und gekleidet wie ein Mannequin.«

»Wir nehmen Sie mit und legen Ihnen ein paar Zeichnungen vor«, sagte Donovan zu Corro, der nun durchsichtiger aussah als ein adriatischer Zehnfußkrebs.

»Ist Ihnen sonst noch etwas an ihr aufgefallen?«

»Was zum Beispiel?«

»Hatte es den Anschein, als würden die beiden sich kennen?«

»Nein. Es sah so aus, als hätte er sie aufgegabelt. Ich sah sie miteinander reden, und dann waren sie auf einmal weg.« Corro machte eine Pause, schien nach einem Gedanken zu suchen, rief dann aus: »Himmel noch mal, ich glaube, das war sie wieder!«

»Was heißt das?«

»Die Frau, die hier am Donnerstag von Frankie Rigili aufgegabelt wurde.«

Donovan und Jefferson tauschten verblüffte Blicke.

Corro zitterte nun vor Aufregung.

»Am Donnerstag hat Rigili sie also angesprochen und mitgenommen, und heute war es Bono?« fragte Donovan.

»Sieht umwerfend aus, Lieutenant. Es ist schwer, sie in diesem Lokal zu übersehen.«

Donovan verspürte Lust, sich die Latte selbst vor den Kopf zu schlagen. »Eine Waffe aus dem Bürgerkrieg, Schwarzpulver und mehr Mut als ein alter Revolverheld«, sagte er. »Hinterließ Davy Crockett Nachkommen?«

8

In das erste Mikrophon, das ihm entgegengehalten wurde, sagte Donovan: »Friß mir länger nicht am Leben! Pack dich fort! Hinweg dich scher!«

»Wie bitte?« fragte der Reporter.

»Sprach der Rabe: ›Nimmermehr‹«, ergänzte Donovan.

Der Reporter, ganz offensichtlich noch ein Anfänger, erkundigte sich, ob er das zitieren dürfe.

»Schreiben Sie das gefälligst Edgar Allan Poe zu«, fauchte Donovan. »Was bekommt ihr Journalisten eigentlich bei der Ausbildung beigebracht? Kauft euch ein paar Taschenbücher und lest mal was. Und ich habe jetzt zu tun.«

Er drängte sich durch die Menge, ignorierte weitere Fragen und war bald in der Sicherheit seines Dienstzimmers. Es war halb vier Uhr früh.

»Ich verstehe einfach nicht, wie du dir so was leisten kannst«, meinte Jefferson.

»Ich habe nur eine Erklärung abgegeben, die er nicht abdrukken lassen kann, ohne wie der letzte Depp dazustehen. Gibt's denn so was überhaupt? ›Darf ich das zitieren?‹« Donovan lachte. »Paß auf, beim nächsten Mal bringe ich Mark Antons Eulogie auf den toten Cäsar an. Mal sehen, ob das jemand rafft.«

»Und den Vortrag über Scampi? Hast du dir den aus den Fingern gesogen?«

»Nein. Nachdem ich bei l'Attesa Scampi gegessen hatte, schlug ich das nach.«

»Hast ein erstaunliches Gedächtnis.«

»Ach, ich bin halt ein Informationsschwamm und weiß über alles ein bißchen Bescheid. Deshalb komme ich auch bei Cocktailparties so gut an. Ich bin der größte Klugscheißer, der dir je untergekommen ist.«

»Und der bescheidenste.«

»Stimmt auch.«

Jefferson nahm von Bonaci eine Akte entgegen und blätterte sie durch.

»Na«? fragte Donovan.

»Das revidierte Phantombild der mordenden Pennerin. Ohne Schminke sieht sie gar nicht übel aus.«

Donovan sah sich die Zeichnung an, auf der sie mit langem blondem Haar dargestellt wurde. »Nicht übel ist die falsche Bezeichnung. Wenn ich mich im l'Attesa lange genug an die Bar setze, gabelt sie mich auch noch auf.«

»Und das ist deiner Meinung nach passiert? Ms. Crockett ließ sich von Rigili und Bono anmachen und legte sie dann um?«

»Ja, das vermute ich. Rigili ›begegnete‹ sie am Donnerstag; am Freitag wurde er erschossen. Bono ›begegnete‹ sie gestern abend; wenige Stunden später war er tot. Beide endeten in der Brühe; der einzige Unterschied ist, daß die Wellen in Bonos Wasserbett höher gehen als im Hudson.«

»Und dazwischen verkleidet sie sich als Pennerin, um Ciccias Sicherheitskordon zu durchbrechen«, sagte Jefferson. »Man sagt, sein Chauffeur sei ein erstklassiger Schütze.«

»Tja, so sieht's wohl aus.«

»Timmins ist gewiefter, als ich dachte, wenn er so jemanden anheuert«, meinte Jefferson.

»Stimmt wohl«, erwiderte Donovan. »Entweder das, oder wir haben es mit einer Verrückten zu tun, die einen Maskenball inszeniert, um Gangster abzuknallen.«

»Wir haben übrigens in Bonos Klo an der Haarbürste ein langes blondes Haar gefunden, das jetzt im Labor ist.«

»Wenn das Phantombild durch Corros Angaben ergänzt ist, lassen wir es den Kellnern im Bridge Café zeigen.«

Aufruhr an der Tür. Die Presse, die Donovan seit mehreren Stunden verfolgt hatte, war nun ante portas. Der Beamte vom Nachtdienst und ein paar Kollegen taten ihr Bestes, sie wieder die Treppe hinunterzuscheuchen.

»Wetten, daß Rom so fiel? Die Barbaren waren allesamt von der Presse.«

»Wird es nicht Zeit, daß du ihr einen Brocken hinwirfst?«

»Tippe eine Erklärung, in der steht, daß in einer halben Stunde hier im Haus eine Pressekonferenz stattfindet. Laß ein paar Kopien machen, und schmeiß sie die Treppe runter.«

»Und was willst du auf dieser Pressekonferenz sagen?«

»Die üblichen Plattheiten: ›Wir werden auf den Stränden kämpfen . . . wir werden auf den Feldern kämpfen . . . wir werden niemals kapitulieren.‹«

»Bill, die Presse ist scharf auf eine Bandenkriegs-Story. Wie willst du dich dazu äußern?«

Donovan warf die Hände hoch. »Es sieht doch nach einem Bandenkrieg aus, oder?«

»Allerdings.«

Donovan hieb auf den Tisch. »Ziehe Faccis Akte und bringe sie mir. Schnapp dir ein halbes Dutzend Jungs, und hole meinen alten Freund Willis Timmins ab. Er wird zwar keinen Widerstand leisten, aber ich will dem Kerl Respekt einflößen. Wenn wir es hier mit einem Bandenkrieg zu tun haben, steckt er dahinter.«

»Glaubst du ernsthaft, daß er uns das mit dem Waffengeschäft gesteckt hat, nur um Ciccias Organisation anzuschlagen?« fragte Jefferson.

»Nicht ausgeschlossen.«

»Gut, geh ich den Kerl holen. Festnahmegrund?«

»Verdacht der Verabredung zum Mord an Peter Bono und Vincent Ciccia. Timmins ist ein Klugscheißer, der sich einbildet, mehr zu wissen als alle anderen. Gerade der Typ, dem es einfiele, eine Frau anzuheuern, die sich als Pennerin verkleidet und Ciccia wegbläst. Das fände der auch irre komisch.«

Jefferson lächelte und machte sich Notizen. »Geritzt. In einer Stunde schlepp ich ihn an. Aber du kannst dich darauf verlassen, daß er nach seinem Anwalt jammern wird.«

»Dann tanzen wir den Manhattan Shuffle.«

Jefferson schüttelte den Kopf. »Lieutenant, das Grundsatzurteil, das die Rechte eines Festgenommenen regelt, ist zwanzig Jahre alt. Timmins hat ein Recht auf einen Anwalt.«

»Sicher, aber wir haben die Pflicht, einen Verdächtigen zu schützen, und dieser Haufen draußen vor der Tür sieht mir gefährlich aus. Mag sein, daß wir Timmins in seinem eigenen Interesse in ein anderes Revier verlegen müssen.«

»Dieser Haufen setzt sich aus Reportern zusammen.«

»Woher weißt du das? Hast du dir alle Presseausweise zeigen lassen? Ein Attentäter verkleidet sich schon als Stadtstreicherin. Warum also nicht auch als Journalistin?«

Jefferson lächelte bewundernd.

»Außerdem«, fuhr Donovan fort, »ist Timmins' Anwalt bestimmt zu jung, um zu wissen, was der Manhattan Shuffle ist.«

Donovan sah sich Roberto Faccis Akte an und schickte dann Bonaci mit vier Beamten los, um den Mann aus seinem Haus in Bensonhurst zu holen. Jefferson war fortgefahren, um Timmins festzunehmen. Donovan blieb nichts übrig, als Akten, die er bereits auswendig kannte, noch einmal zu lesen und abzuwarten, bis die Bosse der beiden rivalisierenden Banden angebracht wurden.

Er freute sich schon darauf, Timmins und Facci zusammenzubringen und ihnen die Köpfe aneinanderzuschlagen. Da er aber hierzu erst in einer Stunde Gelegenheit bekommen würde, suchte er sich anderswo Unterhaltung. Er griff zum Telefon, wählte sieben Ziffern und sagte: »Schließ die Hintertür auf. Ich komme die Feuerleiter runter.«

Donovan öffnete das Fenster zur Feuerleiter und trat hinaus. Corrigan brüllte: »He, Lieutenant, bringen Sie mir eine Sechserpackung Budweiser mit? Wenn Bonaci zurückkommt, mach ich Schluß, und bis dahin hat alles zu.«

»Klar«, meinte Donovan und ging die alte Eisentreppe hinunter. Die Gasse hinter dem Haus war finster und so schmal, daß nur drei Polizeiwagen Platz fanden, was zu endlosen Streitereien übers Rangieren führte. Auf dem Weg nach unten machte Donovan eine Binsenweisheit zum Fundament eines eigenen Gedankengebäudes.

Wenn Leben günstige Bedingungen vorfindet, entwickelt es sich auch, das wußte Donovan. Wenn sich die Gelegenheit zu einem Zirkus bietet, findet er auch statt – das dachte er sich. Donovan war von der Symmetrie dieser Vorstellung betroffen. Er hatte das Gefühl, ein grundlegendes Naturgesetz entdeckt zu haben – alles bewegt sich unweigerlich auf das Chaos zu, und das Leben ist nur eine Station auf diesem Wege. Donovan war so stolz wie Newton nach dem Sturz des Apfels. Er klopfte an die Hintertür von Riley's.

»Es ist nach vier«, protestierte George.

»Ich will nur ein bißchen Zeit totschlagen. Sind die Vorhänge zu?«

»Ja, wir haben geschlossen. Dein Ruf ist vor den Augen der Presse sicher.«

»Ich hab doch gewußt, daß du allein hier vor der Glotze hockst . . .«

»Und das wolltest du mir verderben. Nicht genug, daß du mir die Tage ruinierst – nein, jetzt tauchst du auch noch auf, wenn ich Nachtdienst habe. Na, komm rein.«

George schloß die Hintertür wieder ab. Donovan ging durch das leere Hinterzimmer in die Bar. Dort trank ein letzter Gast seinen Whiskey aus. Donovan lächelte einen alten Freund an. »Morgen, Mr. Flanagan.«

Der Ire, ein mittelgroßer Mann Ende Fünfzig, tippte an einen imaginären Hut. Donovan setzte sich zu ihm. »Ich habe Sie in letzter Zeit gar nicht mehr gesehen«, meinte er.

»Die ganze letzte Woche habe ich gepackt.«

»So? Ach ja, Ihre jährliche Pilgerreise in die alte Heimat.«

»Ich fliege nächste Woche und bleibe einen Monat weg. Kann ich Ihnen etwas mitbringen?«

»Ein neues Gehirn vielleicht«, fuhr George dazwischen, »aber das gibt's in Irland ja auch nicht.«

»Jetzt langt's aber, Sie Kraut«, bellte Flanagan ihn an.

»Ein vierblättriges Kleeblatt reicht schon«, sagte Donovan. »Glück kann ich nämlich gebrauchen.«

»Wird gemacht.«

»Und zwar von einer echten irischen Wiese. Kein abgepacktes vom Shannon Airport.«

»Werd ich mir notieren«, meinte Flanagan und griff nach Stift und Papierserviette.

George machte eine Flasche Bier auf. Im Fernsehen wurde am O.K. Corral geschossen. »Trinken Sie aus, und verschwinden Sie«, sagte er zu Flanagan.

»Ich gehe, wenn es mir paßt.«

»Und vergessen Sie nicht, ich merke den Unterschied zwischen einem Kleeblatt von den Midlands und einem von der Küste«, sagte Donovan.

»Ach ja«, sagte Flanagan, »Ihre Familie stammt aus den Midlands.«

»*Dem* seine Mischpoche kam vom Mond«, knurrte George Kohler, wurde aber ignoriert.

Donovan bedauerte es, noch nie zu einem Besuch bei seinen Verwandten in Irland gekommen zu sein. Sie schienen so weit entfernt, und er brachte es noch nicht einmal fertig, seinen Schreibtisch zu verlassen, um seine Tante auf Long Island zu besuchen.

»Habe ich eigentlich erwähnt, daß mein Vetter letztes Jahr ins Dail gewählt wurde?« fragte Donovan.

»Ja, ich glaube schon.«

Flanagan schien das nicht sonderlich zu interessieren, was Donovan, der nur eine vage Vorstellung vom Einfluß des irischen Abgeordnetenhauses hatte, nur recht war.

Der Mann trank mit einer großartigen Geste aus und sagte zu Donovan: »Ich lasse Sie in der Obhut dieses feinen Herrn.«

»Gute Reise, falls ich Sie nicht mehr sehen sollte.«

»Danke.«

»Bleiben Sie ruhig ganz weg«, murrte George und schloß hinter Flanagan ab. »Soll ich dir was zu trinken bringen, ehe ich mich setze?« fragte er Donovan.

»Ja, ein Bierglas Coke.«

»Ist das alles?«

»Ja, ich muß die ganze Nacht aufbleiben und will einigermaßen wach sein.«

George holte Donovan sein Coke.

»Hat das etwas mit dem Itaker zu tun, der drüben in der East Side abgeknallt wurde?«

Donovan nickte.

»Das habe ich von den Reportern gehört. Wenn du die oben rausschmeißt, kommen sie zu mir.«

»Na also, ich sorge für Umsatz.« Donovan trank einen Schluck.

»Einer sagte, es sähe so aus, als braute sich in der West Side ein Bandenkrieg zusammen.«

»Von wegen Zusammenbrauen! Der ist abgefüllt, gekühlt und auf dem Weg zum Handel!«

»Wer kann so verrückt sein, sich mit Ciccias Bande anzulegen?«

»Ganz im Vertrauen: Willis Timmins.«

»Der wäre allerdings verrückt genug«, meinte George. »Weißt du eigentlich, daß ich ihm Lokalverbot erteilen mußte? Der kam mit drei oder vier Kerlen, die wie Catcher aussahen, hier rein und führte sich auf, als gehörte ihm der Laden. ›Stell den Fernseher leiser, dreh die Musik auf, mix mal 'nen Singapore Sling.‹ Da hab ich gesagt: ›Macht 'nen Satz!‹«

»Und das hat er sich von dir bieten lassen?«

»Na ja, ich hab halt euch Jungs von oben und brauche ja nur ans Rohr zu hauen.«

Donovan erkannte, daß George ihn doch brauchte.

»Und wen ließ Timmins heute wegblasen?« fragte George.

»Timmins steht im Augenblick lediglich unter Verdacht. Wie auch immer, der Tote heißt Peter Bono.«

»Das ist doch der Mann, den Sie in der 106th Street angeschossen haben.«

»Falsch. Geschossen hat Jefferson. Und Jefferson ist jetzt Timmins holen gegangen, obwohl ich mir nichts von der Aktion verspreche. Ich bin sicher, daß er zur Tatzeit mit der Königinmutter speiste.«

»Und zehn Leute an der Hand hat, die das beschwören«, fügte George hinzu.

»Genau«, meinte Donovan deprimiert.

Ein fremdes, bizarres Objekt fiel Donovan ins Auge. Die Maschine war so groß, daß er erstaunt war, sie nicht schon früher bemerkt zu haben. An einem hohen, rechteckigen Kasten waren Knöpfe und ein Bildschirm angebracht. Darauf stand in Neonschrift »Space Battles«.

»Was soll das?« fragte Donovan. »Reagans Verteidigungspolitik?«

»Ich sagte doch, daß ein neues Videospiel kommt. Sieh zu, daß nicht wieder jemand drauf verblutet.«

»Wie funktioniert das?«

»Wirf doch einfach mal fünfundzwanzig Cent ein, dann wirst du schon sehen.«

Donovan stellte fest, daß es bei Space Battles um einen vermutlich feindlichen Lagergeschützturm ging, der aus der Mitte auf das Raumschiff des Spielers schoß. Der Turm war besser geschützt als die Kanonen von Navarone: vier konzentrische Ringe, von denen zwei im und zwei gegen den Uhrzeigersinn rotierten, mußten durchbrochen werden, ehe man den Laser treffen konnte. Mit dem Feuerknopf schoß der Spieler Lücken in die Ringe und brachte dann sein Raumschiff so in Position, daß er auf den Laser feuern konnte, wenn die Breschen sich in einer Linie befanden. Gleichzeitig aber verfolgte die Laserkanone das Raumschiff und konnte durch die gleiche Lücke das Feuer erwidern. Das Raumschiff des Spielers wurde von drei feindlichen Abfangjägern verfolgt.

»Wer hat sich das einfallen lassen, der Marquis de Sade?« fragte Donovan.

»Das ist ein Spiel, das fordert. Es stellt eine solche Herausforderung dar, daß die Presse heute abend dreißig Dollar los wurde.«

»Ich laß mich von keiner Maschine schlagen«, schwor Donovan.

Das Raumschiff wurde vom Spieler mit drei Bedienungselementen gesteuert: Schub, Richtung und Feuerknopf. Donovan begann zu spielen.

Beim ersten Versuch wurde er von einem feindlichen Jäger erwischt, ehe er Gelegenheit bekam, sein Schiff für einen Schuß in Position zu bringen. Beim zweiten gelang es ihm, zwei Löcher in den äußeren Ring zu schießen, ehe er zerstört wurde. Die dritte Runde dauerte länger. Donovan durchbrach alle vier Ringe, nur um gerade in dem Augenblick, in dem alle Breschen in einer Linie standen, von der Laserkanone verdampft zu werden.

»Mist«, sagte er.

George lachte.

»Was ist die Höchstpunktzahl bei diesem Spiel?« fragte Donovan.

»Zehn Millionen. Wieviel hast du geschafft?«

»Achthundert. Was war das beste Ergebnis der Reporter?«

»Dreitausend und ein paar Zerquetschte.«

»Da muß es ein System geben«, meinte Donovan.

»Ha! Wie viele Typen sind wegen dieser fixen Idee in Las Vegas oder Atlantic City das Hemd losgeworden?«

Donovan ließ sich nicht beirren. »Das ist nur ein Computer, und die funktionieren logisch. Man muß nur feststellen, welche Art von Logik dieser da anwendet.«

Er wandte noch drei Fünfundzwanziger und rund zehn Minuten auf, kam aber nur auf gut viertausend Punkte.

Donovan ging zurück an die Bar. »Na, wenigstens habe ich die Presse geschlagen.«

»Ich gehe nie an diese Scheißdinger«, meinte George und schenkte Donovan Coke ein. »Das sind einarmige Banditen mit Knöpfen anstelle von Hebeln.«

»Kein Haufen Silikon ist schlauer als ich«, erklärte Donovan. Um fünf Uhr früh gab es draußen einen Aufruhr. Donovan lugte durch die Jalousie und sah, wie Jefferson mit Unterstützung von fünfzehn oder zwanzig Polizisten Timmins in Handschellen anbrachte. Ein Fernsehteam filmte das Ganze.

»Was ist da los?«

»Jefferson hat Timmins festgenommen.«

»Bringt ihn bloß nicht hier rein«, warnte George. »Der Kerl hat immer noch Lokalverbot.«

Donovan kaufte eine Sechserpackung Budweiser für Corrigan und verließ dann durch die Hintertür die Bar.

Timmins war an den Heizkörper gefesselt und sah recht unglücklich aus. Dies war Donovans Lieblingsmethode, aufgeblasene Verdächtige zu erniedrigen.

Als Donovan die Dienststelle betrat, lungerte Jefferson in der Tür herum. »Nun, war er leicht zu finden?« fragte Donovan.

»Kein Problem, Lieutenant. Ich bin bloß rüber nach Harlem gefahren, hab 'ne Wassermelone umgedreht, und da saß er schon.« Jefferson lachte.

Was haben die Menschen doch für seltsame Vorurteile, dachte Donovan. George Kohler, ein Deutschamerikaner, hatte etwas gegen jede Volksgruppe, seine eigene eingeschlossen. Jefferson hatte etwas gegen Hispanier und einen ausgesprochenen Haß auf Schwarze, die Verbrechen begingen. Einem palästinensischen Terroristen war Donovan zwar noch nie begegnet, aber er bezweifelte, einem solchen Menschen große Sympathien entgegenbringen zu können. Ansonsten schätzte er die Menschen von Fall zu Fall ein.

Donovan setzte sich an seinen Schreibtisch und wandte sich Timmins zu, der gekrümmt auf einem wackligen Stuhl an der Heizung saß.

»Ist er über seine Rechte aufgeklärt worden?« fragte Donovan Jefferson.

»Und ob. Man sieht die Fußspuren noch auf seiner Stirn.«

»Schau doch mal nach, wie wir mit Facci vorankommen«, schlug Donovan vor. »Ich habe dir einen Zettel mit Hinweisen und Telefonnummern auf den Schreibtisch gelegt.«

Als Jefferson gegangen war, sagte Timmins: »Ich will mit meinem Anwalt reden.«

»Sie wollen doch nicht etwa behaupten, daß Jefferson Ihnen den obligatorischen Anruf verweigert hat?«

»Nein. Mein Anwalt wird in einer halben Stunde hier sein.« Donovan schaute auf die Armbanduhr.

»Darf ich mich nicht richtig hinsetzen?« fragte Timmins. »Diese Haltung ist würdelos. Was habe ich Ihnen denn eigentlich getan?«

»Sie sind zweier Morde verdächtig«, sagte Donovan.

»Morde? Ich habe Ihnen doch schon gesagt, daß ich für den Anschlag auf Ciccia ein Alibi habe.«

»Aha, es war also ein Anschlag.«

»Was denn sonst?«

»Wer weiß? Vielleicht kam er nur aus Zufall einer mordlüsternen Pennerin vor die Mündung. Ich habe schon viele komische Sachen erlebt.«

Timmins schien sich so unbehaglich zu fühlen, daß Donovan jemanden hereinrief und anwies, den Mann von der Heizung zu schließen. Timmins rieb sich die Handgelenke, die gefesselt geblieben waren.

»Ist der Gipfel, mich mitten in der Nacht hierherzuschleifen. Ich war in Damengesellschaft, als Ihr Schokoladenkeks mich aus dem Bett holte.«

»Ihr Glück, daß Jefferson das mit dem Keks nicht gehört hat. Trotz seiner schicken Anzüge brennt bei ihm nämlich hin und wieder eine Sicherung durch.«

»Ich sage keinen Ton mehr, bis mein Anwalt kommt.«

»Wo waren Sie zwischen elf und eins?«

»Was ist da passiert?«

»Bono wurde erschossen.«

»Peter Bono, der für Ciccia arbeitete?«

»Nein, Sonny Bono, der mal mit Cher verheiratet war.«

»Von Peter Bono weiß ich nichts«, meinte Timmins.

»Unsinn. Sie sind derjenige, der behauptet, über alles Bescheid zu wissen, was in der West Side passiert.«

»Gut, dann habe ich halt übertrieben.«

»Oder gelogen.«

»Ich will meinen Anwalt sprechen.«

»Alles zu seiner Zeit.« Donovan schaute erneut auf die Uhr. »Ich nehme an, Ihre Dame sagte aus, die ganze Nacht mit Ihnen verbracht zu haben.«

Timmins nickte.

»Was für eine Riesenüberraschung! Nun, kommen wir zum Kern der Sache – wen haben Sie angeheuert, um Rigili, Ciccia und Bono auszuschalten?«

»Wie ich schon sagte –«

»Sie reden erst, wenn Ihr Anwalt hier ist. Schön, soll mir recht sein. So, versuchen wir einmal, vernünftig zu sein. Sie haben einen Haufen Geld. Sie haben ein hübsches Territorium. Sie *hatten* gute Beziehungen zu den Jungs aus Bensonhurst und teilten sich mit ihnen das illegale Glücksspiel in der West Side. Sie betreiben die Lotterie, Ciccia nimmt Sportwetten an. Warum also Streit mit Mancuso & Co. anfangen? Ist das eine Art Todestrieb, oder haben Sie wirklich genug Truppen für einen Krieg?«

»Ich will mit meinem Anwalt sprechen«, beharrte Timmins.

Donovan trommelte auf die Schreibtischplatte. »Das hab ich im Lauf der letzten beiden Tage in Italienisch und Spanisch gehört. Wollen Sie es mir jetzt auf Kisuaheli sagen?«

»Ich habe meine Rechte«, sagte Timmins.

»Wen haben Sie angeheuert? Und warum machten Sie sich die Mühe, sie als Pennerin auftreten zu lassen?«

Timmins zerrte an seinen Handschellen. »Ich habe meine Rechte.«

Donovan schaute noch einmal auf die Uhr, packte dann Timmins' Handschellen und riß ihn auf die Beine. »Los, geh'n wir.«

»Wohin denn?«

In diesem Augenblick platzte Jefferson herein. »Lieutenant, draußen steht ein Mob, der weiß, daß Timmins hier drin ist.«

Donovan schaute aus dem Fenster und nickte. »Dann sollten wir ihn sicherheitshalber verlegen.«

Timmins sah sich um. »Was geht hier vor?«

»Ich habe mit Paul DiGioia vom 19. Revier gesprochen«, sagte Jefferson. »Er ist gerne bereit, uns seine Einrichtungen für eine kleine Weile benutzen zu lassen.«

»Das ist in der East Side, Timmins. Im Seidenstrumpfviertel, wo der OB und die Rockefellers wohnen.«

»Ich habe einen Wagen bereitstehen«, sagte Jefferson. »Am besten gehen wir über die Feuerleiter.«

Donovan schubste Timmins in Richtung Fenster. »He, diesen

Trick kenne ich«, protestierte der Mann. »Mit mir könnt ihr das nicht machen.«

»Wirklich nicht?« fragte Donovan.

»Sie müssen meinem Anwalt sagen, wohin Sie mich bringen.«

»Klar.« Donovan rief zu dem Kollegen vom Nachtdienst hinüber: »Richten Sie dem Anwalt des Gentleman aus, wir brächten seinen Mandanten zum 19. Revier in der East 67th Street.« Der Beamte bestätigte die Anweisung mit einer Geste.

Donovan und Jefferson eskortierten Timmins zur Rückseite des Gebäudes und halfen ihm hinaus auf die Feuerleiter. Unten stießen sie ihn auf den Rücksitz von Donovans Wagen.

»Zum 70. Revier in Brooklyn«, sagte Donovan zum Fahrer.

»Das können Sie mit mir nicht machen!« platzte Timmins heraus. »Ich . . .«

»Klappe!« fauchte Jefferson.

Der Wagen fuhr in die 87th Street ein und bog in die West End Avenue nach Süden ab.

»Mr. Timmins, ich bin ein großzügiger Mensch«, sagte Donovan. »Wenn Sie reden, lasse ich Sie gehen. Wenn ich aber etwas höre, das mir nicht gefällt, setze ich Sie vielleicht direkt vorm Anwesen der Mancusos auf die Straße.«

Timmins kochte vor Wut, schwieg aber. Das Auto fuhr weiter nach Süden, hielt auf den Brooklyn-Battery-Tunnel zu. Donovan lehnte sich zurück und schloß die Augen.

»Den Manhattan Shuffle hatte ich schon seit Jahren nicht mehr inszenieren können«, meinte er. »Wir sollten in der Lage sein, dem Anwalt dieses Kerls mindestens zwei Stunden lang zwei Reviere vorauszubleiben . . . Ist doch schön, daß die alten Methoden noch funktionieren.«

9

Kurz nach einem roten Sonnenaufgang setzte Donovan Timmins vor seiner Haustür ab. Das Rot der Morgendämmerung war fast so rot wie Donovans Augen. Abgesehen von der Stunde Schlaf, die er auf der *West Wind* erwischt hatte, war er nun seit über vierundzwanzig Stunden auf den Beinen.

Zudem hatte er von Timmins nichts erfahren, obwohl er mit

dem Mann Polizeiwachen von Coney Island bis zur Bronx abgeklappert hatte. Am Ende waren sie beide erschöpft und sogar zu müde, um sauer aufeinander zu sein. Donovan schloß Timmins' Handschellen auf und ließ ihn aus dem Wagen steigen.

»Für diese Fahrt hätten Sie anderswo fünfzig Dollar hinlegen müssen«, sagte Donovan.

Timmins nickte nur heftig. »Ich war's nicht, Lieutenant. Gott sei mein Zeuge, ich hatte nichts damit zu tun.«

»Tut mir leid, daß ich Sie aus dem Bett geholt habe.«

Als ihr Wagen wieder rollte, meinte Jefferson: »Das ist der kaltschnäuzigste Kerl, der mir je untergekommen ist. Nur schade, daß man Blutergüsse so sieht; ich hätte auf seiner Birne zu gerne einen Breakdance veranstaltet.«

»Ging mir auch so.«

»Reine Zeitverschwendung. Was machen wir jetzt?«

»Wir fahren zurück ins Haus, was sonst? Ich laß mich dann ein paar Minuten lang von Timmins' Anwalt anschreien . . .«

»Ach ja, als du mit Timmins in der Wache City Island warst, ging ein Funkspruch ein. Timmins' Anwalt wurde zuletzt draußen in der Nähe des Shea Stadium gesehen. Anscheinend wurde er beim Überschreiten der Höchstgeschwindigkeit und mit einem defekten Rücklicht erwischt, als er den Expressway hochdonnerte, weil er gehört hatte, Timmins sei auf dem Revier Rego Park.«

»Es ist gefährlich, mit einem defekten Rücklicht zu fahren«, merkte Donovan an. »Ein Anwalt sollte das doch wissen.«

»Während einer der Uniformierten, die ihn anhielten, den Strafzettel ausstellte, zerbrach der andere mit dem Knie das Rücklicht. Dauerte eine Stunde, bis alles aussortiert war.«

Bei der Einheit wurde Donovan prompt von Timmins' Anwalt angebrüllt, aber nur zehn Minuten lang, denn der Mann war ebenfalls fix und fertig. Als der Rechtsberater gegangen war, meldeten Bonaci und Corrigan, Facci sei nirgends zu finden. Seiner Frau hatte er gesagt, er müsse geschäftlich für ein paar Tage fort, und ihr die Nummer eines Hotels in Chicago hinterlassen. Donovan wies Corrigan an, sich mit dem Hotel in Verbindung zu setzen, und ließ Kaffee und Doughnuts kommen.

Bald erschien Jefferson mit einem Pappkarton und einer Papiertüte, die er auf Donovans Schreibtisch deponierte. »Einmal Kaffee mit, zwei Doughnuts.«

»Was ist in dem Karton?«

»Die Fahndungszettel mit dem neuen Phantombild von Ms. Crockett.«

Donovan nahm den Deckel vom Kaffeebecher. »Okay, zeigen wir die allen, die uns einfallen.«

»Wird gemacht. Ach ja, und Corrigan hat bei dem Hotel in Chicago angerufen. Rate mal, was er erfahren hat.«

»Facci ist nicht da«, antwortete Donovan.

»Stimmt, aber der Kerl bestellte telefonisch ein Zimmer unter seinem richtigen Namen und mit Adressenangabe.«

»Das ist doch der Gipfel!«

Donovan zog eine säuerliche Miene. »Ich kann es nicht vertragen, wenn man sich über mich lustig macht, und das kommt nun zum zweiten Mal in drei Tagen vor.«

»Soll ich die Kollegen in Chicago bitten, mal im Hotel nachzusehen?«

»Wird sich wohl kaum vermeiden lassen. Facci ist selbstverständlich nicht in Chicago, aber wir müssen der Form halber ermitteln lassen.«

Jefferson wandte sich zum Gehen, doch Donovan rief ihn zurück. »Gilt der Durchsuchungsbefehl für Ciccias Büro noch?«

»Sicher.«

»Ich habe vor der Parade noch Zeit totzuschlagen. Ich esse was und mache mich ein bißchen frisch, dann fahren wir rüber und schauen uns dort mal um.«

»Du glaubst doch nicht etwa . . .«

»Nein, dort ist Facci nicht, sondern vermutlich irgendwo in Brooklyn untergetaucht. Laß nach ihm fahnden. Er wird als Zeuge gebraucht.«

Als Jefferson gegangen war, warf Donovan den Kaffeebecher in den Papierkorb, zog eine Schreibtischschublade auf und nahm das Foto von sich und Marcie heraus. Er starrte es eine Zeitlang an und ließ es dann in seiner Jackentasche verschwinden.

»So einen Schnurrbart möchte ich haben«, sagte Donovan und gab dem Friseur das Foto.

Rudy Pandozzi war der Inhaber des kleinen Friseurladens in

der 87th Street neben dem Parkhaus. So lange er sich entsinnen konnte, ließ sich Donovan hier die Haare schneiden, denn es roch nach Pimentöl und Rasierschaum, und nirgendwo stand »Haarstudio«.

Pandozzi blinzelte auf das Bild. »Alte Aufnahme. Das war einmal Ihre Freundin, nicht wahr? Wie hieß sie noch einmal? Mary Dingsbums?«

»Marcie Barnes.«

»Genau. Ich habe ihr einmal die Haare geschnitten. Herrliches, seidiges glattes Haar, kohlschwarz. Was ist aus ihr geworden?«

»Wir sind noch in Kontakt.« Donovan nahm das Bild zurück und steckte es sich in die Hemdtasche, ehe das Tuch über ihn geworfen wurde. »Bringen Sie mir bitte den Schnurrbart in Fasson, damit ich bei der Parade ordentlich aussehe?«

Pandozzi holte ein heißes Handtuch und bedeckte Donovans Gesicht. Zehn Minuten später betrachtete sich Donovan seinen perfekt gestutzten Schnurrbart. Das sprießende Suppensieb war symmetrisch und endete an den Mundwinkeln.

»Gut gemacht, Rudy. Der Bart paßt zu meinen markigen Zügen.«

»Soll ich Ihnen auch noch die grauen Haare in den Brauen färben?«

»Nein, die mag ich.«

Donovan gab den Handspiegel zurück und kletterte vom Stuhl. Dann überreichte er Pandozzi sechs Dollar.

»Wissen Sie eigentlich, daß mir Alberto Anastasia im Sheraton vom Stuhl geschossen wurde?«

»Himmel, ich kenne Sie jetzt seit dreißig Jahren, und diese Geschichte hat Ihnen noch nie jemand abgenommen.«

»Anastasia wurde vor dreißig Jahren erschossen. Ich aber beschloß, meinen Laden in ein sichereres Viertel zu verlegen.«

»Wenn wir gerade von Gangstern reden – kam Ciccia eigentlich jemals zu Ihnen?«

»Ach wo, der war ja so dick, daß er nicht in den Stuhl paßte. Nur Palucci kam hin und wieder mal vorbei. Erst vor zwei Wochen erzählte er mir, wie sehr er sich auf den Urlaub in seinem Haus auf dem Land freute.«

Donovans Schnurrbart wuchs abrupt um volle dreißig Millimeter. »*Wie bitte?*«

»Er hat an einem See irgendwo in den Catskills eine Hütte. Dorthin fährt er mit den Jungs angeln, sagt er.«

»Soso. Mit welchen ›Jungs‹ wissen Sie wohl nicht?«

»Nein. Namen hat er nie genannt.«

»Auch nicht den Namen des Sees?«

Pandozzi dachte kurz nach und zuckte dann die Achseln. »Es wäre eine lange Fahrt, sagte er. Fast bis . . . Fernwood?«

Donovan lächelte.

Beim Zapfenstreich unterdrückte Donovan ein Gähnen.

Wie es sich ergab, schaffte er es nur knapp zum feierlichen Abschluß der Parade, nachdem es ihm gelungen war, den Schuhkarton mit seinen Orden zu finden – nicht im Kleiderschrank im Schlafzimmer, wie Marcie vermutet hatte, sondern unter der Wäsche in dem Schrank von Clints Zimmer.

Er warf sich in seine Ausgehuniform, war angenehm berührt, weil sie besser paßte denn je, und steckte sich sorgfältig die Orden an. Dann kämmte er sich Haar und Schnurrbart, warf Clint eine Makrele hin und ging zum Monument, um sich mit Marcie zu treffen. Er hatte sie noch nie in Ausgehuniform gesehen und fand, daß sie großartig und komisch zugleich aussah. Daß eine Person, die er nur in abgeschnittenen Jeans und T-Shirt – oder unbekleidet – kannte, nun plötzlich daherkam wie der Chef einer Bananenrepublik, fand er faszinierend.

»Melde dich doch beim Pentagon und laß dir Militärhilfe geben«, riet er. »Brauchst bloß ein Formular auszufüllen und zu behaupten, von kubanischen Söldnern überfallen worden zu sein.«

Sie warf ihm einen matten Blick zu. »Es ist sinnlos zu fragen, wovon du redest, aber ich danke dir, daß du aufgetaucht bist.«

Marcie stand am Ende einer Reihe, die auch den Captain und seine beiden Besatzungsmitglieder enthielt. Alle waren in Uniform und standen bei der Kranzniederlegung stramm. Der Captain hatte sogar noch mehr Orden als Donovan auf der Brust.

»Hier auftauchen war kein Problem«, sagte er zu Marcie. »Aufrecht stehenbleiben, das könnte sich zu einem entwickeln. Meinst du, der Captain läßt mich auf dem Vordeck pennen?«

»Nein!« fauchte sie. »Meinetwegen mach deine Aufwartung und lege dich dann auf der *West Wind* hin.«

»Klingt attraktiv.«

»Ich stelle dich vor«, meinte Marcie und führte ihn zu den Briten, die inzwischen die Steinmetzarbeit an dem mehrere Stockwerke hohen Denkmal für die Teilnehmer des Bürgerkriegs begutachteten.

Der Captain trug wie die beiden jungen Männer in seiner Begleitung die Uniform der Royal Navy. Alle drei nahmen Haltung an, als Donovan auf sie zutrat.

Marcie stellte ihn strahlend vor: »Captain Ashton, dies ist der Mann, von dem ich Ihnen erzählte, William Donovan.«

Ashton gab Donovan einen festen Händedruck. »Ich habe viel von Ihnen gehört, Lieutenant«, sagte er und sprach den Rang wie in Großbritannien üblich *Lef*tenant aus. Donovan, ein Anglophiler, war gebauchpinselt.

»Es ist mir ein Vergnügen, Captain. Darf ich Ihnen zu Ihrer prächtigen Jacht gratulieren?«

»Es steht Ihnen frei, mein bescheidenes Boot nach Belieben zu loben, Lieutenant.« Ashton nickte zu den beiden Männern, die bei ihm standen. »Dies sind meine Söhne William und Kevin.«

Man stellte sich formell vor.

»Sie haben sich großzügigerweise erboten, auf diesem Törn als meine Crew zu fungieren.«

»Was führt Sie nach Amerika?« fragte Donovan.

»Wir sind eigentlich auf einer Weltumseglung. Wir liefen aus Southampton aus und fuhren hierher, um Ihren Unabhängigkeitsfeiern beizuwohnen, und dann wollen wir weiter nach Australien, um uns die Verteidigung des America's Cup anzusehen.«

Donovan verging fast vor Neid. »Brauchen Sie noch Hilfe?«

Ashton lachte. »Ich würde Sie gerne an Bord nehmen, aber wird Ihre Behörde Ihnen auch mehrere Monate Urlaub geben?«

»Vielleicht ein andermal«, meinte Donovan betrübt.

»Lassen Sie uns nach der Gefallenenehrung zum festlichen Teil übergehen«, sagte Ashton. »Wenn wir schon der Toten gedenken, dann mit Stil.«

Er ging voraus zu seiner Jacht, die *Christopher E.* hieß. Dort wimmelten Gäste und Kellner herum, und das Fest uferte auf den Kai aus. Ein junges Paar saß auf der Heckreling von Marcies Boot und rauchte einen Joint. Donovan warf ihm im Vorbeigehen einen biestigen Blick zu. Sie sahen seine Uniform und schnickten die Zigarette rasch ins Hafenbecken.

Marcie drückte Donovans Arm. »Ich kann mich an eine Zeit erinnern . . .«

»Da waren wir noch jung und kugelfest. Eigentlich hat mich nur gestört, daß sie einfach auf unserem Boot saßen.«

»Auf *unserem* Boot?«

Jeder, der an der Marina lebte, schien zu diesem Anlaß erschienen zu sein. Auf dem Vordeck der *Christopher E.* spielte ein Streichquartett Renaissancemusik. Davor saß der haarige Bärtige, der auf dem Hausboot jenseits der *West Wind* lebte, trank ein Glas Wein und summte mit.

»Für uns ist ein Tisch reserviert«, meinte Ashton und führte sie vor den Besanmast, wo ihnen mariniertes Lamm, kleine Tomaten, verschiedene Gemüse und sogar Mandarinen auf leicht gewürztem Reis serviert wurde. Marcie trank ein Glas Bordeaux. Donovan bekam einen Kurzen angeboten und schwankte.

»Von Enthaltsamkeit an einem Nationalfeiertag will ich nichts hören«, sagte Ashton und winkte einem Barmann, der ein Silbertablett mit Spirituosen trug.

»Ich bin jetzt seit einer Ewigkeit wach, und dieser Tag ist für mich auch längst noch nicht vorbei«, erklärte Donovan. »Wenn ich Alkohol auch nur rieche, breche ich über dem Cellisten zusammen.«

»Du wolltest dich doch ein wenig hinlegen, William«, sagte Marcie. »Ein, zwei Drinks können dir dann doch nicht schaden. Außerdem möchte ich uns in unseren Ausgehuniformen fotografieren lassen, und dazu siehst du mir viel zu steif aus.«

Sie hob eine Nikon mit Autofokus.

»Nur zu, Lieutenant«, meinte Ashton. »Die Sonne steht über der Rah, und ein Glas wird Sie entspannen.«

»Wenn Sie darauf bestehen . . . eine Bloody Mary bitte, aber nicht zu scharf.«

»Ich nehme einen Whisky«, sagte Ashton, und seine Söhne folgten seinem Beispiel.

Die fünf unterhielten sich vorwiegend über Hochseesegeln und die Gründe, aus denen Amerika 1983 den America's Cup an Australien verloren hatte. Donovans Fall wurde mit keinem Wort erwähnt, eine Tatsache, die er mit einer zweiten Bloody Mary begoß.

Nach einer Weile überkam ihn ein Bedürfnis, und Ashton wies ihm den Weg zur Toilette.

Die *Christopher E.* war in der Tat ein ganz besonderes Boot. Zwar war der Rumpf hochmodern und bestand aus Kohlenstoff- und Glasfaser, das Innere aber glich einem nautischen Museum. Es gab Elfenbeinschnitzereien, Teleskope und Sextanten aus Messing, Lithographien großer Segelschiffe der britischen Kriegsmarine, Familienbilder und gerahmte, von diversen First Sea Lords unterschriebene Auszeichnungen. Donovan entdeckte rasch, daß Ashton im Zweiten Weltkrieg einen Zerstörer kommandiert hatte.

Da die Toilette besetzt war, schlenderte Donovan in einen Raum, der sich als Ashtons Kajüte entpuppte. Auch hier sah es aus wie im Museum; der Schreibtisch war mindestens zweihundert Jahre alt. Darauf lagen Briefe und mehrere kleine gerahmte Familienbilder. Donovan wurde neugierig und nahm eines. Es war einige Jahre alt und stellte Ashton mit seinen beiden Söhnen und einem weiteren jungen Mann vor einem herrschaftlichen Anwesen in England dar.

»Lieutenant«, sagte Ashton. Donovan fuhr zusammen. Der alte Seebär war noch leichtfüßiger als Marcie, die einen Raum betreten und verlassen konnte, ohne auch nur einen Luftzug zu verursachen.

»Verzeihung«, sagte Donovan. »Die Toilette war besetzt, und ich habe mir nur ein wenig die Zeit vertrieben. Hoffentlich halten Sie mich jetzt nicht für einen Schnüffler.«

»Selbstverständlich nicht. Wie gefällt Ihnen meine Kabine?«

»Sie ist wunderbar, so wie der Rest des Bootes.« Er gab Ashton das Foto zurück; der Captain stellte es zurück auf den Schreibtisch.

»Ein schreckliches Eingeständnis für jemanden, der angeblich ein alter Seebär ist«, meinte Ashton, »aber ich habe es halt gerne bequem, besonders auf Weltumseglungen.«

»Fast ein Jahr auf See, das muß anstrengend sein.«

»Tja, der Törn nach Australien wird lang«, stimmte Ashton

zu. »Ich fürchte, die Zeit ist so knapp, daß wir nur drei Häfen anlaufen können – Cap Verde, Rio und Kapstadt.«

»Ich käme ja so gerne mit nach Perth und sähe mir das Rennen an«, sagte Donovan. »Aber dazu bräuchte ich mindestens vier Wochen Urlaub und ein paar tausend Dollar für Flugtikkets und Übernachtungen.«

»Nun, wenn die Polizei Ihnen frei gibt und Sie das Geld haben, können Sie in Australien auf der *Christopher E.* übernachten«, sagte Ashton. »So, und die Toilette ist jetzt frei.«

Als Donovan wieder an Deck kam, stellte Marcie die ganze Gruppe auf, gesellte sich dazu und überredete einen Gast, ein Bild zu machen. Dabei hielt sie Donovans Hand.

Das Streichquartett spielte nun Mozart, und der Bärtige vom Hausboot nebenan war verschwunden. Donovan ging auf die *West Wind*, zog die Uniform aus, fiel aufs Bett und träumte bald von weißen Segeln und der blauen See.

»Fernwood, Fernwood«, meinte Donovan sinnend. »Ein Ort im Sullivan County, ganz oben an der Grenze nach Pennsylvania. Habe ich auf der Straßenkarte gefunden. Und in der Nähe liegt ein See, Silver Lake.«

»Das ist zu einfach, um wahr zu sein«, dämpfte Jefferson.

»Besser, als die Zeit unserer Kollegen in Chicago zu vergeuden.«

Es war Dienstag, der 27. Mai. Donovan hatte den Rest des Heldengedenktages und die darauffolgende Nacht verschlafen, und Marcie, die inzwischen Urlaub hatte, ließ ihn ungestört. Eine oberflächliche Durchsuchung von Ciccias Büro blieb ohne Ergebnis, und die Nachricht war nun in der Tat nicht wichtig genug, um eine Unterbrechung seines wohlverdienten Schlafs zu rechtfertigen. Als Abteilungsleiter Connelly und der Polizeipräsident ihn am Telefon sprechen wollten, verleugnete Marcie ihn.

Für ihre Fürsorge mußte er am nächsten Tag büßen, denn er wurde allen möglichen Demütigungen ausgesetzt. Der Abteilungsleiter wollte keinen Ärger mit dem Polizeipräsidenten bekommen; der hinwiederum wollte keinen Ärger mit dem OB, der so kurz vor dem Wahlkampf nicht der Laschheit geziehen werden wollte. Die hübsche junge Pressesprecherin des Polizeipräsidenten war so eifrig erpicht, Donovans

Probleme mit der Presse auszusortieren, daß er sich zu fragen begann, ob sie womöglich im Augenblick solo sei.

Der Spätnachmittag war frisch und klar, doch das Getöse, das Triebwerk und Rotor veranstalteten, war ohrenbetäubend, besonders im Kontrast zur absoluten Stille am Boden. Aus dreihundert Meter Höhe sah Manhattan aus wie ein Architektenmodell: ordentlich, sauber und still.

»Ich hasse Hubschrauber«, sagte Jefferson.

»Das ist ein Bell JetRanger II, einer der verbreitetsten und sichersten Helikopter der Welt.«

»Mir sind Maschinen mit Flügeln lieber, so wie sie die Vögel haben. Wenn der Motor aussetzt, können die wenigstens noch im Gleitflug landen.«

»Ja, und höchstwahrscheinlich auf einer Schnellstraße oder in einem Stadion.«

Der Polizeihubschrauber flog über Manhattan und den Hudson und hielt auf sein Ziel zu, Skytop Airport. Dieser war etwa fünf Meilen vom Silver Lake entfernt.

Sie glitten über die Jersey Palisades und die Hochhäuser, die Donovan von den Fenstern seiner Wohnung im fünfzehnten Stock aus hatte wachsen gesehen. Seit ihrer Fertigstellung verliehen sie dem Westhorizont das Aussehen einer Ablängsäge.

»Zweihundertfünfzig Kilo Dynamit pro Klotz müßten doch locker reichen«, merkte er an.

»Wie bitte?«

»Ach, laß. Wie weit noch bis Skytop?«

»Bei der augenblicklichen Geschwindigkeit rund eine halbe Stunde«, sagte der Pilot über die Schulter. »Aber wenn wir erst einmal aus der TCA raus sind und nicht mehr so viel Verkehr haben, können wir draufdrücken.«

Jefferson setzte zu einer Frage an.

»Terminal Control Area«, erklärte Donovan. »Der Luftraum um Großflughäfen, der vom Kontrollturm überwacht wird.«

Jefferson schüttelte bewundernd den Kopf.

»Ich dachte, du hättest in Vietnam einen Hubschrauber geflogen«, sagte Donovan.

»Nein, wir wurden nur von Hubschraubern an Plätzen abgesetzt, die unsere Gesundheit gefährdeten. Deshalb habe ich etwas gegen die Dinger.«

»Na komm, wir fliegen ja nur in die Catskills. Ist doch fast ein Urlaub. Ist die Polizei dort auf uns vorbereitet?«

»Die Stadtpolizei holt uns vom Flughafen ab und hat schon einen Durchsuchungsbefehl für das Haus. Zuletzt hörte ich, dahinter parkte ein auf Facci zugelassener 82er Buick.«

»Wenn Facci tatsächlich dort sitzt«, meinte Donovan sinnend, »dann ist er längst nicht so gerissen wie Dillinger.«

»Stimmt«, sagte Jefferson. »Man ist auch schon erfolgreicher untergetaucht.«

»Genau«, sagte Donovan. »Seltsam. Entweder ist Facci viel schlauer als wir glauben und gibt uns einen Wink, oder er ist konfus . . . konfus und verängstigt.«

Jefferson betrachtete sich die Landschaft von New Jersey, bis die Reihenhäuser größeren, von Bäumen und Feldern umgebenen Anwesen wichen.

»Reden wir mal mit Facci und sehen, was er sagt«, meinte Donovan. »Wetten, daß er vorgibt, nichts zu wissen?«

Jefferson war verzweifelt. *Irgend jemand* muß doch wissen, was läuft.«

»Wieso eigentlich?« fragte Donovan und verbreitete sich über seine Theorie, derzufolge sich alles von der Ordnung auf das Chaos hinentwickelt und von einem gewissen Punkt an alle Suche nach logischen Erklärungen sinnlos macht. Dabei schlief Jefferson ein.

10

Silver Lake war ein typischer Gletschersee, wie man sie im nördlichen Nordamerika häufig findet.

Am Skytop Airport wurden Donovan und Jefferson von Sergeant Howard Eakans von der Polizei des Sullivan County abgeholt, einem ruhigen, freundlichen Mann, der nichts gegen Großstadtpolizisten zu haben schien. Während der zwanzigminütigen Fahrt über kleine Straßen zum Silver Lake informierte Eakans die beiden über die Schritte, die er unternommen hatte. Acht seiner Männer waren um die Palucci-Hütte herum in Stellung gegangen – vier an Straßensperren, vier als Scharfschützen.

»Dieses County hat ein paar ordentliche Schützen«, merkte Eakans an.

»Die Jagd muß hier gut sein«, sagte Jefferson.

»Kann sein, aber unsere Männer üben dreimal in der Woche auf dem Schießstand.«

Jefferson fand sich in seine Schranken verwiesen, und Donovan verkniff sich nicht ganz erfolgreich ein Lächeln. »Howard, hat sich an der Hütte etwas getan?«

»Überhaupt nichts. Wir überwachen seit elf Uhr früh, aber es ist niemand gekommen oder gegangen. Mehr noch, es hat sich kein Mensch sehen lassen. Alle Vorhänge sind zugezogen.«

»Also ist Facci allein, wenn er überhaupt dort sitzt.«

Der Polizeiwagen passierte zwei Motels, eine Spirituosenhandlung, ein Geschäft für Anglerbedarf und ein heruntergekommenes Lebensmittelgeschäft.

»Wie isoliert liegt Paluccis Hütte?« fragte Donovan.

»Links und rechts nur Wald«, erwiderte Eakans. »Sie ist die erste Einheit eines neuen Erschließungsprojekts.«

»Wetten, daß Palucci bar bezahlt hat? Find ich einfach toll, wie diese Kerle dem Finanzamt weismachen, sie verdienten nur zwanzigtausend im Jahr, und dann fünfzigtausend in bar für ein Sommerhaus hinlegen.«

»Siebenundsechzigtausendfünfhundert«, sagte Eakans. »Habe ich vor Ihrem Eintreffen festgestellt.«

»Die Straßen sind abgeriegelt, aber ist eine Flucht über Wasser möglich?« fragte Jefferson.

»An der Hütte gibt es nur ein kleines Segelboot. Falls Ihnen das Sorgen bereiten sollte, habe ich ein sieben Meter langes Mako mit einem Mercury-Außenbordmotor, 90 PS.«

Donovan war beeindruckt. »Sie machen aber auch nichts halb.«

Eakans lächelte. »Hier draußen ist nicht viel los. Nach einer Weile wird man die alkoholisierten Fahrer und häuslichen Streitigkeiten müde, und wenn sich dann ein interessanter Fall wie dieser ergibt, tun wir unser Bestes.«

Donovan nickte anerkennend.

»Sagen Sie, wie gefährlich ist dieser Facci eigentlich wirklich?«

»Er persönlich ist recht harmlos und zu hoch auf der Leiter, um ein großer Revolverheld zu sein. Außerdem habe ich das Gefühl, daß er panische Angst hat und in dieser Hütte sitzt und nicht weiß, was er tun soll.«

»Er ist aber ein wichtiger Mann? Bei den New Yorker Gangstern, meine ich.«

»Zweifellos. Jemand in seiner Position sollte sich in Bensonhurst mit seinem *caporegime* oder in der Park Avenue mit seinem Anwalt beraten, anstatt sich in einer Hütte auf dem Land zu verkriechen, die kinderleicht zu finden war.«

»Und das bedeutet?«

»Das bedeutet, daß ich nun an die Tür gehe und ihn frage, was er eigentlich treibt«, sagte Donovan.

»Sergeant, machen Sie sich nicht die Mühe, Lieutenant Donovan zu sagen, daß er dabei eine Kugel abbekommen könnte. Lieutenant Donovan ist nämlich gerade in Schwung, und wenn das der Fall ist, hört er nur auf Geister.«

Auf Donovans Bitte hin hielt Eakans direkt vor der Hütte an. Als sich nichts regte, gingen die drei auf die Veranda. Ringsum saßen hinter Eichen und Tannen versteckt Scharfschützen der County-Polizei.

Jefferson nahm links von der Tür Aufstellung. »Willst du das wirklich machen?« fragte er in einem lauten Bühnenflüstern.

»Klar, wenn er bewaffnet ist, hat er wahrscheinlich solchen Schiß, daß er sich selbst in den Fuß schießt. Laß mich mal machen.« Er klopfte mit dem Lauf des Clint Eastwood Special an die Tür. Hinter ihm stand Eakans mit einer doppelläufigen Schrotflinte.

Nach einer halben Minute Stille hörten sie drinnen Schritte.

»Wer ist da?«

»Bill Donovan. Machen Sie auf, Facci.«

Zehn Sekunden verstrichen. »Sind Sie allein?«

»Natürlich nicht.«

»Na gut. Bin ich sicher?«

»Vor mir ja«, meinte Donovan.

Der Schlüssel wurde im Schloß umgedreht, die Tür ging auf. Donovan ging zuerst hinein, sicherheitshalber mit erhobenem Revolver. Er hatte sich schon in der Vergangenheit geirrt und trug die entsprechenden Narben. Auf einen weiteren Irrtum hatte er keine Lust.

Facci sah aus, als hätte er auf der Couch gelegen, aber nicht

geschlafen. Schlaflose Nächte zeichneten sein breites ver-
härmtes Gesicht. Donovan wies Jefferson und Eakans an, das
Haus zu durchsuchen, was rasch erledigt wurde.

»Ich bin allein«, sagte Facci.

»Waffen?«

»Eine Schrotflinte unter der Couch, aber die ist angemeldet.«
Jefferson holte sie hervor.

Den Couchtisch bedeckte ein Wust von Weinflaschen und
Zigarettenstummeln. Die von Palucci so sorgfältig für den
Familienurlaub hergerichtete Hütte sah aus, als hätte sie gerade eine lange Junggesellenparty hinter sich. Facci zeigte
den Waffenschein für die Flinte. Jefferson entfernte sich, um
über Funk seine Echtheit nachzuprüfen.

Facci hatte gezittert, als er Donovan zuerst erblickte, beru-
higte sich aber jetzt, so daß er zu reden imstande war.

»Wie haben Sie mich gefunden?« fragte er.

Donovan lachte. »Wollen Sie behaupten, Sie hätten mich
nicht hierhergelockt?«

»Wie bitte?«

»Der Trick in Chicago war ziemlich oberflächlich.«

»Das kam Ihnen vielleicht so vor. Aber es ist nicht jeder so
schlau wie Sie.«

Faccis Hände zitterten so, daß die Asche von seiner Zigarette
auf den Teppich fiel. Donovan legte ihm einen Arm um die
Schultern und führte ihn zur Hintertür. Am Ausgang sperrte
sich Facci.

»Da könnten Bewaffnete sein«, meinte er.

»Stimmt. Meine Männer nämlich. Im Augenblick sind Sie sicher wie in Abrahams Schoß.«

»Wo wollen wir hin?«

»Ich will unter vier Augen mit Ihnen reden.« Donovan ging
auf einen viereinhalb Meter langen Katamaran zu, der auf
dem Sandstrand lag.

»Wollen Sie mich nicht auf meine Rechte hinweisen? Darf ich
denn nicht meinen Anwalt anrufen?«

»Sie sind nicht festgenommen«, erwiderte Donovan. »Und
was den Anwalt angeht: trauen Sie ihm denn? Wem können
Sie im Moment überhaupt trauen?«

»Das wüßte ich gerne, Lieutenant.« Facci nahm einen langen
Zug und warf die Zigarette in den See.

Donovan schaute auf das Boot. »Ich hasse Hobie Cats«, meinte er. »Wären die doch in Kalifornien geblieben, wo sie hingehören.«

Facci schaute verwirrt.

»Sehen Sie sich mal das Segel an«, fuhr Donovan fort. »Muß acht verschiedene Farben haben. Ein ›Tequila Sunrise‹-Segel nennt man das. Kein echter Seemann würde ein Segel nach einem dämlichen Cocktail benennen. Zum Beispiel absorbieren dunkle Farben die Sonnenwärme und bringen so die Aerodynamik durcheinander. Außerdem stellt sich die Geschmacksfrage.«

»Lieutenant . . .«

Donovan zog Jacke, Schuhe und Socken aus und krempelte sich die Hosenbeine hoch. »Machen wir mal 'ne Runde.«

»He, Moment mal!« rief Facci. »Ich kann nicht schwimmen, und man sagt auch, der See sei grundlos.«

»Das wird von jedem Gletschersee behauptet. Alles Ammenmärchen. Ziehen Sie Schuhe und Strümpfe aus und steigen Sie ins Boot.«

Donovan setzte das Segel und machte das Fall fest, schob den Katamaran ins Wasser. »Los, Facci«, rief er, »es weht nur eine kleine Brise.«

Facci schüttelte den Kopf, tat aber wie geheißen. Bald saß er im Schneidersitz auf dem Trampolin aus Nylon, das die beiden Rümpfe verband. Donovan gab dem Boot einen Stoß und sprang an Bord.

»Muß ich was tun?« fragte Facci und war wieder fast in Panik geraten.

»Nein, das erledige ich alles von hier aus. Muß nur eine Leine festhalten und das Ding mit der Pinne steuern.« Er hielt flott, aber nicht so schnell, daß sich der Rumpf an Luv aus dem Wasser hob, auf die Mitte des Sees zu.

»Sind Sie schon oft mit diesen Katamarans gesegelt?« fragte Facci.

»Noch nie«, erwiderte Donovan.

»Wie bitte?«

»Keine Sorge, ein Boot ist wie das andere. Dieses hat nur einen Rumpf mehr und ein Segel, das einer bunten Vorspeise gleicht. Mit mir am Ruder sind Sie sicher.«

Um das zu demonstrieren, holte Donovan das Segel an. Der

zusätzliche Winddruck hob den dem Wind zugewandten Rumpf einen halben Meter aus dem Wasser.

Facci schrie auf und klammerte sich fest.

»Da fällt mir ein«, meinte Donovan, »auf Long Island, wo ich früher den Sommer verbrachte, gibt es auch einen Gletschersee, der grundlos sein soll.«

»Donovan!«

Der Lieutenant ließ den Rumpf wieder ins Wasser sinken, das Boot glitt leise aus und kam mitten im See zur Ruhe. Facci fing sich und setzte sich schließlich neben Donovan, klammerte sich aber weiter krampfhaft am Rumpf fest.

»So«, meinte Donovan. »Timmins' Version habe ich gehört. Jetzt möchte ich gern Ihre hören.«

Jefferson war perplex. »Mal sehen, ob ich das richtig kapiert habe. Timmins schwört, er sei ein Heiliger, und du nahmst ihm das ab. Facci behauptet das ebenfalls, und ihm glaubst du auch.«

Donovan ließ den Rest seines Kaffees im Becher kreisen. »Es gibt gar keinen Bandenkrieg.«

»Aber Bill: Rigili, Ciccia und Bono sind tot, erschossen von einer und derselben Person. Gut, ist der Killer eben eine Frau. Nicht jeder Profi kann wie Charles Bronson aussehen.«

»Auf diesem ganz normalen Froschtümpel war Facci wie von Sinnen vor Angst. Der Mann hat die Wahrheit gesagt.«

»Mit dir am Ruder ginge mir das auch so. Hast du früher wirklich mal Regatten gewonnen?«

»Ein paar. Den Zinnteller, in dem ich Schlüssel und Kleingeld aufbewahre, gewann ich bei der Ortsmeisterschaft. Bei der Nordamerika-Regatta lag ich an dritter Stelle, als ich zweihundert Meter vorm Ziel kenterte. Wie auch immer, Facci hatte Angst, und zwar nicht nur vorm Ertrinken, und er sagte die Wahrheit. Er sagte, er hätte keine Ahnung, was vor sich geht. Timmins fehlten die Männer, meinte er, und seines Wissens schienen sowohl Ciccia als auch Timmins mit dem Status quo zufrieden gewesen zu sein.«

»Trotzdem kann Timmins die Frau angeheuert haben«, wandte Jefferson ein.

»Würde er denn einen massiven Vergeltungsschlag von den Jungs in Bensonhurst riskieren? Das glaube ich nicht.«

»Ich weiß immer noch nicht, warum Timmins eine Armee rekrutiert«, sagte Jefferson. »Vielleicht gab es während unserer Abwesenheit neue Entwicklungen. Ich gehe mal nach oben und höre nach. Kommst du mit?«

Donovan schüttelte den Kopf. »Für heute hab ich genug gearbeitet. Ich bleibe hier noch ein bißchen sitzen und geh dann heim in meine Wohnung.«

Jefferson glitt von seinem Barhocker. »Du willst die Nacht also nicht in diesem schwimmenden Palast verbringen?«

»Sieh nach, ob oben Nachrichten für mich da sind«, sagte Donovan.

George kam herüber und stellte sein Bier neben Donovans Kaffee. »Hast du auf das Spiel gewettet?« fragte er.

»Was für ein Spiel?«

»Basketball, die Endrunde. Fängt in einer Stunde an. Ich habe auf die Lakers und das Ergebnis gewettet.«

Daß Ciccias Wettmaschinerie noch funktionierte, überraschte Donovan nicht. Sie war wie alle hirnlosen Massen – man schnitt den Kopf und den rechten Arm ab, aber das Wesen lebte weiter.

»Basketball interessiert mich nicht«, meinte Donovan.

»Die Lakers sind wieder da, voll. Das Spiel heute könnte entscheidend sein.«

»Na, meinetwegen. Wieviel?«

»Zehn Dollar.«

Donovan legte den Schein auf die Theke und trug seine Wette ein.

Kohler war entzückt. »Paß auf, heute hast du bestimmt Glück.«

»Klar«, meinte Donovan und durchquerte den Raum, um das Computerspiel mit ein paar Münzen zu füttern. Nach fünfzehn Minuten hatte er drei Dollar weniger, aber auch über zehntausend Punkte erzielt.

Er nahm seinen Platz wieder ein. »Mir kommt das wie ein sehr simples, sehr statisches Logikprogramm vor. Die Verteidigung ist stark, aber starr. Ich muß nur herausfinden, wie sie zu umgehen ist.«

»Sieh lieber zu, wie du das hier umgehst«, sagte Jefferson und ließ hinter sich die Tür zufallen. Er hatte seinen Blockhalter in der Hand, der auf Donovan, wenn er müde war, wie ein Folterbett wirkte. »Meine Quelle in der 125th Street berichtet, daß Timmins Revolverhelden anheuert. Meinst du immer noch, daß er und Facci dicke Freunde sind? Und was die anderen Nachrichten angeht: Sergeant Barnes hat viermal angerufen und sich erkundigt, was du zum Abendessen magst. Sie möchte den Beginn ihres Urlaubs feiern. Besorge dir besser ein paar Koffeintabletten; der Tag ist für dich längst noch nicht vorbei.«

»Hilf Himmel!«

»Ich sage dir eine harte Zukunft voraus.«

»Sei still und verschwinde.«

»Gut, mach ich, aber sieh zu, daß du morgen früh ausgeruht bist. Es fängt nämlich ein Bandenkrieg an, ob es dir paßt oder nicht.«

»Hau ab.«

»Nur noch eine Sache«, sagte Jefferson. »Eakans hat angerufen. Facci hielt sich nicht an deinen Rat, in der Hütte zu bleiben und sich von der Polizei beschützen zu lassen.«

»So? Was hat er denn getan?«

»Eakans' Leute abgeschüttelt und sich abgesetzt. Kein Mensch weiß, was er vorhat.«

Donovan stand auf und ging zur Tür. »So, ich gehe jetzt nach Hause, ziehe mich um, füttere Clint und packe.«

»Wo willst du denn hin?«

»Ich habe gerade beschlossen, den Sommer über mit meiner Verlobten zu segeln.«

Mit einem Leinwandsack voller Kleider und anderer Gegenstände schlenderte Donovan langsam durch den Riverside Park. Jogger joggten, Pärchen hielten Händchen. Es begann sich zu bewölken, die Temperaturen fielen. Eine steife Südwestbrise war aufgekommen. Ein Güterzug rumpelte unter ihm durch den Tunnel und ließ den Boden erzittern.

An dem Aussichtspunkt über dem Jachthafen blieb er stehen. Südlich der Marina hingen die Überreste eines Ruderbootes an einem halbversunkenen Landungssteg. Überall hockten Möwen.

Im Westen versank eine rote Sonne. Donovan stellte sich gerne vor, daß die Ursache der Verfärbung Asche vom Ausbruch des mexikanischen Vulkans war, erkannte aber, daß eher die chemische Industrie von New Jersey daran schuld war.

Unterhalb des Aussichtspunktes fotografierte ein dürrer Mann den Sonnenuntergang, gebrauchte dabei ein langes Teleobjektiv. Donovan hob seinen Sack auf, kam sich selbst ein wenig wie ein Penner vor und ging die Treppe zur Marina hinunter. Marcie setzte vom Heck der *West Wind*, lief ihm entgegen und umarmte ihn.

»Ich habe uns Unmengen chinesisches Essen geholt . . . und guten Wein. Laß uns heute auf dem Boot essen und meinen Urlaub hier feiern.«

Sie steckte eine Hand in seine Hüfttasche und steuerte ihn am Kai entlang auf die Jacht zu. Keiner der beiden merkte, daß der Mann, der den Sonnenuntergang aufgenommen hatte, nun sie knipste.

Da es an Deck windig und kühl war, aßen sie in der Kabine Tofu mit Pilzen und Rindfleisch mit Bambussprossen. Dazu gab es einen guten Rotwein und Vivaldi.

Als das Geschirr in die Kombüse gebracht worden war, lehnte sich Donovan auf der L-förmigen Couch zurück, und Marcie legte den Kopf an seine Schulter.

»Na, wie fühlst du dich?« fragte sie und fuhr mit der Fingerspitze über seinen Schnurrbart.

»Großartig. Ich wollte schon immer zur See.« Seine Geste schloß die Wärme des Holzinterieurs ein.

»Ehrlich? Willst du wirklich bei mir bleiben?«

Marcie änderte nun ihre Position so, daß ihr Kopf in Donovans Schoß lag und sie zu ihm aufschauen konnte.

»Ich bin doch dein Zukünftiger, oder? Was würde denn der Captain sagen, wenn der Verlobte seiner Nachbarin plötzlich abheuerte?«

Donovan fuhr ihr durchs Haar. »In einer Beziehung hast du dich nicht geändert: wenn du etwas willst, greifst du sofort zu.«

»Seit zwölf Jahren tanzen wir umeinander herum. Tja, mein Lieber, die Musik hat gerade aufgehört.«

Sie verschränkte die Finger in seinem Nacken und zog seinen Kopf zu sich herunter. Ihr Kuß war lang und leidenschaftlich, und als sie aufhörten, waren sie beide außer Atem. Sie stand auf, wuchtete ächzend Donovans Sack hoch und gab ihn ihm.

»Räum du deine Sachen weg, ich schließe inzwischen ab. Ich habe nämlich ein Geschenk für dich, das wollte ich dir schon den ganzen Tag geben.«

Donovan ging in die Schlafkabine und begann auszupacken. Er holte seinen Sony Watchman hervor und erwischte gerade noch die Sportschau. Er sah sich die Spielergebnisse an und schüttelte dann ungläubig den Kopf.

Eine Hand schlängelte sich über seine Schulter und schaltete das Gerät ab. »Hätte ich mir doch denken sollen, daß du eine Glotze reinschmuggelst«, sagte Marcie.

Donovan war überwältigt. »Die Celtics haben die Lakers 113:108 geschlagen!«

»Na und?«

»Barnes, auf dieses Ergebnis habe ich gewettet und gerade vierhundert Dollar gewonnen. Wie sollen wir die ausgeben?«

»Für etwas Praktisches«, meinte sie. »Zum Beispiel ein Dinner bei Lutèce.«

»Abgemacht. Wo bleibt mein Geschenk?«

Marcie, die seinen Bademantel trug, trat zurück und ging in Pose. »Wenn es kalt ist, kuschle ich mich darin ein.«

»Stimmt, es ist kühl heute abend.«

Sie schüttelte sich und ließ das Gewand zu Boden fallen. Als sie das Kabinenlicht gelöscht hatte, schimmerte ihr Körper im Schein der Hafenbeleuchtung.

»Du holst dir eine Erkältung«, bemerkte er.

Sie hakte die Finger unter seinen Gürtel. »Dann wärm mich auf.«

Der dünne Mann öffnete die Beifahrertür eines grauen BMW, der am Kriegerdenkmal parkte. Er stieg ein, hatte eine Kamera im Schoß. Der Wagen fuhr an, fädelte sich in den Verkehr ein und rollte über den Riverside Drive nach Süden.

»Hast du sie erwischt?« fragte der Fahrer, ein gepflegter Mann in einem blauen Sportsakko und grauen Hosen.

»Ja, alle beide. Einen halben Film von ihnen, wie sie am Kai entlang und dann aufs Boot gehen.«

»War es auch bestimmt Donovan?«

»Aber sicher – komplett mit neuem Schnurrbart. Die Frau war eindeutig und unverwechselbar Marcie Barnes.«

»Sie sind also wieder zusammen«, sagte der Fahrer.

»So sieht es aus«, meinte sein Partner.

Der Fahrer bog so scharf in die 76th Street ein, daß die Reifen quietschten. »Die könnten sich zu einem Problem entwikkeln« sagte er.

»Donovan allein ist schon eins.«

11

Obwohl er nur fünf Stunden lang geschlafen hatte, wachte Donovan mit dem Gefühl auf, es mit einer Hand mit zwei Bataillonen Hunnen aufnehmen zu können.

Zum ersten Mal seit Jahren schien sein Leben – zumindest sein Privatleben – in Ordnung zu sein. Vielleicht hatte die Beziehung zwischen zwei so starken Menschen wie Marcie und ihm zwölf Jahre zum Reifen gebraucht. Wie auch immer, die Zeit war gekommen, und er hatte vor, bei ihr zu bleiben: auf einem Boot, in seiner Wohnung oder, sollte es so weit kommen, in ihrer in der East Side. Alle Zweifel waren im Licht der Morgensonne verblaßt.

»Das ist das Richtige«, sagte er laut vor sich hin und machte beim Gewichtheben eine Pause, um seine Arme zu strecken. Es war schon einige Tage her, daß er vor der Arbeit das Fitneßcenter neben der Einheit besucht hatte.

Nach dem Gewichtheben legte er sich auf die Matte, um sich aus der Rückenlage aufzusetzen. Das tat er achtzigmal, und als er sich zurücklegte und ausruhte, fiel ihm eine Frau auf, die auf seiner Matte ihre Übungen machte. Donovan rieb sich mit dem Armband den Schweiß aus den Augen und starrte ihr in die Augen.

Die Frau schaute zurück. Donovan wandte kurz den Blick zur Decke, drehte sich dann zu der Frau um. Sie war zwei Meter von ihm entfernt und anders als die anderen Frauen im Raum schlicht gekleidet. Sie trug ganz normale graue Turnhosen und ein altes weißes Poloshirt mit verwaschenen Lettern darauf.

»Heute ist Mittwoch, nicht wahr?«

»Ich glaube schon.«

»Hier gilt eine neue Regel«, meinte Donovan. »Mittwochs muß man lila tragen.«

Sie musterte seinen blauen Trainingsanzug, auf dem deutlich ›NYPD‹ stand, ›New York Police Department‹.

Sie hörte mit ihren Übungen auf und setzte sich. »Dann müssen wir wohl beide hier fort.«

»Ich heiße Bill Donovan und arbeite nebenan«, sagte er. »Darf ich Sie zum Frühstück einladen?«

»Warum nicht?« meinte sie und erhob sich. »Andrea Jones«, stellte sie sich vor. »Ich gehe jetzt unter die Dusche. Treffen wir uns in zehn Minuten?«

Donovan verfolgte sie mit Blicken, als sie zu den Umkleideräumen für Damen ging, und nahm dann selbst eine Dusche. Nachdem er sich abgetrocknet hatte, trat er vor den Spiegel, um sich zu kämmen. Der Spiegel war beschlagen. Donovan starrte lange auf die milchige Fläche, sann. Dann preßte er den Daumen ans Glas und hakte etwas ab. Er kämmte sich und ging zur Umkleidekabine.

Draußen auf der Straße sah Andrea Jones alles andere als schlicht aus. Was sie trug, konnte Donovan nur als Designer-Tarnanzug beschreiben, gedacht für eine Frau, die in allem gut aussieht. Ihr langes Haar wehte sanft in der Morgenbrise.

»Ein anständiges Frühstück bekommt man in dieser Gegend eigentlich nicht«, sagte Donovan.

»Macht nichts, ich habe keinen Hunger. Hätten Sie Lust auf einen Spaziergang?«

»Sicher.«

Sie hielt auf der 87th Street auf den Fluß zu, und Donovan mußte rasch ausschreiten, um sie einzuholen.

»Ich habe Sie irgendwo schon einmal gesehen«, sagte er.

»Das möchte ich bezweifeln. Ich wohne nicht in New York, und wenn ich mal geschäftlich hier bin, bleibe ich gewöhnlich nicht länger als eine Woche.«

»Leute auf Kurzbesuch kommen nur selten in einen Fitneßclub in der Upper West Side.«

»Ich gehe gern spazieren und kam halt dort vorbei«, meinte sie. »Der Club sah interessant aus. Sind Sie wirklich bei der Polizei?«

»Als ich meinen letzten Gehaltsscheck betrachtete, sah es so aus«, versetzte Donovan.

»Ist das hier Ihr ›Revier‹?«

»Ja, schon seit einiger Zeit.«

Sie überquerten die West End Avenue und gingen weiter in Richtung Riverside Drive.

»Dann könnten Sie mir vielleicht sagen, ob dies eine gute Wohngegend ist. Ich trage mich nämlich mit dem Gedanken, mir in New York eine Wohnung zu nehmen.«

»Es geht«, meinte Donovan. »Die Gegend ist sicher, aber nicht billig. Aber ich dachte, Sie kämen nur geschäftlich nach New York.«

»Ich halte in Virginia Rennpferde«, erklärte sie, »und eines meiner Pferde nimmt an diesem Wochenende am Rennen in Belmont teil. Wie ich bereits sagte, bin ich häufig in New York und habe die Hotels satt.«

»Wo sind Sie im Augenblick untergekommen?«

»Im Plaza.«

»Na, dann können Sie sich wohl eine Wohnung in der West Side leisten«, meinte er. »Ich bin gut dran, denn ich habe eine Wohnung mit gebundener Miete in Riverside geerbt. Ein riesiger Altbau, der so gut wie nichts kostet, neun Zimmer mit Blick auf den Fluß.«

»Neun Zimmer? Ganz netter Palast.«

»Mein Hauswirt versucht schon seit Jahren, mich rauszubekommen, damit er die Miete verdreifachen kann, aber die üblichen Tricks darf er sich wegen meines Berufs nicht leisten.«

Sie blieb Ecke 87th Street und Riverside Drive stehen, nicht weit von seiner Haustür. »Darf ich mir Ihre Wohnung mal ansehen?« fragte sie.

»Sie müssen sehr selbstsicher sein, wenn Sie einen Wildfremden bitten, Ihnen seine Wohnung zu zeigen.«

»Da Sie bei der Polizei sind«, erwiderte sie und rückte ihre Schultertasche zurecht, »kann ich Ihnen wohl vertrauen.«

»Seltsam, daß man den Nebel vom Flußufer aus nicht so gut sieht«, sagte Andrea Jones und schaute aus Donovans Wohnzimmerfenster im fünfzehnten Stock über den Hudson.

»Das ist ein Gemisch aus Nebel und Luftverschmutzung von der chemischen Industrie in New Jersey. In der Morgendämmerung sieht es metallisch blau bis lila aus; abends wird es erst orange, dann rot und ist auf seltsame Weise schön.«

»Es fällt mir schwer, Luftverschmutzung als schön zu bezeichnen.«

»Wir sind halt in New York und müssen die Schönheiten genießen, wo wir sie finden.«

»Ich komme vom Land und finde die Farben von Bäumen und Feldern am schönsten.«

Clint planschte in der Badewanne. Andrea Jones wandte den Kopf nach dem Geräusch.

»Das ist meine Schildkröte«, erklärte Donovan. »Die merkt immer, wenn jemand in der Wohnung ist.«

»Für eine Schildkröte war das aber ein recht lautes Platschen.«

»Clint ist auch eine recht große Schildkröte.«

Sie bedachte Donovan mit einem merkwürdigen Seitenblick. »Darf ich ihn einmal sehen?«

»Sicher. Hier entlang.« Donovan führte sie zum Gästebadezimmer und machte Licht. Clint blinzelte sie an und schlug mit dem Schwanz.

Andrea Jones lachte. »Sie halten in Ihrer Badewanne eine Schnappschildkröte?«

»Ich habe noch zwei andere Wannen«, sagte Donovan, »und Clint hätte sterben müssen, wenn ich mich nicht seiner angenommen hätte.« Er seufzte. »Aber der Abschied naht. Er wächst mir langsam über den Kopf. Eines Tages fahre ich mit ihm aufs Land und setze ihn in einem hübschen Teich aus.«

»Sie sind erstaunlich«, sagte sie. »Ich kann mir in Manhattan niemanden vorstellen, der sich die Mühe macht, eine Schnappschildkröte zu retten.«

»Vielleicht sollten Sie mehr Zeit hier verbringen. Wir sind nicht so verhärtet, wie man sagt.«

Er ging zurück ans Wohnzimmerfenster, öffnete es weit und setzte sich seitlich aufs Fensterbrett. Als sie zu ihm trat, sagte er: »Wenn Sie gute Augen haben, können Sie sehen, wie sich der Dunst von Blau zu Lila verfärbt.«

»Ach, ich weiß nicht, ob ich dazu Lust habe. Ihre Wohnung ist aber auf jeden Fall sensationell, Lieutenant.«

Sie trat so dicht an ihn heran, daß ihr Haar seine Wange streifte, und schob die Hand in die Schultertasche. Zur gleichen Zeit schob Donovan seine Hand unters Jackett und packte den Griff seiner Magnum.

Ihre Lippen verzogen sich zu einem ironischen Lächeln. Sie nahm eine Bürste aus der Tasche und fuhr sich ein paarmal durchs Haar, ließ die Strähnen im Wind wehen, der durchs Fenster strich.

Donovan hob jäh die Hand und ließ seine Finger ungeheißen durch ihr Haar gleiten. Sie fuhr wie angestochen zurück und stopfte die Bürste hastig zurück in die Tasche.

»Sie sagten, ich könnte Ihnen trauen«, sagte sie scharf.

Nun lächelte Donovan ironisch. »Nein, das habe ich nicht gesagt. Von dieser Annahme sind Sie nur ausgegangen.«

Er spürte ihren Zorn, aber auch Unschlüssigkeit. Er nickte zum Fenster hinaus. »Sehen Sie . . . lila Dunst.«

»Ich sollte jetzt besser gehen«, sagte sie.

»Ich begleite Sie zurück zum Broadway.«

»Danke, ich finde den Weg allein.« Sie ging zur Tür.

»Viel Glück in Belmont«, sagte er. »Wie heißt Ihr Pferd?«

»Gamesman.«

Donovan blieb auf der Fensterbank sitzen, bis Jones das Haus verlassen und den Gehsteig betreten hatte. Er sah, wie sie den Riverside Drive überquerte und sich nach Süden wandte.

Donovan hielt die Haare hoch, die er aus ihrer Mähne gezupft hatte, und inspizierte sie. Dann ging er zurück ins Gästebadezimmer. Clint lugte zu ihm auf.

»So, und was hatte das zu bedeuten?« fragte Donovan.

Clint sperrte die rasiermesserscharfen Kiefer auf.

»Genau«, meinte Donovan. »Find ich auch.«

»Dies ist der Ernstfall«, verkündete Donovan und marschierte in die Diensträume der Einheit.

Jefferson war verdutzt. Er folgte dem Lieutenant in sein Büro und sagte: »Ich wollte dich ausgeruht sehen, aber auf den Sturmangriff der Leichten Brigade war ich nicht gefaßt. Hast du mit Sergeant Barnes gestern abend was geschnupft?«

»Ich bin physisch und psychisch kräftig getrimmt worden«, meinte Donovan, setzte sich an seinen Schreibtisch und knipste die Lampe an. »Läßt du mir bitte Kaffee und Doughnuts kommen?«

Jefferson steckte den Kopf in den Dienstraum und ließ jemanden das Frühstück des Lieutenants holen.

»Was hast du für mich?« fragte Donovan.

Jefferson hatte einen Stoß Papier am Blockhalter. Er zupfte den obersten Bogen los und legte ihn vor Donovan hin. Es war die neueste Version des Phantombildes.

»Nicht übel«, meinte Donovan. »So, jetzt brauchen wir das Haar nur noch länger und dicker und den Mund breiter zu machen. Auch die Brauen könnten dichter sein. Ach ja, und scheiteln wir das Haar links und kämmen es zurück. Sie bürstet es sich gern aus der Stirn.«

Jefferson schaute seinen Chef fragend an. »Sonst noch etwas?«

»Sie ist knapp eins siebzig groß und kommt aus Virginia.«

Jefferson zog einen Stuhl heran und setzte sich. »Ihr habt gestern abend Meskalin genommen, stimmt's? Wie ich höre, bringt das ganz wilde Träume.«

»Was sonst?« fragte Donovan. »Liegt ein Laborbericht über Abdrücke in Bonos Wohnung vor?«

Jefferson konzentrierte sich wieder auf seinen Blockhalter. »Gefunden wurden außer unseren Abdrücke von Bono und einer Frau, und zwar überall. Und dann hatten wir Glück. Sieh dir das mal an.«

Er reichte Donovan einen Plastikbeutel, der mehrere honigblonde Haare enthielt. Donovan hielt ihn ins Licht.

»Sie benutzte Bonos Haarbürste«, erklärte Jefferson. »Du hattest recht . . . Ms. Crockett gibt sich keine Mühe, ihre Identität zu verheimlichen. Das Labor meint, die Haare stammten von einer jungen erwachsenen Weißen.«

Donovan holte einen weiteren Plastikbeutel aus der Tasche und hielt ihn hoch, um seinen Inhalt mit den Haaren aus Bonos Wohnung zu vergleichen. Die Haare sahen identisch aus.

Er reichte beide Beutel Jefferson, der zunehmend verblüffter aussah. »Laß die beiden Proben vom Labor vergleichen. Und die Jungs sollen den inneren Knopf an meiner Wohnungstür auf Fingerabdrücke untersuchen.« Er warf Jefferson seine Wohnungsschlüssel zu. »Wenn Haare und Abdrücke übereinstimmen, und das wird der Fall sein, heißt unser Mörder Andrea Jones.«

Jefferson hielt die beiden Plastikbeutel, als enthielten sie TNT. »Und jetzt wirst du mir gleich erzählen, du hättest mit ihr gefrühstückt.«

»Sie sagte, sie wohnte im Plaza«, fuhr Donovan fort, »und ich habe keinen Grund, das zu bezweifeln. Andererseits nehme ich an, daß sie im Lauf der letzten vierundzwanzig Stunden das Hotel verlassen hat. Prüf das einmal nach.«

Bonaci kam mit dem Frühstück herein. Donovan zog den Deckel vom Kaffeebecher. Die Doughnuts dufteten süß und köstlich. »Eigentlich wollte ich mit ihr Doughnuts essen gehen, aber das hätte nicht ganz ihrem Stil entsprochen. Außerdem wollte sie von mir kein Essen, sondern Informationen.«

Jefferson klemmte die Papiere zurück an den Blockhalter und sah seinen Chef stirnrunzelnd an. »Heraus damit.«

Donovan berichtete, wie Andrea Jones ihn im Fitneßcenter aufgegabelt und sich dann in seine Wohnung eingeladen hatte. Jefferson lauschte volle zehn Minuten lang schweigend – etwas, das Donovan bisher noch nie erlebt hatte.

Donovan schloß: »Sie wollte herausfinden, wieviel ich weiß. Und ich bin sicher, ihr den Eindruck vermittelt zu haben, als wüßte ich nichts. Ich will, daß sie mich unterschätzt. Den plumpen Annäherungsversuch unternahm ich teilweise aus diesem Grund und nicht nur zu dem Zweck, mir ein paar Haare zu verschaffen. Mit einem bißchen Glück hält sie mich für einen dummen, geilen Bullen.«

»Auf die Gefahr hin, daß du mich jetzt für blöd hältst: Ist dir eigentlich der Gedanke gekommen, daß sie nur bei dir war, um dich abzuknallen?« fragte Jefferson.

»Die Möglichkeit kam mir in den Sinn«, sagte Donovan. »Und eines kann ich dir versichern: Wenn ihre Hand nicht mit einer Haarbürste, sondern mit etwas Bedrohlicherem aus der Tasche gekommen wäre, hätte meine Putzfrau jetzt Grund zum Motzen.«

»Sie hätte dich auch einfach aus dem Fenster stoßen können.«

»Keine Chance. Sie konnte nicht sehen, daß ich einen Fuß hinter der Heizung verhakt hatte.«

»Warum hast du dich überhaupt ans Fenster gesetzt?«

»Um zu sehen, ob sie versucht, mich rauszustoßen, was sonst? Bestimmt nicht, um die Aussicht zu bewundern.«

»Daß sie den Versuch nicht unternahm, bedeutet . . .«

»Daß sie mich für ahnungslos hält«, sagte Donovan und fügte hinzu: »Hoffe ich wenigstens.«

Er aß sein Doughnut auf, wischte sich den Mund und warf die Papierserviette in einen Ablagekorb.

»Schön, wenn du einen Vorwand fändest, sie festzunehmen«, meinte Jefferson.

»Kommt erst in Frage, wenn ich weiß, was gepielt wird, und das Ganze läßt sich viel komplexer an, als ich dachte.«

»Bill, sie bindet uns praktisch alles auf«, protestierte Jefferson. »Sie ist ja fast darauf versessen, erwischt zu werden. Fast wie im Film: ›Laßt nicht zu, daß ich noch einmal morde.‹«

»So eine ist sie nicht«, meinte Donovan. »Mag sein, daß sie eine Killerin ist und für Timmins arbeitet, aber . . .«

»Moment, kein ›vielleicht‹. Sie arbeitet für Timmins, Punkt. Halten wir das Ganze einfach.«

Donovan war skeptisch. »Ich glaube immer noch, daß uns etwas entgangen ist.«

»Allerdings. Du bist einem Sturz aus dem fünfzehnten Stock entgangen. Na schön, ist sie halt schick und macht was her. Donovan, du brauchst ein Kindermädchen! Ist doch wohl der Gipfel! Nimmt der Mann eine professionelle Killerin mit heim und stellt sie seiner Schildkröte vor.«

»Clint hat sie auch nicht gemocht.«

»Und wo finden wir diese Andrea Jones, wenn Haarproben und Abdrücke passen?«

»Im Plaza bestimmt nicht«, meinte Donovan. »Wetten, daß sie in drei oder vier erstklassigen Hotels Zimmer reserviert hat? Schicke ein paar Leute mit dem nach meinen Angaben revidierten Phantombild los. Anfangen sollen sie im Sherry-Netherland; wenn sie bei ihrem gegenwärtigen Verhaltensmuster bleibt, zieht sie ins Hotel gegenüber. ›In Sichtweite verstecken‹, du weißt ja. Verdammt, Pancho, da steckt noch viel mehr dahinter! Zum Beispiel weiß sie, daß ich Lieutenant bin, ohne daß ich es ihr sagen mußte. Was meinst du dazu?«

»Ich bitte dich«, flehte Jefferson. »Nehmen wir sie erst einmal fest und sortieren dann alles aus.«

»Gut, laß das Bild unseren Freunden im l'Attesa, im Bridge Café und Gus Keane zeigen. Und gib mir auch ein paar. Ich will sie einigen Leuten unter die Nase halten.

Steck die Abdrücke und alle anderen Hinweise in den Fahndungscomputer und sieh zu, ob sich dort etwas tut. Und erkundige dich mal, ob wir einen Kontakt in Virginia haben, entweder bei der Staatspolizei oder der Staatsanwaltschaft. Ich will alles über sie erfahren, ohne daß sie etwas merkt.«

»Wird gemacht«, sagte Jefferson.

»Um die Pferdearie kümmere ich mich selbst. Wenn Andrea Jones Rennpferde hält und am Wochenende einen Gaul laufen hat, wird Irving das wissen.«

»Doch nicht Irving Nakima?«

»Der macht um elf Mittagspause und geht schnurstracks zu Riley's. Dann haben wir vier Stunden Zeit zum Reden.«

»Nakima hat vier Stunden Mittagspause?« fragte Jefferson.

»Klar, er ist bei der Stadtverwaltung«, erklärte Donovan.

12

»Was trinken Sie da?« fragte Ahmad Jordan, ein junger und knallharter Schwarzer, den Timmins aus Chicago geholt hatte, um den Krieg um die West Side zu führen.

»Einen White Cadillac«, erwiderte Timmins und rührte mit einem Sektquirl in dem Gebräu.

»Was ist da drin?«

»Scotch und Milch.«

»Wollen Sie mich auf den Arm nehmen?«

»Das ist ein klassischer Harlem-Cocktail, den Adam Clayton Powell berühmt machte.«

»Und wer ist das?«

»Der Mann, nach dem der Adam Clayton Powell Boulevard benannt ist. Clayton, vor dreißig Jahren ein mächtiger Kongreßabgeordneter, trank wegen seines Magengeschwürs White Cadillac.«

»Wir kümmern uns schon um Ihr Magengeschwür«, sagte Jordan und wies auf die dreißig oder vierzig Schwarzen, die sich in der Black Diamond Bar drängten.

»Hören wir uns einmal den Plan an.«

»Erst schalten wir eine von Mancusos Lotterieannahmestellen aus, damit die andere Seite merkt, daß wir das Gebiet übernehmen. Dann gehen wir auf seine anderen Läden los und zünden sie an, wenn's sein muß. Anschließend kommen die Wettbüros dran. Entscheidend ist, daß wir rasch zuschlagen, ehe sie überhaupt wissen, was los ist.«

»Und Facci?« fragte Timmins.

»Zuletzt habe ich gehört, er hätte sich irgendwo in den Bergen verkrochen; der hat sogar vor seinen eigenen Leuten Angst. Muß ich Ihnen lassen, Timmins, das mit der Weißen war clever. Da blickt niemand durch.«

»In der Tat«, meinte Timmins.

»In ein, zwei Tagen schlagen wir zu und schicken dann unsere ›Vertreter‹ in Mancusos andere Läden. Dann wird's heiß auf den Straßen, und wenn uns ein Bulle in die Quere kommt . . .«

»Es wird keinem Polizisten etwas getan!« fauchte Timmins. »Besonders Donovan wird in Ruhe gelassen.«

Jordan schaute mißmutig drein. »Ich höre dauernd von diesem Typen, aber was ich sehe, macht mir keine Angst.«

»Ahmad, Attica und Sing-Sing sind voller Leute, die Donovan seine lockere Nummer abnahmen. Halten Sie sich von ihm fern, und wenn das nicht möglich ist, vermeiden Sie es wenigstens, ihn zu unterschätzen.«

Timmins trank seinen White Cadillac, und der Whisky ließ sein Magengeschwür brennen. Er verzog schmerzlich das Gesicht.

»Kümmern Sie sich um Ihren Magen, Timmins«, meinte Jordan, »und überlassen Sie das Geschäft uns.«

»Seht nur zu, daß ihr es rasch durchzieht«, sagte Timmins. »Das ist meine beste Chance seit dreißig Jahren; die will ich nicht verpassen.«

»Da liegt die Farm, Bill«, sagte Nakima und spähte mit alten Augen mühsam auf eine Seite eines dicken Wälzers. »In Riverton, direkt am Shenandoah.«

»Es ist zwar nicht das berühmteste Gestüt von Amerika, aber zu den zwanzig besten gehört es wohl.«

»Hat die Farm eine Geschichte?« fragte Donovan.

»Moment«, meinte Nakima und fuhr mit dem Zeigefinger an einer Spalte entlang. »Vor und nach dem Bürgerkrieg war sie eine Plantage. Gründer war Andrew Pierce Jones, der sich in der zweiten Schlacht von Bull Run auf seiten der Konföderierten auszeichnete. Das Anwesen wurde innerhalb der Familie von Generation zu Generation weitervererbt und um die Jahrhundertwende zum Gestüt.

Als derzeitige Besitzerin ist Andrea Pierce Jones aufgeführt.

Mitbesitzer oder potentielle Erben gibt es nicht.« Nakima rieb sich die Augen. »Wahrscheinlich gibt sie aus diesem Grund auf – es ist niemand da, dem sie die Farm vererben kann.«

»Was meinen Sie mit ›aufgeben‹? fragte Donovan.

»Erwähnte ich das denn nicht? Es stand in der heutigen Rennzeitung. Gamesman und das Gestüt stehen zum Verkauf. Eigentlich Unfug, das Pferd ausgerechnet jetzt zu verkaufen.«

»Wieso?«

»Im Augenblick kann sie fünfundzwanzigtausend an Deckgebühren verlangen. Wenn das Pferd in dieser Saison so erfolgreich ist wie vorhergesagt, steigt der Betrag auf fünfundsiebzigtausend – soviel bekommt Secretariat.«

»Nicht übel für einen kleinen Spaß am Nachmittag.«

»Finde ich auch. Und warum verkauft sie jetzt? Ich kann mir nur vorstellen, daß sie verschuldet und *gezwungen* ist, Pferd und Gestüt sofort zu Geld zu machen.«

»Oder sie will das Land verlassen«, sagte Donovan.

»Das verstehe ich nicht.«

»Ich glaube, mir geht langsam etwas auf.«

»Da fällt mir gerade ein«, sagte Nakima, »ich habe so das Gefühl, daß in der Lotterie heute die 541 kommt.«

»Gut, ich setze drauf.« Donovan war großzügig aufgelegt und gab Nakima zehn Dollar.

»Es ist auch genau dreiundvierzig Jahre her, daß ich zur japanischen Luftwaffe kam.«

Donovan unterdrückte ein Murren. Der weißhaarige alte Japaner war bei Riley's für die groteske Behauptung berühmt, als einziger Kamikaze-Pilot neunundzwanzig Einsätze geflogen zu haben. Das verkündete er alljährlich am 7. Dezember, wenn im Fernsehen mal wieder der Film *Tora! Tora! Tora!* über den Angriff auf Pearl Harbor lief. Er stand dann an der Bar, zeigte auf japanische Kampfflugzeuge und schrie: »Da! Das ist meine Maschine! Das bin ich!«

Nun wußte Donovan zwar genau, daß Nakima nie etwas Gefährlicheres geflogen hatte als einen Papierflieger, aber er ließ den Mann sein absurdes Garn spinnen. Es schadete nichts, kein Mensch glaubte es, und viele fanden es unterhaltsam.

Irving sagte: »Wenn ich ganz ehrlich sein soll, taten wir es nur wegen des Sake.«

»Worum geht es?« fragte Donovan.

»Vor jeder Selbstmordmission bekamen wir ein Glas Sake umsonst«, sagte Nakima. »Neunundzwanzig Kamikaze-Einsätze, neunundzwanzigmal Sake. Und wenn ihr nicht etwas Unfaires abgeworfen hättet, stünde ich jetzt mit fünfzig Einsätzen da.«

Donovan wollte sagen: »Quatsch mit Soße«, doch dann fiel ihm bei Nakimas Worten jäh etwas ein. »Kamikaze-Einsätze«, sagte er zu seinem Bild im Spiegel hinter der Bar. »Wer auf eine Selbstmordmission geht und keine Erben hat, verkauft seinen Besitz im voraus, nicht wahr?«

»Stimmt«, sagte Nakima.

»Wer geht denn auf eine Selbstmordmission?« fragte George dazwischen.

»Die Frau, die einfach Menschen abknallt, wer sonst?« Donovan berichtete von seiner Begegnung mit Andrea Jones, nachdem er seine langjährigen Vertrauten zum Stillschweigen vergattert hatte. »Ich glaube zwar, daß sie es vorzieht, am Leben zu bleiben, und wohl auch egomanisch genug ist, zu glauben, daß sie ungestraft davonkommen wird. Ich glaube aber auch, daß sie aus irgendeinem Grund nichts mehr zu verlieren hat und sich deshalb nicht vor dem Tod fürchtet.«

»Hier stimmt doch etwas nicht«, meinte George. »Wenn sie eine professionelle Killerin ist, warum hängt sie dann ihren Namen jedesmal praktisch aus?«

»Ich bin immer noch nicht sicher, daß sie tatsächlich eine Professionelle ist. Vielleicht ist sie wirklich nur eine begabte Amateurin. Auf jeden Fall aber ist sie auf ihre Verbrechen stolz.«

»Stolz?«

»Sicher. Schauen Sie doch, wie dramatisch alles arrangiert war. Sie will der ganzen Welt demonstrieren, daß Rigili, Ciccia und Bono aus einem ganz bestimmten Grund ermordet wurden.«

»Und aus welchem Grund?« fragte George.

Donovan sann kurz nach und sagte dann: »Es geht ihr weder ums Geld noch um den Spaß am Töten. Ihre Karriere als Motiv scheidet auch aus; der Verkauf des Pferdes und des Gestüts beweist, daß sie ihre Abreise plant. Mir fällt nur ein Motiv ein – Rache.«

»Wofür?« fragte Nakima.

»Das, mein Freund, ist die Preisfrage. Warum schießt eine wohlhabende Pferdezüchterin aus Virginia New Yorker Gangster ab? Und ausgerechnet mit einer Waffe, die ihr Ururgroßvater im Bürgerkrieg benutzt haben mochte?«

»Vielleicht geht es um die Familienehre«, schlug Nakima vor.

»Durchaus vorstellbar«, meinte Donovan.

»Dann hat das Ganze mit einem Bandenkrieg also nichts zu tun?« fragte George.

»Nein, aber es könnte einen auslösen«, erwiderte Donovan.

»In den Zeitungen steht, es käme zu einem Krieg zwischen Schwarzen und Italienern um die West Side«, sagte Nakima.

»In den Zeitungen stand auch einmal, Dewey hätte Truman geschlagen. Wenn es zu einem Bandenkrieg kommt, werde ich versuchen, ihn nach Möglichkeit kurzzuhalten. Aber Andrea Jones' Morde haben mit den Gangstern nichts zu tun.«

Der Ocean Parkway ist einer der grandiosen Boulevards von Brooklyn, entworfen in der Mitte des vergangenen Jahrhunderts nach dem Vorbild von Paris. Er hatte zwei baumgesäumte Promenadenwege und links und rechts teure Häuser. Einige palastähnliche Anwesen in dem alten italienischen Viertel Bensonhurst wurden noch immer von Mafiosi des alten Schlages bewohnt, die es vorgezogen hatten, in Brooklyn zu bleiben und nicht in die Vororte auszuwandern wie so viele ihrer Kinder.

Carmine ›Papa‹ Mancuso war geblieben. Seinen Palast aus Naturstein und Marmor schützten eine hohe Mauer, moderne elektronische Sicherheitseinrichtungen und altmodische Sicherheitseinrichtungen in Form von finster blickenden Männern mit Pistolen.

An einem angenehmen Tag Ende Mai saß er in seinem Garten hinterm Haus, umgeben von Blumen, sah zu, wie sich das Wasser in seinem Pool kräuselte, und verspeiste müßig Trauben. Außerdem trank er Espresso mit Roberto Facci, der bislang ungeahnten Mut gefaßt hatte und in den Schoß der Familie zurückgekehrt war, um Mancuso über die ganze Angelegenheit zu informieren. Zu Faccis Erleichterung war Mancusos Reaktion verständnisvoll, gar tröstlich.

»Erst wußte ich überhaupt nicht, wem ich trauen konnte«, sagte Facci. »Selbst Bill Donovan . . . der von der Polizei . . .

wußte nicht, was los war. Dann ließ ich jemanden mit Corro, dem Chef des l'Attesa, reden, und fand heraus, daß sowohl Bono als auch Rigili von ein und derselben Frau aufgegabelt und dann später erschossen worden waren. Ich stellte auch fest, daß der Parkwächter in der 106th Street ein Schwarzer war, der Timmins Geld schuldete. Und diesen Verdacht hatte Bono auch.«

»Rigili und Bono kamen also durch Süßholzraspeln ins Grab. Idioten! Und Timmins, dieser Saukerl, der sich bislang nicht über die 125th Street wagte, hat Donovan über das Waffengeschäft informiert. Unsere Leute gingen glatt in die Falle.«

»Ich höre auch, daß Timmins Männer rekrutiert«, sagte Facci. Mancuso fluchte. »Dieser Timmins, bringt meine Leute um und will mir jetzt mein Geschäft in der West Side abnehmen! Wirst du mit ihm fertig?«

»Ich brauche Männer, und zwar viele«, erwiderte Facci. »Und einen Adjutanten, dem ich trauen kann, einen kampferfahrenen Mann. Ich bin ein guter Manager, aber kein General.«

»Und Mann genug, deine Schwächen einzugestehen«, sagte Mancuso. »Das gefällt mir. Soll ich dir Jake Tambora aus Atlantic City holen? Der wird dort in den Spielkasinos doch nur fett und faul.«

Facci war beeindruckt. Tambora war der oberste Befehlshaber, wenn es zu einem Krieg auf den Straßen kam. Und wenn die Mafia einen Patton brauchte, kam nur er in Frage.

»Wir brauchen ein neues Hauptquartier«, sagte er. »Vinnies altes Büro können wir nicht mehr benutzen. Wie wäre es mit dem Lagerhaus in der Manhattan Avenue?«

Mancuso tätschelte Faccis Arm und sagte: »Wir haben Verluste erlitten, aber in ein paar Tagen holen unsere Männer zurück, was uns gehört.«

»Und die Frau, die Timmins angeheuert hat?«

»Sorge dafür, daß du nie ohne Leibwächter bist.« Mancuso lachte. »Abgesehen davon: Kopf runter, Hosen hoch.«

»Es muß so was wie künstlichen Schwachsinn geben«, sagte Donovan.

»Muß an den Datenleitungen liegen«, meinte Jefferson, dem die Tatsache, daß seine geliebten Mikrochips versagt hatten, überaus peinlich war.

»Der Zentrale Fahndungscomputer wurde eingerichtet, um den landesweiten Informationsfluß über Straftäter zu beschleunigen«, sagte Donovan, »und ich erwartete auch, daß die resultierende Bürokratie bewirken würde, daß alles länger dauert als zuvor. Weißt du noch, es hat einmal zwei Wochen gedauert, bis die Fingerabdrücke eines Verdächtigen mit denen in einem in Oklahoma zugelassenen Fahrzeug abgeglichen waren?«

Jefferson entsann sich des Vorfalls.

»Aber dieser Fall liegt ganz klar. Ich will nur wissen, ob Virginia ihre Abdrücke in der Kartei hat. Wir wissen, daß sie eine Waffe besitzt, was bedeutet, daß sie irgendwo üben muß, und dazu braucht man einen Waffenschein. Außerdem muß sie einen Führerschein haben. Und wenn sie ein Gestüt besitzt und Vollblüter züchtet, muß sie bei einem halben Dutzend Behörden registriert sein. Verdammt noch mal, Pancho, irgendwo muß es ihre Abdrücke in einer Kartei geben!«

»Der Zentrale Fahndungscomputer kennt sie nicht. Der FBI-Computer auch nicht. Und auch die Staatspolizei Virginia hat sie nicht in ihrer Datei.«

»Unsinn! Nakima sagte, ihr Gestüt sei bekannt. Soll mir keiner vormachen, ihre Abdrücke seien nicht erfaßt.«

Wütend schnappte sich Donovan das Telefonbuch und suchte die Nummer der überregionalen Auskunft heraus. Bald erfuhr er, daß für Jones Farms in Riverton, Virginia, ein Anschluß existierte. Er ließ sich von der Vermittlung noch die Nummer des Reitervereins von Riverton geben, rief dort an und verlangte den Vorsitzenden. Als der Mann an den Apparat kam, erkundigte sich Donovan, ob Andrea Jones auf dem Gelände sei.

»Nein, Sir, sie ist zum Rennen nach New York gefahren«, kam die Antwort. »Kann ich etwas ausrichten?«

Donovan dachte kurz nach und sagte dann: »Ja, mein Name ist Bill Donovan. Bitte richten Sie Miss Jones aus, sie habe etwas Wichtiges in meiner Wohnung vergessen und solle sich bitte in meinem Büro melden.«

Nach einigen Verbindlichkeiten legte er auf und sagte: »Nun, die großartigen Computer in Washington und Virginia mögen noch nichts von Miss Jones gehört haben, aber bei der Telefongesellschaft ist sie bekannt.«

»Ich werde schon rauskriegen, was im Zentralcomputer nicht stimmt«, meinte Jefferson. »In der Zwischenzeit gibt es noch ein paar Dinge zu erledigen.« Er griff nach seinem Blockhalter. »Mal sehen. Che Guevara ist in Obhut des Jugendgerichts in der Bronx; Polizei und Sozialarbeiter streiten sich um das Sorgerecht für den kleinen Sack. Wie auch immer, unsere Kollegen haben die Melrose Avenue Flames dazu überredet, ihre Aktivitäten auf das Schnüffeln von Lösungsmitteln zu beschränken. Mit einem Vergeltungsschlag der Punks ist also nicht zu rechnen.«

»Ein Spieler weniger am Tisch verbessert die Chancen«, merkte Donovan an.

»Die Baufirma, für die Bono arbeitete, ist den Kollegen, die das organisierte Verbrechen bekämpfen, in der Tat bekannt. Sie scheint einem Schwager von Papa Mancusos ältestem Sohn zu gehören. Und bei der Durchsuchung der Mülltonnen tauchten interessante Objekte auf. Hinter der Vortreppe eines Sandsteinhauses im West End fand Bonaci eine braune Perücke, an deren Innenseite Haare hafteten, die Miss Jones gehören könnten. Entdeckt wurden auch ein Papiertaschentuch mit Theaterschminke daran und Kleider, wie sie Stadtstreicherinnen tragen. Dann fand sich noch ein Kopfkissen mit einem Loch und Schwarzpulver-Schmauchspuren.«

»Und das Labor? Wann erfahren wir, ob die Haare an der Perücke mit denen in Bonos Bürste und jenen, die ich ihr vom Kopf zupfte, identisch sind? Wann erfahren wir, ob die Abdrücke an meinem Türknopf mit denen übereinstimmen, die wir in Bonos Wohnung fanden?«

»Wir beide haben in Kürze einen Termin mit dem Labor. Dann wird alles enthüllt, sagt man mir. Sie haben sogar einen Fachmann für Waffen aus dem Bürgerkrieg aufgetrieben.«

»Endlich tut sich hier etwas.«

»Der Fall läuft erst seit einer knappen Woche, Bill.« Donovan schaute zufrieden drein. »Ich spüre Bewegung.«

»Ich auch«, pflichtete Jefferson bei. »Aber warum hast du beim Reiterverein diese Nachricht hinterlassen?«

»Weil ich mich entschlossen habe, eine aggressivere Strategie zu verfolgen«, meinte Donovan. »Bei unseren Versuchen, sie zu finden, hatten wir nicht viel Glück. Also dachte ich mir, laden wir sie ein, uns zu finden.«

Jefferson war aufrichtig besorgt. »Bill . . . damit forderst du eine Mörderin praktisch zu einem Duell heraus.«

»Genau das hatte ich auch vor«, stimmte Donovan zu.

13

Vom Konferenzzimmer des Polizeipräsidenten bot sich ein prächtiger Ausblick auf die Brooklyn Bridge. Mehr läßt sich über den Raum nicht sagen, sann Donovan und musterte die Brücke und das Café darunter.

Die anderen Anwesenden beschäftigten sich mit Graphiken, Tafeln, Personalstatistiken und Presseartikeln. Der Polizeipräsident von New York leitete eine Sitzung, an der Vertreter der Sicherheitskräfte und Politiker teilnahmen: die für die Stadtbezirke Manhattan und Brooklyn zuständigen Staatsanwälte, die Chefs der für die Bekämpfung des organisierten Verbrechens zuständigen Einheiten der Stadt- und Bundespolizei, der Bundesstaatsanwalt für den Bezirk New York Süd, der Chef des FBI in New York und der Leiter der Abteilung V der New Yorker Polizei, Donovans unmittelbarer Vorgesetzter.

Donovan war bisher nur zweimal konsultiert worden – einmal, um den Fall in groben Zügen darzulegen, und ein zweites Mal, um etwas zensierte Details der Vernehmungen von Timmins und Facci zu liefern. Ansonsten wurde er ignoriert, was ihm auch ganz recht war. Geplant wurde ein massierter Zangenangriff auf die Streitkräfte von Mancuso und Timmins. Den größten Mund hatte der Bundesstaatsanwalt, der vor einigen Wochen Schlagzeilen gemacht hatte, indem er sich als Hell's Angel verkleidete, um zu demonstrieren, wie leicht die Modedroge Crack zu beschaffen war.

Laut Plan sollten die respektiven Gangsterhauptquartiere am Freitag bei Tagesanbruch überfallen werden, gleichzeitig und von Hunderten von Polizisten, darunter zwanzig Mann von Donovans Einheit. Während einer zwanzigminütigen Pause holte sich Donovan einen Kaffee und schaute sich die Umgebung der Brooklyn Bridge an. Der Abteilungsleiter setzte sich neben ihn.

»Das gibt ein Riesenspektakel am Freitag«, meinte er.

»Viel Vergnügen«, erwiderte Donovan knapp.

Connelly schaute Donovan lange und fest an und erkannte eine vertraute Haltung. »Sie werden nicht dabei sein, stimmt's?«

»Natürlich nicht! Sie bekommen zwanzig Mann, aber weder mich noch Jefferson. Wir haben nämlich zu tun.«

»Und dieses Unternehmen finden Sie unwichtig?«

»Das ist nur ein Spektakel fürs Fernsehen. Hoffentlich schnappen Sie eine Menge Gangster, aber ich kann Ihnen garantieren, daß keiner eine Ahnung hat, was wirklich läuft.«

»Aber Sie blicken durch?«

»Ich habe gewisse Vermutungen«, sagte Donovan.

»So wie sonst auch: ›Sie kennen ja Donovan, wenn der sich etwas in den Kopf gesetzt hat . . .‹«

Abteilungsleiter Connelly nickte resigniert.

»Sehen Sie sich das Bridge Café an«, sagte Donovan. »Als Rigili erschossen wurde, wimmelte es dort von Menschen, aber niemand sah den Täter entkommen.«

»Und das bedeutet?«

»Daß der Täter Hilfe hatte, vermutlich in einem in einer Seitenstraße parkenden Wagen. Ich beabsichtige, diesen Wagen und den Fahrer zu finden.«

Zwei Stunden später stellte Donovan seinen Wagen vor dem Gebäude der Einheit ab und nahm sich beim Chinesen süßsaures Schweinefleisch und zwei Frühlingsrollen mit. Auf dem Weg in sein Zimmer schlug er Jefferson auf den Rücken. Der Sergeant stand auf und folgte ihm. »Wie ging die Konferenz?«

»Prächtig. Freitag früh geht der Zirkus los. Kannst Bonaci sagen, er hätte sich gerade mit neunzehn Mann freiwillig für den Sturmangriff auf Mancuso und Timmins gemeldet.«

»Und wir?«

»Wir brauchen keinen Zirkus. Magst du eine Frühlingsrolle?«

»Danke, schon gut. Heute nachmittag bekommen wir im John Jay College das Expertengutachten über Andrea Jones' Waffe zu hören.«

»Gut. Neues von der Front?«

»Ja, Haare und Fingerabdrücke sind identisch. Miss Jones ist unser Schütze. Wenn wir sie nur finden könnten! Sie ist in keinem der großen Hotels im Zentrum.«

»Verdammt! Ich hätte geschworen, daß sie sich in Sichtweite versteckt.«

Jefferson schaute auf seinen Blockhalter. »Es waren zwei Besucher für dich da, die beide zurückkommen wollen. Der erste war dein alter Freund Tank.«

»Was wollte *der* denn von mir?«

»Weiß ich nicht. Er warf wie üblich einen Stein ans Fenster und brüllte rauf, er wolle mit dir reden.«

Tank war am ganzen Broadway als Landplage bekannt. Seit einem Zusammenstoß mit einem Kredithai von der Taille abwärts teilweise gelähmt, lebte er auf der Straße und bewegte sich mit Hilfe eines Laufstuhls aus Metall fort, an dem alle seine Habseligkeiten baumelten. Beim Gehen wirkte und klang er wie ein kleines Panzerfahrzeug.

Man hörte ihn schon drei Straßen weit, was Wirten genug Zeit gab, die Türen abzuschließen, denn Tank pflegte sich im Eingang zu einem Lokal zu postieren und die Gäste so lange zu beleidigen, bis der Barkeeper ihm Geld oder ein Bier gab, damit er sich wieder verzog.

»Und wer war noch da?« fragte Donovan.

»Deine ›Verlobte‹ hat hereingeschaut.«

»Wozu? Sie hat doch Urlaub.«

»Wie soll ich das wissen? Vielleicht hatte sie Langeweile.«

»Wenn ich mit den Clowns im Präsidium, Tank und Marcie fertig bin, bleibt keine Zeit mehr für die Arbeit«, murrte Donovan. »Hilf Bonaci bei der Auswahl von neunzehn Freiwilligen für den Zirkus. Ach ja, und bekommen wir immer noch keine Informationen über Andrea Jones vom Computer?«

»Dieselbe Leier wie gestern: nichts. Man hat offenbar noch nie von ihr gehört.«

»Pest noch mal, ich muß rauskriegen, was da los ist«, sagte Donovan zornig und griff nach dem Telefon.

Er begann zu wählen, zögerte dann aber und legte wieder auf. Laut dachte er: »Andrea Jones hat mindestens einen Partner. Ihre Fähigkeit, spurlos zu verschwinden, ist unheimlich. Sie kennt meinen Dienstgrad und weiß, wo ich wohne . . . führte mich praktisch hin . . . dabei stehe ich nicht im Telefonbuch. Sie wußte, daß l'Attesa, das für alle Welt wie ein überfüllter

Singlestreff aussieht, in Wirklichkeit die Stammkneipe von Ciccias Jungs war. Und sie weiß, wann und wo ich meine Übungen mache. Zufall?«

»Ausgeschlossen.«

»Haben wir einen verläßlichen Mann, der sich mit Wanzen auskennt? Jemanden, der für *uns* arbeitet und den Mund halten kann?«

»Du glaubst doch nicht etwa . . .«

»Hole ihn auf der Stelle her. Und rufe ihn von dem Münztelefon im Imbiß zwei Straßen weiter an.«

»Wanzen überall, Lieutenant«, sagte Bergman, der Elektronikexperte des NYPD. »In jedem Telefon der Einheit, einschließlich Ihrem. Der Münzfernsprecher bei Riley's ist ebenfalls verwanzt. Und Ihre Wohnung auch.«

»Wie funktionieren sie?« fragte Donovan.

»Es handelt sich um Empfänger in jedem Telefon, die mit einem Sender im Anschlußkasten im Keller verbunden sind.«

»Und das Telefon auf der *West Wind*?«

»Das ist noch sauber . . . zu frisch installiert, zu exponiert. Da ist nicht so leicht heranzukommen. Soll ich Ihre Telefonanlage entwanzen?«

»Nein, vorerst noch nicht. Können Sie sagen, woher die Dinger stammen?«

»Alle Indizien weisen auf Washington hin.«

»Was?!«

»Die Sender in den Anschlußkästen arbeiten auf einer Frequenz, die fürs Militär reserviert ist. Selbst das FBI kann sie nicht benutzen, aber CIA und die Nationale Sicherheitsbehörde NSA bedienen sich ihrer gelegentlich. Und noch etwas . . .«

»Wer in eine Polizeiwache eindringt und alle Telefone verwanzt, ist bestimmt kein Amateur«, meinte Donovan. »Gut, Bergman, danke. Kein Wort darüber zu niemand.«

»Mit dieser Sache will ich ohnehin nichts zu tun haben«, erwiderte der Elektroniker.

Donovan und Jefferson gingen zur *West Wind*, wo Marcie auf dem Achterdeck in der Sonne lag. »Ich muß mal telefonieren«, sagte Donovan und ging unter Deck.

Jefferson und Barnes sahen verwundert zu, wie Donovan eine Nummer in Maclean, Virginia, eintippte.

Als die Telefonistin sich gemeldet hatte, verlangte Donovan einen Jim Tollison. Kurz darauf kam der an den Apparat.

»Hallo, Jim«, sagte Donovan. »Was zum Kuckuck geht eigentlich vor?«

»Wer spricht da?« fragte Tollison.

»Bill Donovan. Ich will wissen, wer von euch meine Dienst- und Privatleitungen angezapft hat. Seid ihr das, die NSA oder das Pentagon? Und zu welchem Behufe? Außerdem möchte ich wissen, weshalb mir jedesmal der Zugang zum Zentralen Fahndungscomputer verwehrt wird, wenn ich mich nach einer Verdachtsperson erkundige, die zufällig ganz in deiner Nähe wohnt.«

»Bill, sprichst du über eine sichere Leitung?«

»An meinem Ende ist sie sicher.«

»Gut, dann beruhige dich mal. Sind deine Telefone wirklich angezapft?«

»Eindeutig, und die Sender für die Wanzen arbeiten auf einer fürs Militär reservierten Frequenz, die auch von euch hin und wieder benutzt wird.«

»Meines Wissens ist keine Ermittlung im Gang, die dich betrifft.«

»Würdest du mir denn überhaupt etwas sagen, wenn es anders wäre?«

»Bill, als die Sache mit der bolivianischen Connection schiefging, hast du mir das Leben gerettet. Ich stehe noch in deiner Schuld.«

»Paß auf, Jim, ich arbeite an einer Mordserie, Täterin offenbar eine gewisse Andrea Jones, Besitzerin von Jones Farms in Riverton. Die Opfer waren alle Mafiosi aus der West Side, und der Knalleffekt ist, daß sie einen antiken Revolver mit Schwarzpulver und Geschossen aus dem Bürgerkrieg benutzt und nicht den geringsten Versuch macht, ihre Identität zu verheimlichen. Mehr noch, sie setzt sich sogar in Szene. Meine Behörde glaubt, sie sei eine professionelle Killerin mit etwas ungewöhnlichen Arbeitsmethoden. Ich aber halte den Fall für sehr viel komplizierter.«

Tollison pfiff. »Eine Schützin mit einer antiken Waffe! Siehst du ein Motiv?«

»Nein«, sagte Donovan.

Tollison dachte kurz nach und sagte dann: »Gut, Bill, das geht in Ordnung, ich werde diskret vorfühlen. Wie kann ich dich erreichen?«

Donovan gab ihm die Nummer des Telefons auf der *West Wind* und legte auf.

»Das wird ja immer seltsamer«, meinte Jefferson. »Ich hasse Spiele, bei denen ich nicht alle Teilnehmer kenne.«

»Wichtig ist, daß das unter uns dreien bleibt«, sagte Donovan. »Was alle anderen betrifft, halten wir uns an das Bandenkriegs-Szenario.«

»Gut«, sagte Jefferson. »Jetzt haben wir vor unserem Termin im John Jay College noch eine Stunde totzuschlagen.«

»Ich habe Durst«, meinte Donovan.

»Es gibt Papayasaft oder Perrier«, sagte Marcie.

»Ich nehme Mineralwasser mit Eis.«

»Ich auch«, ließ sich Jefferson vernehmen.

Sie holten sich Gläser und gingen aufs Vordeck, um die leichte Brise zu genießen. Captain Ashton saß auf seinem Platz auf dem Achterdeck der *Christopher E.*, und Donovan und er tranken sich zu.

»Lieutenant«, rief Ashton, »kommen Sie doch mit Ihren Freunden rüber!«

»Ich habe heute keine Lust auf Geselligkeit«, meinte Jefferson leise, »und Barnes hat nicht genug an.«

»Also *ich* bin in Laune für einen kleinen Schwatz über die ewige See. Setzt ein Signal, wenn ihr mich braucht.« Donovan ging hinüber zur *Christopher E.* und hielt gerade lange genug inne, um formgemäß die Genehmigung, an Bord zu kommen, erbeten zu haben.

»Nehmen Sie Platz, Lieutenant«, sagte Ashton, und Donovan ließ sich in einen Liegestuhl fallen. »Ist das Whisky, was Sie da im Glas haben?«

»Nein, nur Mineralwasser. Ich bin im Dienst.«

»Schade, dieser herrliche Tag ist für die Arbeit viel zu schade. Sind Sie mit einem bestimmten Fall befaßt?«

Donovan schüttelte den Kopf. »Nein, nur Routineangelegenheiten – der übliche Kampf für Recht und Gesetz.«

»Sie scherzen«, meinte Ashton mit einem Lachen.

»Nur halb. Im Grunde glaube ich, daß gute Menschen ewig

leben sollten. Gelegentlich sehe ich mich gezwungen, diese Einstellung zu verteidigen.«

»Und schlechte Menschen? Sollen die auch ewig leben oder lieber so rasch wie möglich beseitigt werden?«

»Kommt darauf an, wie schlecht sie sind«, meinte Donovan. »Wie auch immer, es ist nicht meine Aufgabe, solche Entscheidungen zu treffen. Ich schnappe einfach die Bösewichte und überlasse sie dann den Gerichten.«

»Hmm«, erwiderte Ashton und sagte dann: »Tja, das ist wohl die zivilisierte Art. Manchmal sehne ich mich nach den Zeiten, in denen man die Kerle nach Gutdünken aufhängen konnte.«

»Ich würde es vorziehen, sie in haiverseuchten Gewässern über Bord zu werfen«, sagte Donovan.

Er schaute sich auf der Jacht um und fragte: »Wo sind Ihre Söhne?«

»Hinter Frauen her, nehme ich an. Das steht ihnen nach den langen Monaten auf See auch zu.«

»Darüber hatte ich mir Gedanken gemacht«, sagte Donovan.

»Über die Schürzenjagd?«

»Nein, ich habe mich gewundert, wie es Ihnen gelungen ist, zwei aktiven Soldaten acht Monate Urlaub zu verschaffen.«

Ashton lächelte. »Tja, mein Rang und die Tatsache, daß ich aus einer alten Familie stamme, bringen halt Privilegien mit sich. Ich habe meine Beziehungen spielen lassen.«

Donovan nickte und wollte eine Bemerkung machen, als Marcie ihn rief. Er stand auf. »Vielen Dank für die Einladung, Captain, und grüßen Sie bitte Kevin und William von mir.«

Als er wieder auf die *West Wind* zurückkehrte, wies Marcie übers Wasser. Er sah einen kleinen, dürren Mann auf einem alten Kabinenkreuzer. Der Mann hatte eine Kamera mit einem langen Teleobjektiv in der Hand und schaute zu ihnen hinüber.

»Das ist er«, sagte Marcie. »Der Nikon-Spanner, der Bilder von mir macht.«

Donovan trank schweigend sein Wasser aus, war aber sichtlich sauer.

»Der ist harmlos«, sagte Marcie.

»Mag sein, aber ich verspüre das Bedürfnis, jemanden zu verdreschen, und der ist der wahrscheinlichste Kandidat.«

Donovan und Jefferson marschierten um das Hafenbecken herum und stellten zu ihrer Überraschung fest, daß der Nikon-Spanner sie auf dem Heck seines Bootes erwartete.

»Tag«, rief der Bursche munter, «ich hatte schon gehofft, Sie rüberlocken zu können.«

»Gehofft?« fragte Donovan, dessen Aggressionen jäh verflogen.

»Ja, ich habe Ihnen etwas Wichtiges zu sagen. Könnten Sie mir einen Gefallen tun?«

Donovan nickte.

»Kommen Sie bitte so rasch wie möglich in meine Kabine. Ich will nicht, daß wir von den anderen gesehen werden.«

»Wer sind die anderen?«

»Das weiß ich nicht. Bitte beeilen Sie sich.«

Donovan und Jefferson folgten dem Mann in seine Kabine, die eine schiere Fotogalerie war – jeder verfügbare Fleck mit einer Vergrößerung bedeckt. Einige Aufnahmen zeigten Frauen in Badeanzügen, darunter Marcie, aber die Überzahl der Bilder stellte Szenen der Marina dar – Landungsstege, Möwen, Sonnenuntergänge, Parties am Sonntagnachmittag, Tidenstrudel und die solarisierte Aufnahme dreier Fische, die im Tod ein künstlerisches Muster bildeten.

Der Mann, den Marcie als Voyeur bezeichnet hatte, war ein erstklassiger Fotograf. Und ein beißender Geruch nach Essigsäure verriet Donovan, daß sich in der angrenzenden Kabine eine Dunkelkammer befand.

»Bob Zimmer«, stellte sich der Mann vor. »Hier, das habe ich für Sie und Ihre Lady aufgehoben.«

Er gab Donovan einen Abzug im Format 28 auf 35, auf dem er sich mit Marcie friedlich auf dem Vordeck der *West Wind* entspannte.

Donovan nahm das Geschenk mehr als nur leicht überrascht an und sagte: »Kann ich Ihnen dafür etwas geben?«

»Nein, aber schauen Sie sich diese Bilder mal an.«

Er warf eine Handvoll Abzüge auf den Eßtisch.

»Was ist das?«

»Ich arbeite an einem Buch über den Jachthafen, das von einer Stiftung mitfinanziert wird. Und so fotografiere ich halt alles, was hier passiert.«

»Und?«

»Ich weiß nun nicht, ob Ihnen das klar ist – Lieutenant, nicht wahr? –, aber Sie werden verfolgt.«

Donovan und Jefferson schauten Zimmer scharf an.

»Von zwei Männern, die einen grauen BMW fahren. Einer hat Sie mehrmals fotografiert. Wie Sie sehen, habe ich Nahaufnahmen des Fotografen, des Wagens und des Kennzeichens. Der andere fehlt, weil er nie ausstieg.«

Donovan schaute sich in bestürztem Schweigen die Bilder an und fand jedes ominöser als das andere. Er sah den Mann, der vorgeblich den Sonnenuntergang, in Wirklichkeit aber Donovan und Marcie aufgenommen hatte. Er sah den Mann sie von der Uferpromenade aus fotografieren. Es existierten auch Bilder von dem Mann beim Besteigen des BMW.

»Und diese Aufnahmen haben Sie alle gemacht?«

»Filme sind billig, und ich entwickle selbst. Alles Ungewöhnliche fällt mir ins Auge – wie zum Beispiel diese Männer.«

»Sie sollten zur Polizei gehen. Hat einer der beiden Sie gesehen?«

»Beim Fotografieren nicht. Wenn ich nicht will, daß die Leute merken, daß sie fotografiert werden, schieße ich aus der Hüfte.«

Donovan ging die Bilder mit Jefferson mehrere Male durch.

»Wer sind diese Kerle?« fragte Jefferson.

»Ich werde versuchen, das festzustellen. Kann ich auch die Negative haben?«

Der Fotograf holte rasch mehrere Kontaktabzüge mit den passenden Negativen. »Die können Sie alle haben. Es stört mich, wenn man Spiele mit meinen Nachbarn treibt.«

»Danke, Zimmer«, sagte Donovan. »Ich bin Ihnen einen Gefallen schuldig.«

Jefferson drückte Zimmer die Hand. »Das ist auch so gemeint. Der Lieutenant hält immer Wort.«

14

Donovan, Barnes und Jefferson saßen in der Kabine der *West Wind* und warteten auf einen Anruf.

Donovan wog die alte, furchterregende Waffe, die ihm der

Sachverständige für antike Waffen beim John Jay College geliehen hatte. Der Revolver war identisch mit dem, den Andrea Jones benutzte – ein 44er Colt Dragoon, erstmals hergestellt im Jahr 1847 und im Bürgerkrieg von beiden Seiten häufig benutzt. Der hölzerne Knauf der klobigen Waffe war mit einem Herzen verziert.

Selbst Donovan, dessen Ellbogen bereits vom Tragen und – auf dem Schießstand – Abfeuern des Smith & Wesson Magnum schmerzte, kam der Dragoon unglaublich schwer vor. Andrea Jones muß beide Hände benutzen, wenn sie akkurat schießen will, dachte er; zwei Hände, gestählt vom Zügeln zahlloser Vollblüter.

Der Ernst der Lage hatte das Trio so niedergedrückt, daß keiner etwas sagen wollte. Unausgesprochene Hoffnung setzten sie auf den erwarteten Anruf von Jim Tollison, Donovans Freund, der für die »Firma« arbeitete. Vielleicht stand eine logische Erklärung bevor, vielleicht sogar auch eine Entschuldigung.

Jefferson hatte einen Lautsprecher für das Telefon mitgebracht, damit alle mithören konnten. Als es endlich klingelte, legte Donovan den Revolver hin und hob ab.

»Hallo.«

»Bill?«

Donovan bedeutete den anderen mit einer Geste, daß die Stimme Tollison gehörte.

»Tja, alter Kumpel«, sagte Tollison, »ich habe herumgestochert, so gut ich konnte, aber heraus kam nichts. Es gibt keinen Hinweis auf eine Verschwörung.«

»Das erleichtert mich.«

»Ich habe erfahren, daß es beim Zentralen Fahndungscomputer zum Zeitpunkt deiner Anfrage Übertragsprobleme gab. Andrea Jones existiert und wohnt auch, wie du vermutest, in Virginia. Vorstrafen: keine, abgesehen von einem Bußgeldbescheid wegen Überschreitens der Höchstgeschwindigkeit. Das war 1983 in Norfolk. Ich nehme an, daß das System jetzt funktioniert, wenn du es noch einmal anwählst.«

Niemand in der Kabine lächelte.

»Und die Wanzen bei mir zu Hause und im Dienst?« fragte Donovan.

»Von uns stammen die nicht«, erwiderte Tollison, »und ich

kann auch niemanden finden, der etwas von ihnen weiß. Ich habe mich an alle fraglichen Behörden gewandt, aber ergebnislos. Weder Abwehr noch NSA, CIA oder FBI haben etwas damit zu tun.«

»Okay, muß wohl ein lokales Problem sein«, meinte Donovan. »Hier liegen sich zwei Banden in den Haaren. Mag sein, daß eine sich militärisches Abhörgerät verschafft hat.«

»Das ist eine Möglichkeit.«

Jefferson wies auf Zimmers Fotos, aber Donovan winkte ab.

»Vielen Dank, Jim«, sagte Donovan. »Ich weiß zu schätzen, daß du dich meinetwegen exponiert hast.«

»Kein Problem. War meine Gegenleistung für den kolumbianischen Schlamassel.«

Nachdem sie sich verabschiedet hatten, legte Donovan auf.

»Und was sagt man dazu?« fragte Marcie.

Donovan ging zur Kombüse, holte drei Bier und verteilte sie. Dann brachte er einen Toast aus: »Auf Jim Tollison, den letzten ehrlichen Mann in Washington, D. C.«

»Bill, der hat dich doch glatt angelogen!« protestierte Jefferson.

»Nein, hat er nicht. Er sagte alles, was er sagen konnte, hauptsächlich, daß wir in der Tat überwacht werden, und zwar so scharf, daß die betreffende Behörde bei Jims Anruf mithörte.«

»Wie bitte?« fragte Jefferson.

»Hast du denn nicht aufgepaßt? Jim steht in meiner Schuld wegen eines Zwischenfalls, bei dem es um Drogenschmuggel aus *Bolivien* ging, nicht aus Kolumbien. Außerdem weiß Jim, daß jeder, der mich ›alter Kumpel‹ nennt, leicht eins in die Fresse bekommt. Irgend etwas mußte er mir sagen, und da gab er mir halt nutzlose Informationen, die ich schon längst hatte, und schob den kleinen Versprecher ein, nur damit ich weiß, woran ich bin.«

»Er könnte sich auch aus Zufall versprochen haben«, meinte Marcie.

»Ausgeschlossen. Bei der fraglichen Operation bekam Jim fast den Kopf abgeschossen; die vergißt er sein Leben lang nicht. Wenn aber ein Mithörer bei der CIA etwas gemerkt hat, kann er vorgeben, das sei nur eine Fehlleistung gewesen.«

»Warum hast du Tollison nichts von Zimmers Fotos und dem BMW gesagt?«

»Aus eben jenem Grund, aus dem ich verschwieg, daß wir auch im Telefon bei Riley's eine Wanze gefunden haben«, sagte Donovan. »Wenn die mit mir spielen wollen, mache ich mit. Ich brauche ein Telefon, das ich benutzen kann, um ihnen Falschinformationen zuzuspielen. Die Bilder und den Wagen ließ ich unerwähnt, weil ich meinen nächsten Schritt nicht verraten wollte.«

»Und der wäre?« fragte Marcie.

»Ich rücke den Kerlen auf den Pelz.«

»Davon wußte ich noch gar nichts«, meinte Jefferson.

Donovan hob den Colt Dragoon und zielte durchs Kabinenfenster auf ein imaginäres Ziel. »Was ist unsere Aufgabe?«

»Dafür zu sorgen, daß die Gesetze eingehalten werden«, antwortete Marcie.

»Und verdeckte Operationen amerikanischer Geheimdienste innerhalb der USA – und ganz besonders in meinem Revier – sind illegal«, sagte Donovan.

Jefferson fügte sich mit einem zögernden Nicken in das Unvermeidliche.

»Ich will sowieso nicht ewig leben«, merkte Marcie an.

Donovan trank einen Schluck Bier. »Buggeschütze klarmachen«, befahl er Jefferson. »Es gibt Krieg.«

Und bald wurde Donovans Büro in eine Kommandozentrale verwandelt. Die Wände waren mit Hinweisen, Fotos und Memos bedeckt. Bergman, der NYPD-Elektroniker, hatte Donovans Telefon entwanzt und »reinigte« nun rasch die anderen Apparate. Marcie Barnes war in der Hauptstelle der Stadtbibliothek in der 42nd Street und wartete auf Donovans Anruf.

Jefferson hatte fast eine Stunde damit verbracht, sich zu überzeugen, daß sein Computer richtig funktionierte. Als er mit einem Ausdruck in der Hand Donovans Büro betrat, sah er nicht überrascht aus.

»Der Fahndungscomputer gab uns genau das, was Tollison vorhersagte.«

Donovan überflog das Blatt und klebte es dann neben die Bilder des BMW an die Wand.

»Können wir einen Kraftfahrzeughalter feststellen, ohne den Computer zu benutzen?« fragte Donovan.

»Sicher«, erwiderte Jefferson. »Ich kann direkt in Albany anrufen. Habe ich schon einmal gemacht – als der Computer echt ausgefallen war.«

»Gut, dann tu das von diesem Apparat aus«, sagte Donovan.

»Diese Leitung ist jetzt sicher.«

»Welches Ergebnis erwartest du?«

»Daß der Wagen auf eine Firma zugelassen ist, die einer anderen Firma gehört . . .«

». . . die hinwiederum einer anderen Firma gehört, die wir nicht ausfindig machen können«, ergänzte Jefferson.

»Genau. Aber wir müssen uns wenigstens die Mühe machen.«

»Warum lassen wir nicht einfach nach den Kerlen fahnden?«

»Weil ich nach Möglichkeit erst wissen will, wer sie sind. Noch etwas: Erinnerst du dich noch an den Verein, der hier vor zwei Wochen die Computer repariert hat?«

»Die haben nichts repariert, sondern nur Modems installiert, damit alle Computer an die Telefonleitungen angeschlossen werden können.«

»Sicher, damit Corrigan und Tieman Halma spielen können, ohne von ihren Schreibtischen aufstehen zu müssen«, meinte Donovan.

»Und die zwei waren ganz sicher, daß du davon keine Ahnung hast«, sagte Jefferson lächelnd.

»Es hatte auch niemand eine Ahnung, daß die Techniker außerdem unsere Telefone verwanzten. Timmins oder Mancuso hätten so etwas nie im Leben fertiggebracht. He, Moment mal!«

»Was ist?«

»Einbau vor zwei Wochen – das war eine Woche, bevor Rigili erschossen wurde. Weißt du, was das bedeutet?«

Jefferson pfiff leise durch die Zähne. »Wer Andrea Jones unterstützt, fing eine Woche vor ihr mit der Arbeit an.«

»Nach wie vor führen alle Straßen nach Washington«, sagte Donovan. »Aber warum? *Warum?*«

»Was ist an unseren kleinen Gangstern so wichtig, daß die großen Kaliber in Washington sie weggeblasen sehen wollen?« fragte Jefferson.

»Suche den Namen der Firma heraus, die die Modems installiert hat, und überprüfe sie. Das kannst du ganz offen tun, denn Washington wird damit rechnen. Aber wetten, daß du nicht weiter kommst als mit dem BMW?«

Während er darauf wartete, daß Jefferson zurückkam, trat Donovan an die Wand und schaute sich den Ausdruck aus dem Fahndungscomputer an. Irgend etwas war da wichtig, aber er sah es nicht. *Fühlen* konnte er es, einen rauchenden Colt oder zumindest noch einen Fingerabdruck, aber der Hinweis entzog sich seinen Blicken.

Jefferson erschien wieder. »Kaiser Communication Systems, Inc., West 28th Street.«

Donovan nickte und wählte einen Anschluß in der Stadtbibliothek. Marcie nahm beim ersten Läuten ab. »Wir haben eine Spur«, sagte Donovan und gab ihr Namen und Anschrift der Firma durch. »Versuche einmal die letzten fünf Jahrgänge von *Standard & Poor's Register,* Direktoren und Geschäftsführer. Wenn das tatsächlich eine AG ist, sollten die leitenden Angestellten aufgeführt sein.«

»Was ist das für ein Verein?«

Donovan erklärte, was die Firma getan hatte und wofür er sie hielt. Dann fügte er hinzu: »Ich sage Bescheid, wenn wir einen Firmennamen haben, der mit dem BMW in Verbindung zu bringen ist.«

»Wetten, daß der BMW und die Computerfirma irgendwie an derselben Muttergesellschaft hängen?« meinte Marcie.

»Zweifellos«, erwiderte Donovan. »Nur werden wir das nie nachweisen können.«

Nach dem Auflegen flog ein Stein an Donovans Fenster. »Da kommt die nächste Pest«, sagte er und schaute hinaus.

Tank stand am Randstein. Seine Sammlung klappernder Erinnerungsstücke war um eine Bratpfanne aus Aluminium, ein Plastikäffchen und zwei Plüschwürfel ergänzt worden.

Donovan öffnete das Fenster. »Was wollen Sie?« schrie er.

»Ich hab was für Sie«, brüllte der Mann zurück.

»Ich hab auch was für Sie, aber die Behörde will nicht, daß ich es in der Öffentlichkeit zur Schau stelle.«

»Kommen Sie runter.«

Donovan zog seine Jacke an und ging hinunter auf die Straße. Da Tank fast so abstoßend roch, wie er aussah, nahm Donovan windwärts Aufstellung. »Raus damit.«

»Haben Sie Kohle dabei?«

»Erst will ich hören, was Sie haben.«

»Bei einem Bier«, versetzte Tank.

»Sie wissen doch genau, daß George Sie nicht reinläßt.« Donovans Warnung wurde abgetan. »Ach was, im Grunde seines Herzens ist er ein anständiger Mann. Diesmal läßt er mich bestimmt rein.«

»Ist ja Ihre Haut«, meinte Donovan und ging voraus in die Bar.

Und tatsächlich machte George einen Satz, als er Tank erblickte. »Donovan, laß bloß diesen Schrotthaufen draußen!«

»Er ist mir gefolgt. Außerdem meint er, du seist im Grunde ein anständiger Mann.«

Tank stand in der Tür. »Hau ab, du erbärmlicher Misthaufen!« brüllte George.

»Hab ich's nicht gesagt?« merkte Donovan an.

George riß eine Schublade unter der Theke auf, in der er das Guiness-Buch der Rekorde und andere Friedensstifter aufbewahrte.

Tank hielt mit einem Ruck an. »Lieutenant! Der will mich mit Feuerzeugbenzin überschütten und dann anzünden! Damit hat er schon immer gedroht!«

»Fällt mir nicht ein«, meinte George und holte mit einem bösartigen Lächeln einen tennisballgroßen, in Plastikfolie eingewickelten Klumpen Glibber aus der Schublade und tat, als wollte er ihn auf Tank werfen.

»Was ist das?« fragte Donovan.

»Napalm. Endlich habe ich einen Verwendungszweck dafür.«

»Darf ich dem Herrn ein Wort entlocken, ehe du ihn vaporisierst?«

»Ja, aber mach's kurz.«

»Und tun Sie ein Bier dazu«, rief Tank.

George stellte mißmutig murmelnd ein Bier für Tank und ein Coke für Donovan auf die Theke.

Tank kippte die Hälfte des Biers. »Kennen Sie das alte Lagerhaus Ecke Manhattan Avenue und 108th Street?«

»Ja, und? Das ist seit Jahren geschlossen.«

»Nein, das hat gerade wieder aufgemacht«, sagte Tank. »Und da ist schwer was los – Laster und Autos fahren an und ab, laden und entladen, und größtenteils nachts.«

»Bekannte Gesichter?«

»Haben Sie Geld dabei?«

Donovan holte einen Zwanziger aus der Tasche und schwenkte ihn.

»Facci und eine Menge Freunde.« Tank schnappte sich den Schein.

»Sind Sie auch sicher, daß es Facci war?«

»Klar. Deshalb habe ich heute früh bei Ihnen angerufen.«

Donovan bekam eine Gänsehaut im Rücken. »Sie haben mich angerufen? Wo denn?«

»Bei Ihnen zu Hause. Ich habe eine Nachricht auf dem Anrufbeantworter hinterlassen. Haben Sie die denn nicht abgehört?«

»Ich war den ganzen Tag nicht daheim. Haben Sie auch gesagt, wo das Lagerhaus liegt?«

»Ich habe gesagt, was ich Ihnen gerade erzählt habe«, erwiderte Tank.

»Ruf nach oben!« schrie Donovan George zu. »Sag Jefferson das mit dem Lagerhaus!«

»Aber ich hab es doch gerade Ihnen erzählt«, sagte Tank verwirrt.

»In die ganze Welt haben Sie es trompetet!« versetzte Donovan, warf einen Barhocker um und stürzte hinaus zu seinem Wagen.

Die Manhattan Avenue im Norden der Upper West Side war bislang von teuren Apartmentblocks und Schickimickiläden verschont geblieben. Die Leute dort sprachen noch ein Gemisch von karibischen Dialekten und schlossen nachts die Fenster ab.

In der letzten Nacht seines Lebens vergaß Roberto Facci, seine Fenster abzuschließen.

Der Gedanke, daß jemand eindringen könnte, war ihm nie gekommen. Er hatte sich in dem alten Lagerhaus eine Festung gebaut, bewacht von zwei Dutzend Mann im Erdgeschoß und einem bulligen Leibwächter an seiner Seite im Büro im zweiten Stock. Das Büro enthielt eine weiche Couch, einen Fernseher, ein Telefon und einen Schreibtisch – alles, was man brauchte, um es Timmins und seiner Bande im Norden heimzuzahlen.

Facci betrachtete sich ein Football-Spiel, als Andrea Jones und zwei Männer von einem angrenzenden Gebäude auf das Dach des Lagerhauses kletterten. Alle drei trugen schwarze Skianzüge und schwarze Strickmützen. Jones hatte sich das Haar hoch und unter die Mütze gesteckt; ihre beiden Begleiter, die sich die Gesichter mit Kohle geschwärzt hatten, schalteten Faccis Dachwache rasch und lautlos aus.

In der Abenddämmerung warfen Jones und ihre Männer drei Taue über die Dachkante hinunter auf den menschenleeren Gehsteig, unbemerkt von Facci und seiner Wache. Das Bürofenster war schmutzig, und das Spiel begann gerade spannend zu werden.

Als erste seilten sich die beiden Männer ab, glitten an dem ungenutzten dritten Stock vorbei und stießen sich so heftig von der Hauswand ab, daß sie im Rückschwung durch die Fenster von Faccis Festung barsten.

Ein Mann feuerte aus der Hüfte mit einer Maschinenpistole, schleuderte den Leibwächter durch den Raum an die Wand. Der andere warf den verdutzten Facci mit einem Ellbogenstoß auf die Couch.

Jones kam durch das offene Fenster gesegelt und riß den Colt Dragoon aus einem Halfter, das sie am Schenkel trug, ergriff ihn mit beiden Händen und richtete ihn auf Facci, der gerade im Begriff war, die Überreste seiner Fassung wiederzuerlangen.

Ihre Begleiter liefen rasch aus dem Raum und auf einen Stahlbalkon, von dem aus sie einen Schwarm ahnungsloser Mafiosi überblicken konnten, die zum Teil auf Feldbetten oder alten Matratzen schliefen. Die Männer in Schwarz warfen zwei Gasgranaten und zwei Handgranaten und bedachten dann jene von Faccis Leuten, denen es gelungen war, ihre Waffen zu finden, mit je einer Kugel. Es wurde nicht zurückgeschossen, und ehe er sich ins Büro zurückzog, warf einer von Jones' Männern eine Brandgranate vom Balkon.

Ein gedämpftes, feuriges Wumm war zu hören, als sie die Tür schlossen.

Andrea Jones riß sich die Mütze ab und löste ihr Haar.

Facci starrte in die Mündung der mächtigen alten Pistole. »Sie!« stieß er hervor. »Warum?«

Sie gab keine Antwort.

»Es muß doch einen Grund geben, und Timmins kann es nicht sein.«

Sie schwieg weiter, was Facci noch weiter zur Verzweiflung trieb.

»Was wollen Sie? Ich mache alles, was Sie wollen! Was soll ich tun?«

»Sterben«, sagte Andrea Jones und drückte ab.

Ihre zwei Begleiter waren schon halbwegs aus dem Fenster.

»Es ist erledigt, Andrea«, sagte einer. »Stehen wir nicht herum und bewundern unser Werk.«

»Einer ist noch übrig«, erwiderte sie, schob den Revolver ins Halfter und seilte sich zusammen mit den anderen ab.

Als sie den Gehsteig erreichten, erschütterte eine mächtige Explosion das Gebäude. Die Granaten hatten Faccis Munitionslager entzündet – wie geplant. In der Straße begannen Lichter anzugehen.

Die drei bestiegen hastig den BMW und rasten weg.

Als Donovan zur Stelle war, war die mit militärischer Präzision durchgeführte Operation schon Geschichte. Das Ganze hatte weniger als neunzig Sekunden gedauert. Der BMW war in Central Park West eingebogen und außer Sicht.

Vorsichtig, ganz vorsichtig wagten sich die Menschen aus ihren Häusern. Schon waren die Flammen heller als die Straßenbeleuchtung; Munition explodierte wahllos. Donovan hielt einem jungen Puertorikaner, der den Mut aufgebracht hatte, zu ihm zu laufen, seine Dienstmarke vor die Nase.

»Kannst du Englisch und Spanisch?« fragte Donovan.

»Ja.«

»Dann sag den Leuten hier, sie sollen ihre Häuser räumen und sich von dem Lagerhaus entfernen. Sag ihnen, sie sollen die Köpfe einziehen. Und du auch, Kleiner. Los, lauf!«

Der Teenager rannte die Straße entlang und stieß in zwei Sprachen Warnrufe aus.

Eine verirrte Kugel pfiff an Donovans Kopf vorbei; er ging hinter seinem Wagen in Deckung. Ein Mann, der ganz in Flammen stand, kam aus dem Lagerhaus gerannt. Ein, zwei Sekunden lang taumelte er, brach dann auf dem Gehsteig zusammen.

Donovan warf einen Blick auf die Fassade des Gebäudes, lief dann um die Ecke in die 108th Street. Dort fielen ihm die Taue ins Auge. Geduckt rannte er auf sie zu und stellte sich mit dem Rücken zur Hauswand. Dort war er vorerst sicher.

Mit dem Taschenmesser schnitt er von jedem Tau einen Meter ab, rollte die Enden auf und warf sie sich über die Schulter. Dann trat er hinaus auf die 108th Street und schaute nach oben. Im heller werdenden Feuerschein konnte er die Taue von der Dachkante baumeln sehen.

Dann gab es einen Lichtblitz, die Seiten des Gebäudes wölbten sich, und Ziegelsteine und Flammen schossen in alle Richtungen. Donovan wurde vom Explosionsdruck erfaßt und über die Motorhaube eines parkenden Wagens geschleudert. Gleich darauf stürzte das Lagerhaus ein.

15

Feuerwehren von fünf Wachen überschütteten die Überreste von Faccis Festung mit Wasser. Es war einer jener Vorfälle, die sich zwei- oder dreimal im Jahr ereignen: Hunderte von Menschen waren betroffen, viele tot, andere sahen so aus.

Lichter blitzten, Funksprüche, Megaphone und Sirenen tönten durcheinander, bis die Hintergrundgeräusche an den Vergnügungspark Coney Island am Unabhängigkeitstag erinnerten. Donovan saß in einem Notarztwagen, hatte das Hemd ausgezogen und ließ seine diversen Prellungen und Schnittwunden verbinden. Ein Pflaster bedeckte die Platzwunde an der Stirn, die er sich beim Flug über die Motorhaube zugezogen hatte.

Jefferson und andere Beamte der Einheit waren schon seit einer halben Stunde am Tatort, durchkämmten die Trümmer nach Beweismitteln. Jefferson kam mit seinem Blockhalter zum Notarztwagen.

»Unter diesem Haufen Steine wird sich kaum was finden«, meinte er.

Donovan schwang die Beine aus dem Bus und aufs Pflaster. Ein Sanitäter half ihm ins Hemd. Von der Taille aufwärts schien ihm alles weh zu tun, und seine Knie schmerzten derart, daß er sich nur nach Schnaps und zwei Wochen Schlaf sehnte.

»Wetten, daß Facci da drunterliegt und nicht mehr zittert?«
fragte Donovan.

»Mag sein, aber die Bulldozer brauchen bestimmt eine Woche, um an ihn ranzukommen. Muß eine tierische Explosion gewesen sein. Tut mit leid, daß ich die verpaßt habe.«

»Mir auch«, versetzte Donovan. »Leider gibt es im wirklichen Leben keine Wiederholung in Zeitlupe. Wo sind die Bosse?«

»Schon wieder weg. War geschickt, wie du dich hinter den Verbänden versteckt hast, um ihnen Gelegenheit zu geben, sich vor den Kameras breit zu machen und dann wieder zu verschwinden. Das mit der Sauerstoffmaske fand ich auch apart.«

»Hab ich nicht zum ersten Mal gemacht«, gab Donovan zurück. »Von jemandem, der unter der Sauerstoffmaske ist, erwartet man keine langen Erklärungen.«

Er warf Jefferson die Tauenden zu und wies ihn an, sie als Beweisstücke in einen sterilen Plastikbeutel zu tun.

»Das Labor soll die gründlich überprüfen«, sagte er, »besonders auf Dinge wie Materialspuren von Kampfstiefeln. Diese Leute waren militärisch ausgebildet.«

»Amateure waren sie deiner Schilderung nach nicht. Und es steht fest, daß sie von dem Lagerhaus über die Wanze in deinem Telefon erfuhren.«

Donovan kam auf die Beine und steckte sich das Hemd in die Hose.

»Wie auch immer, die Bosse konzentrieren sich auf Timmins«, sagte Jefferson. »Sie gehen von der Annahme aus, daß er hinter dieser Schweinerei steckt . . .«

Donovan lachte bitter auf.

». . . und haben die Razzien auf vier Uhr früh vorverlegt. Aber warum durfte ich ihnen nichts von den Wanzen und dem Rest des Washington-Aspekts sagen?«

»Weil sie das Ganze garantiert über offene Leitungen breittreten würden. Nein, laß unsere Lokalmatadore ruhig Timmins aus der Falle schmeißen und Papa Mancusos Schlummer stören. Da haben wir wenigstens einen Tag lang Ruhe vor ihnen.«

Auf der anderen Straßenseite nahmen mehrere Fernsehteams Donovan ins Visier. »Warum jagen die nicht den Chefs hinterher?« fragte er.

»Weil du mal wieder der Held bist. Es sprach sich herum, daß du die Straße geräumt und Leben gerettet hast.«

»Quatsch, das hat der kleine Puertorikaner getan. Wo ist der eigentlich?«

»Er macht bei Vega eine Aussage. Offenbar schmuste er auf einem Vorplatz mit seiner muchacha, als es losging. Er sah die Verdächtigen in einen BMW steigen und wegfahren. Einer der Flüchtigen war eine Frau.«

»Natürlich Andrea Jones.«

»Und was nun?« fragte Jefferson.

»Ich weiß nicht, was du vorhast, aber ich sauf mich jetzt total zu.«

Jefferson ließ den Blockhalter sinken.

»Na ja, vielleicht nicht ganz zu, aber ein bißchen schon. Das bin ich mir schuldig.«

Mit Hilfe der Sanitäter zog sich Donovan Schulterhalfter und Jackett an.

In der Nähe gab es einen Aufruhr. Marcie Barnes setzte über eine Polizeiabsperrung und kam auf sie zugerannt. »Ich hab sie angerufen und ihr gesagt, daß dir nichts Ernsthaftes passiert ist, weil ich nicht wollte, daß sie Falschmeldungen aufschnappt.«

Sie schlang die Arme um ihn; er autschte. »He, langsam! Mir tut alles weh!«

»Bill, bist du okay?«

»Na ja, laufen kann ich jedenfalls«, versetzte er. »Frag in zwei Tagen noch mal nach. Und jetzt lasse ich mich zu Riley's bringen und mache einen drauf.«

Die Feuerwehren machten bei der Bekämpfung des Brandes keine sichtlichen Fortschritte. Da Donovans Wagen unter einem Haufen Ziegel lag, ging das Trio zu Jeffersons Auto, das in der Manhattan Avenue geparkt war. Mehrere Beamte in Uniform hielten die Presse von Donovan fern.

Er setzte sich mit Marcie nach hinten. »Nach Hause, James«, sagte er, und Jefferson ließ den Motor an.

»Es fängt wieder an, weh zu tun«, sagte Donovan mit etwas unsicherer Stimme.

»Was?« fragte Marcie.

»Mein linkes Knie. Mein rechter Ellbogen. Meine Seele.«

»*Quel dommage*«, erwiderte Marcie und trank einen Schluck Kognak.

Donovan rieb sich den rechten Ellbogen. »Doktor!«

»Medizin kommt sofort«, sagte Keane und goß Donovan noch einen Scotch ein.

Es war drei Uhr früh, und es saßen nur noch Donovan, Jefferson und Marcie in der Bar. Flanagan, Donovans irischer Freund, der George mit Begeisterung bis in die frühen Morgenstunden auf die Nerven ging, war schon gegangen, weil er sich vor dem Flug in die alte Heimat ordentlich ausschlafen wollte.

Donovan bedachte das Computerspiel, das ihn vergangene Woche so vieler Münzen beraubt hatte, mit einem bösen Blick. »Soll ich das Ding durch die Wand ins Chinarestaurant donnern?«

Jefferson, der beim Trinken mit Donovan Schritt gehalten hatte, war zur Abwechslung sofort einverstanden.

»Halt, es besteht kein Anlaß zur Gewalttätigkeit«, sagte Keane hastig. »Ich werde das Gerät zur Besserung überreden.«

»Wie denn?« fragte Jefferson.

»Indem ich den Stecker rausziehe.«

»Ich bitte dich, simple Lösungen sind doch nicht dein Stil, Gus«, sagte Donovan. »Kannst du dem Kasten denn keine Vernunft beibringen?«

Die Maschine piepte und ließ eine Lasersalve los, als wolle sie sie herausfordern.

»Pest noch mal«, sagte Donovan und nahm sich ein paar Münzen von der Theke. »Ich knall das Ding jetzt zurück auf den Planeten, von dem es kam.« Er ging an das Space-Battles-Spiel und warf fünfundzwanzig Cent ein.

Zehn Münzen und einen Scotch später war Donovan bei über fünfzigtausend Punkten angelangt – immer noch weit entfernt von dem Zehn-Millionen-Limit der Maschine. Er trat zurück an die Theke und starrte das Videospiel finster an. Marcie legte die Hand auf seinen Arm. »Komm, gehen wir heim.«

»Erst will ich dieses Ding da schlagen.«

»Es ist unschlagbar, Bill«, sagte Jefferson.

Donovans Nackenhaare sträubten sich.

»Nichts und niemand schlägt mich«, knurrte er und nahm noch eine Münze von der Theke – seine letzte.

Wie ein Revolverheld im Wilden Westen zog er sich die Hosen hoch, schritt auf die Maschine zu und rammte die Münze in den Schlitz. Lichter blitzten, elektronische Fanfaren kündeten das Eintreffen eines neuen Opfers an.

Gerade, als er das Spiel beginnen wollte, hielt Donovan abrupt und demonstrativ inne, sah erst den Automaten, dann die Decke, dann Keane an.

»Sag mal, was hast du eigentlich getan, als du damals nachts mein Auto zum Anspringen bewegt hast?«

Keane zuckte die Achseln. »Ich brachte es durch Willenskraft dazu, Vernunft anzunehmen.«

»Unsinn, Gus. Raus mit der Wahrheit.«

Keane ließ sich nicht beirren. »Das ist die Wahrheit, Bill. Ich bin zwar kein Automechaniker, verstehe aber ein bißchen was von Motoren und prüfte nach den Gesetzen der Logik alles durch, was nicht stimmen mochte. Als das keinen Erfolg hatte, tat ich etwas Unlogisches: ich redete dem Auto zu. Und es lauschte auch.«

»Es sprang an«, gestand Donovan zu.

»Wie du siehst, ist das ganz einfach«, fuhr Keane fort. »Wenn du mit Vernunft nicht weiterkommst, versuche es mit Unvernunft. Mag sein, daß du den Feind gerade dann erwischst, wenn er seine Deckung vernachlässigt.«

Donovan war von der Klarheit des Konzepts überwältigt. Er dachte an Hannibal, der die Alpen mit Elefanten überquerte und den Römern in die Flanke fiel. Er dachte an Lord Nelson, der bei der Seeschlacht von Trafalgar Napoleons Vorausgeschwader angriff und siegte. Er dachte an Eddie Constantine, der in Godards Film *Lemmy Caution gegen Alpha* den orwellianischen Computer mit Lyrik tötet.

Wenn Vernunft versagt, sei unvernünftig, dachte er.

Anstatt nun sein Raumschiff mit Hilfe der Richtungsknöpfe logisch zu steuern, wie es die Maschine erwartete, hielt Donovan einfach den Schubknopf gedrückt und betätigte immer wieder den Feuerknopf. Donovans Raumschiff düste ziellos auf dem Bildschirm herum und feuerte aufs Geratewohl seinen Laser ab.

»Sag mal, was machst du denn da?« fragte Jefferson.

»Ich meuchle den Computer mit Poesie«, erwiderte Donovan. Laserstrahlen verschwanden am Bildschirmrand und kamen auf der entgegengesetzten Seite zurück, trafen das Ziel gelegentlich von hinten. Die meisten wahllos abgegebenen Schüsse verfehlten zwar das Ziel, doch einer von zehn saß immer, und die feindliche Verteidigung wußte nicht, aus welcher Richtung sie zu erwarten waren. Zudem flog Donovans Schiff viel zu schnell, um vom Gegenfeuer getroffen zu werden, und der gegnerische Jägerschutz überrannte es einfach. Donovan heimste mächtig Punkte ein.

Keane strahlte glückselig – er hatte jemanden bekehrt. »Eine Runde auf Kosten des Hauses!« rief er aus und griff nach den Flaschen.

»Ruhe«, sagte Marcie, die von Donovans Treiben fasziniert war. »Sie lenken ihn ab.«

»Macht nichts«, meinte Keane. »Ablenkungen können seinem Plan nur förderlich sein.«

»Wie bitte?«

»Unvorhersehbares Verhalten!« rief Donovan über die Schulter, als ein Paar Laserstrahlen das Ziel trafen und ihm hunderttausend Extrapunkte eintrugen. »Dieses Ding ist auf Spieler programmiert, die es ernst nehmen, auf berechenbare Menschen. Mit chaotischem Verhalten wird es nicht fertig.«

»Oder mit irrationalen Besoffenen«, ließ sich Jefferson vernehmen.

»Kommt aufs selbe raus.«

»Durch wahlloses Feuern und die Weigerung, sein Raumschiff richtig zu lenken, bringt er das Programm der Maschine durcheinander«, erklärte Keane.

»Mit Spielern, die auf die Regeln pfeifen, haben die Genies im Silicon Valley halt nicht gerechnet«, sagte Donovan.

»Ließe sich zur Lebensmaxime entwickeln«, meinte Keane.

Nach knapp zwanzig Minuten war das elektronische Gemetzel vorüber. Um halb fünf am Morgen ging Space Battles hoch; der Laserturm explodierte mit einer Serie brillanter Spezialeffekte. Donovan hatte zehn Millionen Punkte geholt. Die Maschine zögerte kurz, schien die Niederlage nur widerwillig eingestehen zu wollen, und dann verschwand das Ziel. An seiner Stelle erschienen die Initialen der Spieler, die die höchsten Ergebnisse auf der Maschine erzielt hatten.

Die ersten fünf Plätze nahm WMD ein – William Michael Donovan – Ergebnisse früherer Konfrontationen mit dem geschlagenen Computerspiel. Dann erschien oben ein neues Feld für den Sieger aller Zeiten.

»Setz deine Initialen ein«, lockte Marcie.

Donovan drückte auf ein paar Knöpfe, und über der Liste erschienen neue Initialen: NSA.

»Was ist das?« fragte Keane.

»Die Abkürzung für die letzte Maschinerie, die glaubte, mich schlagen zu können«, erwiderte Donovan.

Jefferson trank einen Schluck. »Die Abkürzung der Nationalen Sicherheitsbehörde«, erklärte er feierlich.

Donovan ging an die Bar und nahm sein Glas. Keane, der mit der einen amerikanischen Geheimdienstorganisation, die so geheim war, daß selbst ihre vor dreißig Jahren von Harry Truman unterzeichnete Satzung unbekannt blieb, nichts zu tun haben wollte, stellte das Radio an.

Sie lauschten dem Wetterbericht, den Sportnachrichten, und dann kam eine Blitzmeldung: Einheiten der Bundes-, Staats- und Stadtpolizei waren im Morgengrauen überraschend gegen die Hauptquartiere von Timmins und Mancuso vorgegangen.

Donovan erhob sein Glas. »Der Krieg ist vorbei. Die Bosse haben unser Problem gelöst.«

»Hört, hört!« rief Marcie.

Beim Anstoßen sagte Donovan: »So, jetzt können wir wohl alle ruhig schlafen.«

Andrea Jones hatte noch nie besser ausgesehen. Sie trug ein elegantes schwarzes Kleid und eine Perlenkette. In ihrer Handtasche lag der geladene Colt Dragoon.

Über weiche Erde ging sie durch den Park und stieg in den Fond des BMW. Die beiden Männer auf den Vordersitzen begrüßten sie flüchtig; dann fuhr der Wagen an. In der West End Avenue parkte er illegal vor einem Hydranten. Andrea Jones stieg aus.

»Bin gleich wieder da«, sagte sie zu ihren Begleitern. Einer nickte.

»Sollen wir ganz bestimmt nicht mitkommen?« fragte der andere.

»Nein, das muß ich allein erledigen.«

Sie ging um die Ecke in die 89th Street und hielt auf den Broadway zu.

Der Morgen begann zu dämmern; die Straße lag verlassen da. Hin und wieder sah man auf dem Broadway ein Taxi, und hinter ihr stellte das einzige Lebenszeichen Dampf dar, der aus Kanaldeckeln aufstieg, kurz in der frischen Nachtluft waberte und sich dann auflöste.

Andrea Jones ging die Stufen eines Sandsteinhauses hoch, nahm einen Schlüsselring aus der Handtasche und öffnete die Haustür. Sie schaute in dem engen Treppenhaus nach oben und sah den ersten Schein der Dämmerung durchs Oberlicht. Sie öffnete das Scherengitter des altmodischen Aufzugs und fuhr in den fünften Stock.

Hier wohnte der Hausbesitzer, und aus der Wohnung drangen Geräusche. Andrea Jones lauschte mehrere Minuten lang an der Tür, bis der Mann sich zur Front der Wohnung entfernte, und schloß dann lautlos auf.

Drinnen nahm sie den Revolver aus der Handtasche und schlug die Wohnungstür vernehmlich zu. Die Schritte verstummten.

Sie ging durch den langen Korridor, vorbei an Wohnraum und Schlafzimmer, nahm die Fotografien irischer Landschaften an den Wänden kaum wahr. Sie bewegte sich wie eine Katze, hielt den Colt mit beiden Händen.

Ein metallisches Geräusch – eine Automatic wurde gespannt. Jones hielt kurz inne, schlich dann weiter. Sie kam an einem Bild vorbei, das eine irische Wiese mit einer kleinen Schafherde darauf zeigte.

Eine Diele knarrte. Sie blieb stehen.

Im Zimmer vor ihr rührte sich etwas.

Andrea Jones' Finger suchte den Druckpunkt am Abzug. Sie machte einen Schritt vorwärts, und dann erschien ein Mann in der Zimmertür. Er schwang die Automatic in ihre Richtung, doch die Reflexe des ehemaligen Guerillakämpfers waren nicht mehr so gut wie ihre. Andrea Jones gab einen Schuß ab, der den Mann knapp unter der Schulter in die Brust traf und auf den Boden wirbelte. Seine Waffe glitt unter den Schreibtisch.

Sie betrat rasch den Raum. Hier wurde eine hastige Abreise

vorbereitet: Koffer und ein Überseekoffer waren fast fertig gepackt.

Der Mann lag auf dem Rücken am Boden und hielt sich die Wunde. Jones machte Licht, damit er sie genau sehen konnte. Er schwieg, aber der Zorn stand ihm im Gesicht.

Er wollte etwas sagen, aber sie brachte ihn mit einer Geste zum Schweigen. »*Nichts,* was Sie sagen, kann noch etwas bewirken«, sprach sie leise. »Drei Jahre lange habe ich auf diesen Augenblick gewartet: Sie zu töten, vor allem Sie.«

Sie drückte zweimal ab, traf den Mann ins Gesicht. Dann steckte sie den Revolver ein, ging aus der Wohnung und schloß hinter sich ab.

Der Lärm hatte einige Nachbarn geweckt. Ein junger Mann spähte aus seiner Wohnung im vierten Stock. Als Andrea Jones in der offenen Aufzugkabine an ihm vorbeiglitt, schaute sie ihn an und sagte: »Ihr Hauswirt ist kein Gentleman.«

Dann lachte sie, bis sie aus dem Haus war und wieder im BMW saß.

16

Donovan wachte mit einem titanischen Kater auf, und, schlimmer noch, auf dem Hausboot nebenan toste eine Oper von Puccini. Keine Spur von Marcie. Donovan stand auf, zog sein NYPD-Shirt über und ging von der *West Wind.*

Es toste nicht nur Puccini, der Besitzer des Hausboots sang auch noch mit. Er hatte keine üble Stimme, aber das Ganze war Donovan in seiner derzeitigen Verfassung viel zu laut. Er rief, wurde aber von der Musik übertönt. So ging er an Bord und hämmerte an die Tür.

Musik und Gesang verstummten, die Tür ging auf. Donovans Nachbar trug wie üblich kein Hemd und wirkte aus der Nähe noch massiver als über die Distanz.

»Ich will Ihnen ja nicht den Morgen verderben«, sagte Donovan, »aber meinen Sie vielleicht, Sie könnten das ein bißchen leiser machen? Mir brummt nämlich der Schädel.«

»Es ist Mittag«, erwiderte der Mann.

Donovan warf einen Blick zur Sonne und stellte fest, daß der Mann recht hatte.

»Es ist fast zwei«, fuhr der Mann fort. »Aber angesichts der Tatsache, daß Sie erst um fünf heimkamen, hatte ich ohnehin nicht erwartet, daß Sie mit den Hühnern aufstehen. Haben Sie Lust auf eine Bloody Mary, um den Kater zu vertreiben?«

»Nötig hätte ich so was schon«, gestand Donovan.

»Dann kommen Sie mit unter Deck«, sagte der Mann. »Ich heiße Jack D'Amato.«

Donovan stellte sich vor und folgte ihm nach unten.

Das Hausboot war mit Konzert- und Opernplakaten geschmückt. Zwei warben für Auftritte des Tenors John D'Amato in der Carnegie Recital Hall.

D'Amato machte im Mixer Bloody Mary, nahm zwei Gläser und führte Donovan aufs Vordeck, wo sie sich auf Klappstühle setzten.

»Und was tun Sie so – abgesehen von singen, meine ich«, fragte Donovan.

»Ich gebe Gesangs- und Klavierunterricht und komme ganz gut zurecht.«

»Ihre Bloody Mary ist auch nicht ohne«, meinte Donovan und bewunderte die Selleriestange, die phallisch aus dem Glas ragte. »Puh, ich hatte gestern ganz schön einen in der Krone. So was habe ich seit Jahren nicht mehr getan; das kommt auch nie wieder vor.«

»Machen Sie keine Versprechungen, die Sie nicht halten können«, sagte D'Amato.

Donovan spannte die Armmuskeln an, die immer noch schmerzten, aber nicht mehr so sehr wie in der Nacht. Dann tastete er nach dem Stirnpflaster und zog es ab.

»Hatten Sie gestern einen schlechten Tag?«

»Könnte man sagen.«

»Ich glaube, ich habe es in den Nachrichten gehört – das Lagerhaus in der Manhattan Avenue?«

»Genau.«

»Man sagt, Sie seien ein Held«, sagte der Mann ohne den geringsten Anflug von Sarkasmus.

»Das höre ich dauernd. Eins kann ich Ihnen sagen: Im Radio mag das gut klingen, aber am Morgen tut's tierisch weh.«

»Na, auf jeden Fall hat meine Nachbarin Sie krank gemeldet.

Ist ja auch vernünftig nach dem, was Sie gestern durchgemacht haben.«

»Das hat Marcie Ihnen erzählt?« fragte Donovan ungläubig.

»Nein, ich habe sie heute früh um neun gehört.«

»Was soll das heißen – Sie haben sie ›gehört‹?«

»Na, am Telefon natürlich.«

Donovan zog die Augenbrauen hoch.

»Kommen Sie mal mit nach unten.«

Er führte Donovan in den Bug zur Kombüse, wo zwischen Steinguttöpfen die Bordwand aus Fiberglas sichtbar war. »Stecken Sie mal den Kopf dort hinein und hören Sie aufmerksam hin.«

Donovan tat wie geheißen. Nachdem sich seine Ohren an die Stille gewöhnt hatten, machte er eine Vielzahl von Geräuschen aus: das Sirren eines Außenborders; das tiefere Trommeln der Schraube eines Innenborders; Wellen und, kaum wahrnehmbar, die Stimmen eines Mannes und einer Frau.

»In einem Fiberglasboot lebt man wie im Korpus einer Gitarre«, erklärte D'Amato. »Ich bekomme Unterhaltungen von jedem Boot an dieser Pier mit, zumindest nachts und frühmorgens. Und da ich das absolute Gehör habe, vernehme ich vieles, was Ihnen wahrscheinlich entgeht.«

Donovan stand auf. »Dann mache ich wohl lieber das Radio an, wenn ich heute abend mit Marcie daheim bin«, meinte er etwas betroffen.

»Das tun Sie doch ohnehin. Sie hören oft WBGO, die Jazzstation in Newark. Die stelle ich gerne ein.«

Donovan wurde rot, was D'Amato nicht entging. »Keine Sorge, das liegt in der Frequenz zu tief, um hörbar zu sein. Außerdem bin ich nicht neugierig. Mir fällt nur Ungewöhnliches auf.«

»Das hört man gerne«, sagte Donovan und ging zurück aufs Vordeck.

Er hatte sich gerade wieder hingesetzt, als er Marcie kommen sah. Er winkte sie auf D'Amatos Boot und umarmte sie dann. »Wo warst du denn?« fragte er.

»Bei Jefferson«, erwiderte sie grimmig. »Patrick J. Flanagan – deinen Freund aus der Bar – haben drei Kugeln aus Andrea Jones' Revolver erwischt. Der Tod sei heute früh um fünf eingetreten, sagt der Arzt.«

Das Spurensicherungsteam war fort, und Donovan konnte sich ungestört in Flanagans Wohnung bewegen.

Daß Andrea Jones ihn getötet hatte, stand außer Frage; das hatten die Leute von der Spurensicherung auf den ersten Blick hin erkannt. Und wie üblich hatte die Mörderin mehr als genug Fingerabdrücke hinterlassen.

Der Umriß in Kreide auf dem Boden erinnerte Donovan an den kleinen Mann, den er im Lauf der Jahre kennen und anscheinend doch nicht kennen gelernt hatte. Sie hatten locker über die alte Heimat, die irischen Wiesen und Kleeblätter geplaudert, aber im Grunde wußte Donovan eigentlich sehr wenig über den Mann. Und auch sein Beruf – Flanagan hatte sich anscheinend halb aus seiner kleinen Spedition zurückgezogen – war nebulos. Bei Riley's wurde über alles mögliche gesprochen, nur nicht übers Geschäft. Hinter Jones' Mordanschlägen auf Ciccias Bande mochte noch eine gewisse Logik stecken. Aber Flanagan?

Jefferson hatte ein Inventar der zugänglichsten Unterlagen des Mannes gemacht und brachte es nun zu Donovan, der tief in Gedanken in Flanagans Sessel zusammengesunken war.

»Nichts Ungewöhnliches, Bill. Flanagan sollte um elf Uhr ab Kennedy Airport fliegen. Das ist ein Direktflug nach Dublin. Als es ihn erwischte, hatte er fast fertig gepackt.«

»Irgend etwas Ungewöhnliches in den Koffern?«

»Nein, nur eine Papierserviette von Riley's, auf der ›Kleeblatt für Donovan‹ stand.«

»Tja, von nun an werde ich mir meinen Klee wohl selbst pflükken müssen«, seufzte Donovan. »Irgendwelche Hinweise, daß er außer seinem Gepäck noch etwas anderes aufgeben wollte?«

Jefferson blätterte. »Flanagan hatte einen Terminkalender, aber der enthält vorwiegend Persönliches – Adressen und Telefonnummern in Irland und Ähnliches.«

Donovan schüttelte den Kopf. »Da muß mehr dahinterstekken. Flanagan wurde nicht überrascht – der Mann hatte eine Pistole in der Hand, eine Neun-Millimeter-Automatic noch dazu. Hatte er eigentlich einen Waffenschein?«

»Nein.«

»Besorge einen Durchsuchungsbefehl für sein Büro in der Bronx. Und laß mich mal in seinen Terminkalender sehen.«

Jefferson warf seinem Chef das Buch zu, ging dann an Flanagans Schreibtisch und wollte telefonieren.

»Halt, nicht an diesem Apparat«, warnte Donovan. »Rufe lieber von der Einheit aus an.«

»Du glaubst doch nicht etwa . . .«

»Aber sicher. Rufe sicherheitshalber Bergman, aber ich bezweifle nicht, daß auch diese Leitung angezapft ist. Die NSA ist für solche Sachen berühmt.«

Marcie setzte sich auf die Armlehne des Sessels und sah Donovan, der den Terminkalender durchblätterte, über die Schulter. »Hm, Flanagan hatte aber eine Menge Verwandte«, meinte er. »Es wundert mich, daß er nicht ganz nach Irland zog.«

Er blätterte weiter.

»Offenbar auch eine Menge geschäftlicher Kontakte, hier und in Irland.«

»Und in Kanada«, bemerkte Marcie und zeigte auf eine Eintragung.

»Ja, die Internationale Spedition IAS, 122 Rue St. Laurent, Quebec. Wieso kommt mir das bekannt vor?«

»Ich weiß nicht, aber es ist ein Schiff ausgelaufen . . . was steht da?«

»Die *Mistress Caroline* stach am 27. Mai in See, Zielhafen Sligo, Irland. Das ist nicht weit vom Heimatort von Flanagans Vorfahren.«

»Wollte er beim Eintreffen des Schiffes in Irland sein?« fragte Marcie. »Seltsam, ich dachte, er wollte nur Urlaub machen.«

»*Falls* er überhaupt Urlaub machen wollte. Aber nun ist er tot, erschossen von einer Frau, die Ciccia und seine Bande ausradierte . . .«

Donovan verfiel in Schweigen und sagte nach einer langen Pause: »Tust du mir bitte einen Gefallen? Lauf zu Riley's und warte am Münzfernsprecher. Ich rufe dich . . .« Er schaute auf die Uhr. »In fünfzehn Minuten an. Gehe auf das ein, was ich sage.«

»Muß ich allein in diese Spelunke?«

»Bist du nicht diejenige, die sich alles zutraut?«

Sie erhob sich von der Armlehne. »Ich bestelle mir einen Remy Martin und lasse ihn auf deine Rechnung setzen.«

»Ich komme in einer halben Stunde nach.«

Donovan blätterte den Rest des Terminkalenders durch und wartete, bis Marcie bei Riley's sein mußte. Dann rief er an. Als Gus sich meldete, rief er sie laut beim Namen und spielte die ihm zugewiesene Rolle perfekt. Sie ergriff den Hörer.

»Barnes?« sagte Donovan. »Aufgepaßt, ich sitze hier noch eine Weile am Tatort fest. Bitte bleiben Sie, wo Sie sind, und warten Sie auf mich.«

»Wird gemacht. Wie läuft's?«

»Wie erwartet. Flanagan hat offenbar einen Einbrecher überrascht und versucht, ihn mit einer unangemeldeten Pistole zu erschießen. Der Einbrecher hat gewonnen.«

»Hinweise?«

»Keine. Der Täter benutzte einen 44er, das ist alles. Das Spurensicherungsteam hat nichts gefunden. Sieht zur Abwechslung mal wie ein stinknormaler Mord aus.«

»Angenehm, aber um Ihren Freund tut es mir leid.«

»Ich kannte ihn gar nicht so gut, wie ich glaubte«, sagte Donovan und legte auf. »So, ihr Ärsche, habt ihr auch schön mitgehört?« sagte er dann in Richtung Bundeshauptstadt.

Zum ersten Mal war Donovan den Reportern gegenüber entgegenkommend, fast freundlich. Er wußte, daß sie auf eine Sensation warteten, und erzählte lang und breit von einer Konfrontation zwischen einem ehrlichen Bürger und einem Einbrecher, die schiefgegangen war. Außerdem schwor er, den Einbrecher zu fangen. Dieser Teil der Story stimmte.

In der Bar folgten ihm einige Presseleute, und nachdem er Marcie umarmt hatte, schnappte er sich Gus Keane und zog ihn ins Hinterzimmer, wo Bier und Eis aufbewahrt wurden.

»Tu mir einen Gefallen«, sagte Donovan, »und gib den Reportern den Tip, Marcie und ich wollten übers Wochenende ins Berkshire-Gebirge fahren.«

»Wird gemacht, Bill. Ich sage auch George Bescheid.«

Anschließend ging Donovan mit Marcie nach oben in die Diensträume der Einheit. Jefferson saß auf einem Heizkörper und wartete.

»Der Durchsuchungsbefehl für Flanagans Büro wird bis zehn Uhr früh hier sein«, sagte Jefferson.

»Gib die Ergebnisse ins Haus meiner Tante auf Long Island durch. Die Nummer kennst du ja.«

»Du fährst nach Long Island?«

»Ja. Marcie hat mich heute früh krank gemeldet, und der Arzt meint, ich bräuchte Ruhe. Übrigens glaubt Washington, wir wollten ins Berkshire-Gebirge. Daß ich statt dessen auf Long Island bin, darf außer Marcie und dir niemand wissen.«

»Gut.«

»Und leg uns zwei Repetier-Schrotflinten in den Wagen, wenn gerade niemand hinsieht.«

»Himmel noch mal! Sonst noch was?«

»Ich gebe meine Liste in deinen Computer ein«, sagte Donovan. »Es ist doch inzwischen alles entwanzt?«

»Ja, bis auf das Telefon in Riley's.«

»Das soll so bleiben. Mag sein, daß ich die angezapfte Leitung noch einmal brauche. Abgesehen davon: Vieles, was mir letzte Woche eingefallen ist, muß überprüft werden. Besorge dir so viele Leute, wie du brauchst. Es wird Recherchen in der Bibliothek und viel Lauferei geben.«

»Während du es dir auf dem Land bequem machst«, meinte Jefferson.

»Es ist an der Zeit, daß Clint und ich uns trennen«, sagte Donovan. »Ich will ihn im Teich meiner Tante aussetzen. Und der Transport einer Schnappschildkröte ist schon Arbeit genug.«

»Und das ist wirklich alles?«

»Nein, mir ist eingefallen, was an dem Ausdruck vom Fahndungscomputer nicht stimmt.«

»Was denn?« fragte Jefferson. »In ihm steht, was du auch von Tollison erfahren hast.«

»Nein«, sagte Donovan. »Lies ihn doch mal genau durch.«

Jefferson nahm den Ausdruck von der Wand und studierte ihn eine volle Minute lang. »Da blick ich nicht durch«, gestand er schließlich.

»Da steht, Andrea Jones wäre nur einmal mit dem Gesetz in Konflikt gekommen – wegen einer Geschwindigkeitsüberschreitung in Virginia«, erklärte Donovan. »Tollison sagte mir, sie hätte den Strafzettel in *Norfolk,* Virginia, bekommen.«

»Na und? Ist das wichtig?« fragte Marcie.

»So wichtig, daß es jemand für angebracht hielt, ›Norfolk‹ zu tilgen«, sagte Jefferson. »Was ist eigentlich in Norfolk?«

»Zum Beispiel der größte Marinestützpunkt der Ostküste«, erklärte Donovan.

»Warum taucht in diesem Fall eigentlich immer wieder das Militär auf?« fragte Marcie.

»Gute Frage, und eine, über die ich auf dem Land nachzudenken vorhabe. Außerdem kommt sie auf Jeffersons Liste.«

»Vielen Dank«, erwiderte Jefferson. »Aber erst wirst du mal im Präsidium verlangt.«

»Sind die Chefs mal wieder hinter mir her?« fragte Donovan.

»Nein, es geht um deinen alten Freund Timmins, der heute früh bei der Razzia verhaftet wurde und nun plötzlich reden will – aber nur mit dir.«

»Es ist ein schönes Gefühl, wenn man beliebt ist«, meinte Donovan.

Timmins saß im Vernehmungszimmer an einem Tisch mit Kunststoffurnierplatte, flankiert von seinem Anwalt und einem Stellvertretenden Bezirksstaatsanwalt. Ein Sergeant in Uniform stand Wache.

Als Donovan eintrat, lächelte Timmins und gab ihm die Hand. »Ich will einen Deal machen.«

Der Anwalt, ein junger Mann, sagte: »Mein Mandant ist bereit, gegen Reduzierung der Anklagepunkte gewisse Informationen zu liefern.«

»Was wirft man ihm denn vor?« fragte Donovan.

Der Staatsanwalt reichte Donovan ein Stück Papier. Donovan überflog es und sagte dann zu Timmins: »Sie sagten doch, Sie seien mit Ihrem augenblicklichen Territorium zufrieden.«

»Ach, was soll ich sagen? Die meisten Anklagepunkte sind ohnehin Quatsch. Donovan, können wir unter vier Augen reden?«

»Das hielte ich nicht für ratsam, Mr. Timmins«, meinte der Anwalt.

»Ich auch nicht«, ließ sich der Staatsanwalt vernehmen.

»Was ist das hier, ein Juristenkongreß?« fragte Donovan. »Würden Sie jetzt bitte hinausgehen und uns in Ruhe reden lassen?«

»Mr. Timmins . . .« flehte der Anwalt.

»Verschwinden Sie«, sagte Timmins. »Wenn Donovan an meiner Information nicht interessiert ist, gibt es auch keinen Deal. Ich weiß, daß er ehrlich ist.«

Nach einer fünfminütigen Konversation zwischen Anwalt

und Staatsanwalt ließ man Donovan und Timmins allein. Als sich die Tür hinter ihnen geschlossen hatte, schüttelte Timmins den Kopf.

»Ehrlich, man sehnt sich nach den alten Zeiten, als Bullen noch Bullen und Räuber noch Räuber waren und jeder wußte, wo er stand.«

»Geht mir dauernd so«, pflichtete Donovan bei.

»Was macht Marcie? Da haben Sie wirklich einen Glückstreffer gelandet. Wenn ich die zuerst gesehen hätte . . .«

»Sie ist nicht Ihr Typ. Und jetzt kommen Sie bitte zur Sache und erzählen Sie mir, weshalb Sie mich hierhergeschleift haben.«

»Wenn Sie hören, was ich zu sagen habe, läßt der Staatsanwalt bestimmt alle Anklagepunkte fallen.«

»Raus damit«, meinte Donovan.

»Ich habe einen Freund, der ein Hotel in der West 58th Street besitzt, nichts Besonderes . . .«

»Eine Flohkiste für Familien auf Unterstützung und Säufer«, warf Donovan ein.

»Überwiegend, aber vor einer Woche zog dort eine Frau ein, die ganz anders ist: weiß, elegant, reich. Sie gab meinem Freund eine Menge Geld, damit er nicht verrät, daß sie bei ihm wohnt.«

»Aber Ihr Freund ist Ihnen finanziell verpflichtet . . .«

»Genau«, sagte Timmins. »Na bitte, ich wußte doch, daß wir uns verstehen und keine Anwälte brauchen. Tja, und fällt Ihnen nun etwas zu dem Namen Andrea Pierce Jones ein?«

17

»Aus ist die Oper erst, wenn die dicke Berta singt«, sagte Donovan.

»Richard Wagner?« fragte Marcie.

»Nein, Alf.«

»Und was hat das mit unserer augenblicklichen Lage zu tun?« erkundigte sich Marcie.

»Aufgepaßt, die Dicke setzt zu ihrer Arie an.«

Sie saßen vorne in Donovans Wagen, der mit laufendem Motor Ecke 58th Street und West End Avenue parkte. Überall um das Oxford Hotel herum waren Männer der Einheit postiert.

Donovan schaute auf die Uhr. »Fast ein Uhr früh«, sagte er zu Marcie. »Zeit für den Anruf.«

Er stieg aus dem Wagen und ging in einen Schnellimbiß, um zu telefonieren. Bei Riley's meldete sich Jefferson.

»Ich habe mir gerade die Ergebnisse der Ermittlungen in den Hotels angesehen«, sagte Donovan. »Die wahrscheinlichste Kandidatin ist eine Frau, auf die Andrea Jones' Beschreibung paßt. Sie wohnt seit rund einer Woche im Oxford Hotel.«

»In zwanzig Minuten bin ich da«, sage Jefferson.

»Ich brauche mindestens eine halbe Stunde«, erwiderte Donovan. »Ruf ein paar Männer zusammen. Wir treffen uns dann um halb zwei am Hotel. Kommt aber gut bewaffnet, diesmal wird's ernst.«

»Alles klar«, meinte Jefferson.

Donovan ging zurück zum Wagen. »Wetten, daß in weniger als fünfzehn Minuten der BMW auftaucht?«

»Topp.«

Die beiden legten je einen Dollar in den Aschenbecher und warteten dann. Nach einer Minute spannte Marcie ihre Schrotflinte.

Donovan wandte den Blick von seiner Armbanduhr zu dem schwach beleuchteten Hotel. Er richtete sein Fernglas auf den Eingang, sah aber auch bei diesem, dem elften, Versuch nichts.

»Meinst du, daß sie drin ist?« fragte Marcie.

»Wenn nicht, muß sie wenigstens zurückkommen, um Indizien zu vernichten, oder ihr Gepäck holen«, sagte Donovan. »Ihre Auftraggeber wollen sicher vermeiden, daß sie Spuren hinterläßt, die nach Washington weisen.«

Zwölf Minuten nach Donovans Anruf kam der BMW die West End Avenue entlang und bog mit quietschenden Reifen in die 58th Street ein.

»Ich sehe zwei Männer und eine Frau«, sagte Marcie.

»Sieht aus wie Andrea Jones.«

Donovan schaltete das Sprechfunkgerät ein, griff nach dem Mikrophon und sagte: »Los geht's! Schnappen wir sie auf der Straße! Los!« Er starrte dem BMW hinterher und ließ beim Anfahren seine eigenen Reifen quietschen.

Gleichzeitig rasten zwei andere Zivilfahrzeuge aus entgegengesetzten Richtungen durch die Straße. Ein weiterer Wagen der Einheit setzte sich hinter Donovan.

Der Fahrer des BMW erreichte das Hotel, erkannte, daß er in der Falle saß, trat das Gaspedal durch und hielt direkt auf die Polizeifahrzeuge zu, die sich von der Amsterdam Avenue her näherten. Den Bruchteil einer Sekunde vor der Kollision riß er den BMW schleudernd um 180 Grad herum und zwang die beiden Polizeifahrzeuge, nach links und rechts auszuweichen. Eines riß einen Hydranten um und ließ eine Wassersäule zum Nachthimmel steigen, ehe es gegen die Stufen eines Sandsteinhauses prallte.

Der andere Wagen der Einheit geriet auf den Gehsteig und streifte das Heck des BMW, der nun auf Donovan zuraste.

Marcie lehnte sich aus dem Fenster und schoß zweimal mit der Schrotflinte. Die erste Ladung zerschmetterte die rechte Hälfte der Windschutzscheibe des BMW, die zweite zertrümmerte den linken Scheinwerfer. »Die Reifen!« schrie Donovan. »Halt auf die Reifen!«

Der Wagen hinter Donovans kam quer zum Stehen und blokkierte die Straße zur Hälfte. Doch ehe die Fahrer aussteigen konnten, beschleunigte der BMW voll, rammte den Bug des Polizeifahrzeugs und stieß es beiseite.

Donovan hieb aufs Lenkrad und fluchte, wendete dann und jagte hinter dem BMW her, der sich auf der West End Avenue nach Süden gewandt hatte und auf die Auffahrt zum West Side Highway, einer Schnellstraße, zuhielt.

»Ich hätte sie erst vor dem Hotel anhalten und aussteigen lassen sollen«, sagte er.

»Ist ja nicht deine Schuld«, meinte Marcie. »Vielleicht haben sie unseren Funk abgehört.«

»Macht nichts, sende trotzdem«, schrie er. »Alle Ausfahrten der Schnellstraße bis zur 96th Street abriegeln. Laß Großalarm geben. Jetzt ist alles raus.«

Sie griff nach dem Funkgerät, er setzte die Verfolgung des BMW fort, der schleudernd und hakenschlagend die Auffahrt zum Highway erreichte.

Die auf Stelzen erbaute Schnellstraße war nur in nördlicher Richtung befahrbar, da die Südfahrbahn schon vor Jahren ab 57th Street gesperrt worden war. Der West Side Highway war südlich der 50th Street ein Niemandsland, das tagsüber von Joggern, Radlern und Skateboardfahrern benutzt wurde und in dem nachts die Obdachlosen ihre Quartiere aus Holz- und Pappkisten, Müllsäcken und anderen verfügbaren Materialien einrichteten.

Die Unterkünfte säumten den Highway, in dessen Mitte Löcher klafften, die groß genug waren, um einen Menschen oder Lastwagen drei Stockwerke tief auf die Straße stürzen zu lassen.

Der Fahrer des BMW zögerte, als er den Highway erreicht hatte, und bog dann scharf nach Süden ab.

»He, was machen die denn da?« fragte Marcie.

»Die haben unseren Funk abgehört und wissen, daß im Norden alles blockiert ist.«

»Wissen sie denn, was sie im Süden erwartet?« fragte Marcie.

»Nein. Sie kommen von außerhalb.«

Als Donovans Dienstwagen, ein Dodge, das obere Ende der Auffahrt erreichte, durchbrach der BMW gerade eine hölzerne Absperrung und fegte ins finstere Niemandsland. Straßenbeleuchtung gab es auf diesem abgesperrten Abschnitt nicht mehr, und der andere Scheinwerfer des BMW fiel nach dem Zusammenprall mit der Absperrung aus. Licht spendeten gelegentlich nur die Feuer, auf denen sich die Obdachlosen ihr Essen kochten.

Donovan schaltete das rote Blinklicht an, das Marcie aufs Dach geschraubt hatte, und stellte die Sirene auf volle Lautstärke. Weit hinter ihnen hatten andere Fahrzeuge der Einheit und Streifenwagen die Verfolgung aufgenommen.

Marcie lehnte sich aus dem Fenster und gab drei weitere Schüsse ab. Einer ging ganz daneben, weil Donovan das Steuer scharf herumreißen mußte, um einem drei Meter breiten Loch in der Fahrbahn auszuweichen, der zweite traf den Kofferraum und ließ den Deckel aufspringen, was dem Fahrer die Sicht nach hinten nahm. Marcies dritter Schuß zerfetzte den linken Hinterreifen, und nun verlor der Fahrer des BMW ganz die Kontrolle.

Der BMW schleuderte nach rechts, streifte funkensprühend die Betonmauer und fuhr eine weitläufige Pappbehausung platt, deren Besitzer sich durch einen Hechtsprung über sein Feuer hinweg in Sicherheit brachte.

Wieder hieb Donovan wütend aufs Lenkrad und wich dann mit knapper Not einem weiteren Loch aus. Der BMW überquerte den Highway und fuhr so schnell, wie es auf nur drei intakten Reifen möglich war. Marcie erhob sich, um die andere Schrotflinte vom Rücksitz zu holen, und in diesem Augenblick gab Donovan Gas und rammte das Heck des BMW. Marcie flog durch die Luft.

Der BMW wurde nach vorne geschleudert, rutschte nach rechts und in ein zehn Meter breites Loch in der Fahrbahn. Der Schwung schien das Fahrzeug für eine Ewigkeit in der Luft zu halten; dann traf es den entgegengesetzten Rand des Loches und wurde von rostigen Eisenträgern aufgespießt. Zwei Träger bohrten sich in die Windschutzscheibe und kamen am Rückfenster wieder heraus.

Donovan sah langes blondes Haar aufleuchten und dann Blut.

Er stieg auf die Bremse. Der Dodge kam quietschend am Rand des Loches zum Stehen. Donovan und Marcie stiegen hastig aus und wollten auf den BMW zulaufen, doch in diesem Augenblick explodierte das Fahrzeug. Glas- und Metallsplitter flogen, und Donovan nahm Marcie schützend in die Arme, als eine kurze, aber sengende Hitzewelle über sie hinwegfegte.

Als Marcie wieder aufschaute, war das Feuer in dem BMW so hell, daß man nicht lange hineinsehen konnte. Donovan erwog, zu dem Wagen zu gehen, verwarf aber den Gedanken; sollte sich das Spurensicherungsteam um die verkohlten Leichen kümmern. Das vertraute Heulen der Sirenen war noch entfernt, kam aber näher. Donovan nahm Marcie an der Hand und ging mit ihr an die Betoneinfassung, von der aus man den Hudson überblickte.

Im Norden strahlten die Lichter des zu einem Museum umgebauten Flugzeugträgers *Intrepid*. Unter ihnen war ein Freiluft-Rockkonzert im Gang; das Publikum hatte offenbar nicht gemerkt, was sich über ihm zugetragen hatte. Lou Reed sang *Take A Walk on the Wild Side*.

Donovan mußte ob der greulichen Ironie den Kopf schütteln. So was gibt's nur in New York, dachte er.

»Und das wäre jetzt das Ende«, sagte Marcie.

»Von wegen«, gab Donovan zurück.

»Willst du uns auf den Arm nehmen?« fragte Jefferson vom Heizkörper in Donovans Büro aus. »Andrea Jones ist mit ihren beiden Komplizen verbrannt.«

»Mag sein, aber ich will wissen, *warum* das alles passiert ist.«

»Bill, Timmins heuerte sie an, um die italienische Konkurrenz auszuschalten, und ließ sie dann fallen, als er bei der Razzia geschnappt wurde.«

»Damit ist Flanagans Tod nicht erklärt«, gab Donovan zu bedenken. »Der wurde mit einem Dragoon erschossen, und überall in seiner Wohnung waren Andrea Jones' Fingerabdrücke. Was hatte Andrea Jones mit Irland zu tun – oder mit England. Paß auf, Jefferson, schau doch mal nach, welche Schiffe in den Kriegshafen Norfolk, Virginia, einliefen. Und achte besonders auf britische Kriegsschiffe, die den Hafen 1983 besuchten.«

»Da komme ich nicht mit«, meinte Jefferson.

»Erinnerst du dich nicht, daß ich sagte, der Ausdruck des Fahndungscomputers stimmte nicht mit Jim Tollisons Auskünften am Telefon überein?« sagte Donovan. »Laut Computer ist sie nur zu schnell gefahren. Tollison sagte, sie sei in *Norfolk* in die Radarfalle geraten.

Und noch etwas. Die Spedition, die in Flanagans Terminkalender stand, heißt IAS. Das ist auch die Abkürzung der Irish Assistance Society, eine Organisation amerikanischer Bürger irischer Abstammung, die die alte Heimat unterstützt. Flanagan war ein führendes Mitglied.«

»Das ist der Verein, den das FBI verdächtigt, Waffen an die IRA in Nordirland zu liefern«, sagte Marcie. »Aber bewiesen werden konnte das nie.«

»Und welchen Waffenhändler haben wir gekannt?« fragte Donovan.

»Ciccia und Konsorten.« Jeffersons Augen funkelten.

»Und so hingen Flanagan und Ciccia zusammen«, sprach Donovan weiter. »Aber Andrea Jones? Über ihre Beteiligung muß ich erst noch nachdenken, und zwar auf dem Land.«

»Ich mache mich gleich an die Recherchen«, sagte Jefferson, dessen Interesse an dem Fall neu geweckt war.

»Setze dich aber erst einmal mit der Küstenwache in Verbindung und teile mit, es bestünden Hinweise, daß die *Mistress*

Caroline illegale Waffen für die IRA an Bord hat. Die Küstenwache kann ihre Kollegen in Kanada verständigen und das Schiff durchsuchen lassen, wenn es Neufundland erreicht.«

Auf dem Weg zur *West Wind* kauften Donovan und Marcie ein große Kunststoffwanne für den Transport der Schildkröte Clint und fuhren dann zu Donovans Wohnung, um das Tier abzuholen.

Clint aber schien von der Sache überhaupt nichts zu halten, zog sich ans Fußende der Badewanne zurück und zeigte jedem, der sich ihm näherte, die messerscharfen Kiefer. Er weigerte sich auch, auf Donovan zu hören, der ihm eine halbe Stunde noch die Freuden des Lebens im Teich beschrieb. Schließlich gab Donovan auf und wendete Gewalt an wie jeden Monat, wenn Clint geschrubbt wurde. Mit einem gegabelten Stock hielt er den Kopf der Schildkröte, packte sie hinten am Panzer und hob sie vorsichtig in die Kunststoffwanne.

»Er stinkt«, sagte Marcie.

»Sei doch nicht so anthropozentrisch«, rügte Donovan. »Wahrscheinlich riechen wir für ihn auch ziemlich unangenehm. Außerdem reißen wir ihn aus seinem Heim.«

»Donovan, du wirst gefühlsduselig.«

»Stimmt gar nicht.«

»Komm, du redest mit einer Schnappschildkröte und spielst ihr ihre Lieblingsmusik.«

»Ich habe Jazz schon gemocht, als Clint noch im Ei saß.«

Nachdem sie die Wanne mit Clint mühselig aufs Vordeck der *West Wind* geschleppt hatten, blieb Donovan dort stehen und starrte nach Westen. »Was gibt's?« fragte Marcie.

»Die *Christopher E.* ist fort.«

Marcie warf einen Blick auf den leeren Liegeplatz. »Komisch«, meinte sie. »Eigentlich nicht Ashtons Art, so einfach zu verschwinden, ohne sich verabschiedet zu haben. Moment, da klebt ein Zettel am Steuerrad.« Marcie entfaltete ihn und las: »Liebe Marcie, lieber William, wir bedauern, so früh losfahren zu müssen, aber es ist ein langer Törn nach Perth, und wir wollen rechtzeitig zum Rennen dort sein. Sehen wir uns dann? Alles Gute – Francis, William und Kevin Ashton.«

»Ei, ei«, meinte Donovan.

»Beim ›Rennen‹ um den America's Cup?« fragte Marcie.

»Ja, es beginnt im Oktober.«

Marcie zerknüllte den Zettel und steckte ihn in die Tasche.

»Ich gehe jetzt unter Deck und mache uns etwas zu essen. Hältst du etwas Aufgewärmtes aus dem Chinarestaurant aus?«

»Klar, außer kalter Pizza eß ich nichts lieber.«

Am Samstag ging alles vorzüglich, selbst die Fahrt, denn sie fuhren nur zwei Stunden von New York zu dem Dorf Aquebogue auf Long Island. Clint, der offenbar Abenteuer witterte, platschte ein wenig herum, machte aber ansonsten in seiner Wanne auf dem Rücksitz keinen Ärger.

Donovans Tante Elizabeth, eine muntere, rüstige Dame Ende Sechzig, lebte in einem großen Haus an einem Teich an der Straße von South Jamesport. Sie ernährte sich mit der Vermietung von sechs kleinen Ferienhäusern am Teich und hielt sich beschäftigt, indem sie Kohleskizzen des Teiches und der Peconic Bay, einer weiten Wasserfläche jenseits der Straße, anfertigte.

Sie gab Donovan und Marcie das Gästezimmer mit Blick auf Teich und Bucht und ein gewaltiges Mittagessen. Außerdem wurden die beiden über Geburten, Todesfälle, Eheschließungen und bevorstehende Scheidungen und Grundstücksgeschäfte informiert.

Nach dem Tee machten sie einen Spaziergang am Teich, etwas, das sie seit zwölf Jahren nicht mehr getan hatten. Und sie fanden den grasbewachsenen Hügel überm Teich, auf dem sie sich vor zwölf Jahren ihre Liebe gestanden hatten. Donovan holte inspiriert eine Flasche Wein, zwei Gläser und Clint in seiner Wanne aus dem Haus.

Während Marcie die Flasche entkorkte und Wein einschenkte, hob Donovan Clint aus der Wanne und setzte ihn ins seichte Wasser. Die Schildkröte musterte den Teich, schaute dann zurück zu Donovan. »Gehe hin und vermehre dich«, sagte Donovan und gab Clint einen Schubs. Clint zögerte, tauchte dann zum Grund des Teiches.

»Er wird mir fehlen«, meinte Donovan.

»Ich bitte dich!« stöhnte sie.

»Ehrlich. Er war ein alter Hausgenosse.«

»Deine neue Hausgenossin ist hübscher und umgänglicher.«

»Darauf trinken wir«, meinte Donovan.

Sie lachte. »Ich kann nicht glauben, daß du deine Schildkröte vermißt.«

»Flanagan wird mir auch fehlen. Trotz aller seiner Fehler war er ein guter Gesprächspartner.«

»Und schmuggelte Waffen zur IRA«, sagte sie. »Waffen, die Frauen, Kinder und britische Soldaten töten.«

»Alles hat zwei Seiten. Meine Großeltern haben 1916 auch für die IRA gespendet. Das tat damals jeder Ire.«

»William, das ist siebzig Jahre her.«

»Verdammt!« fluchte er. »Flanagan starb, ehe er mir ein vierblättriges Kleeblatt pflücken konnte.«

»Es muß doch auch hier eines stehen«, erwiderte Marcie und suchte mit Blicken den Hügel ab.

Während sie sich an einen Ahornbaum lehnte, suchte Donovan auf allen vieren die Wiese ab. Wildenten kamen von der Bucht und wasserten auf dem Teich. Am Nordufer des Teiches hielt ein großer weißer Reiher nach Beute Ausschau.

Nach fünfzehn Minuten fand Donovan sein Kleeblatt und pflückte es behutsam. Dann legte er sich auf den Rücken und hielt es hoch. Marcie gesellte sich zu ihm.

»Na siehst du . . . war gar nicht so schwer«, meinte sie.

Er drehte am Stengel und ließ das Kleeblatt in der Nachmittagssonne kreisen.

Er starrte das Blatt an, und sein Ausdruck wandelte sich jäh – von sanfter Befriedigung zu wilder Spekulation.

»Was ist denn mit dir?« fragte Marcie.

»Es sind vier«, sagte Donovan.

»Aber sicher«, erwiderte sie. »Deshalb nennt man es ja auch ein vierblättriges Kleeblatt.«

»Nein, ich will sagen, daß es vier Ashtons *gab*: Francis, William, Kevin und noch einen jungen Mann. Ich sah sie auf einem Foto in Captain Ashtons Kabine.«

»Hieß der junge Mann vielleicht Christopher? Wie das Boot?«

»Sicher! Christopher ist tot – höchstwahrscheinlich in Nordirland von der IRA erschossen, mit einer Waffe, die Ciccia geliefert hatte.«

»Und Andrea Jones?« fragte Marcie.

»Muß irgendwie eng mit Christopher verbunden gewesen

sein. Als ich gestern mit Ashton sprach, klang er recht erpicht auf Selbstjustiz. Ich fragte ihn auch, wie er es fertiggebracht hatte, seine beiden Söhne für acht oder neun Monate vom Militär loszueisen. Seine Antwort überzeugte mich nicht.«

»Außerdem fuhr Ashton überraschend ab, obwohl er verkündet hatte, er wollte bis über den Unabhängigkeitstag bleiben«, fügte Marcie hinzu.

»D'Amato erzählte mir auch, er habe von der *Christopher E.* eine Frauenstimme gehört.«

»Andrea Jones?«

»Wer sonst?« sagte Donovan. »Die Anwesenheit einer anderen Frau hätten sie nicht geheimzuhalten brauchen.«

»Kann das alles wahr sein?«

»Es gibt einen Weg, das herauszufinden. Komm mit.«

18

Der Verlag des *Peconic Bay Herald,* einer wöchentlich erscheinenden Lokalzeitung, war ein Anachronismus, denn er benutzte noch Bleilettern anstelle des billigeren und billiger wirkenden Offsetverfahrens. Donovan und Marcie traten ein, und ein schlanker Mann mit einer Hornbrille erschien, sah Donovan und lachte. »Sieh da, Bill junior!«

»Tag, Joe. Verkauft sich das Einwickelpapier gut?«

Joe Cooper hatte schon immer im Scherz behauptet, seine im Grunde recht gute Zeitung tauge vorwiegend zum Verpakken von Fisch.

»Im großen und ganzen nicht übel. Und bist bei deiner Tante zu Besuch?«

»Ja, und um mich ein paar Tage zu erholen. Marcie kennst du bestimmt nicht.«

»Selbstverständlich. Was war das für ein Skandal, als ihr zwei zuerst aufgetaucht seid! Inzwischen kümmert sich kaum noch jemand um so etwas. Erinnerst du dich noch an Tad Schuyler, gegen den du bei Regatten gesegelt hast? Der ist inzwischen mit einer Vietnamesin verheiratet und hat zwei reizende Kinder. Nun, und was führt dich zu mir? Es hat doch hoffentlich niemand aus der Gegend das Gesetz gebrochen?«

»Nicht daß ich wüßte. Ich wollte dich nur um einen Gefallen bitten.«

Cooper fragte, was der sei.

»Ich muß den Chefredakteur der Wochenzeitung von Riverton, Virginia, erreichen«, sagte Donovan. »Hoffentlich hat die Stadt überhaupt ein Blatt.«

»Werden wir gleich feststellen«, meinte Cooper.

In seinem Büro nahm er ein dickes rotes Taschenbuch vom Regal. »Das Verzeichnis aller Zeitungen und Redakteure. Ah, da haben wir's ja schon: Der *Riverton Times-Messenger*, gegründet 1885, Herausgeber John Cummings.«

»Ob der heute zu erreichen ist?«

»Wenn nicht, erwischen wir ihn zu Hause.«

»Meinst du, du könntest ihn anrufen?«

»Klar. Was soll ich sagen?«

»Sag ihm, du seist auf der Suche nach Angehörigen einer Andrea Jones aus Riverton. Sie hatte hier in der Stadt einen Verkehrsunfall.«

»Ist das alles?«

»Nein, versuche, ihn in ein Gespräch über sie zu verwickeln, und finde heraus, ob sie vor ein paar Jahren verlobt war.«

Cooper begann zu wählen und erreichte nach einigen Versuchen den Herausgeber des *Times-Messenger,* der gerade seinen Rasen mähte. Die beiden Männer unterhielten sich eine Weile, stellten fest, daß sie einen gemeinsamen Bekannten hatten, einen Lokalreporter, der zur *Washington Post* gegangen war. Cooper machte sich eifrig Notizen.

Am Ende des Gespräches legte Cooper auf und sagte: »Andrea Jones ist tot.«

»Ach, wirklich?« erwiderte Donovan.

»Ihr Onkel rief aus Washington an und ließ eine Todesanzeige in den *Times-Messenger* setzen.«

»Wetten, daß der Onkel Sam heißt?« merkte Marcie an.

»Und sie war in der Tat verlobt, 1983 mit einem britischen Marinesoldaten namens Christopher Ellis Ashton. Sie lernten sich bei einem Reit- und Springturnier kennen. Er war in den USA, weil sein Schiff Norfolk einen Besuch abstattete. Der *Times-Messenger* brachte damals einen Artikel, demzufolge das Paar plante, sich in England niederzulassen.«

Donovan saß in dem Zimmer, in dem er als Kind in den Sommerferien geschlafen hatte. Vor ihm stand ein dreißig Jahre alter Globus, der quietschte, wenn er gedreht wurde. Dieses Objekt studierte er beim Warten auf einen Anruf.

Marcie trank Tee und beobachtete ihn mit zunehmendem Interesse, störte ihn aber nicht; sie wußte, daß er gereizt reagierte, wenn man ihn aus seinen Gedanken riß.

Donovan drehte den Globus und machte auf einem Stenoblock Notizen. Er sah sich erst New York und dann Australien an. Er stand auf und zog ein Handbuch über Segler zu Rate, holte einen alten Atlas. Er benutzte seinen Taschenrechner und schrieb Gleichungen auf den Block.

Endlich schaute er zu Marcie hinüber und sagte: »Nach den Gesetzen der Hydrodynamik ist es unmöglich.«

»Was?« fragte sie und schenkte ihm eine Tasse Tee ein.

»Ein Rumpf mit durchschnittlicher Wasserverdrängung läuft nicht schneller als das 1,34-fache der Wasserlinienlänge«, erklärte er. »Die Wasserlinienlänge der *Christopher E.* beträgt achtzehn Meter, also läuft sie gut zehn Knoten. Darüber hinaus kann man so viele Segel setzen wie man will – das Wasser läßt sich einfach nicht schnell genug aus dem Weg schieben.«

»Und das bedeutet?«

»Das bedeutet, daß Ashton selbst bei optimalen Wind- und Wetterbedingungen unmöglich rechtzeitig zum America's Cup in Perth sein kann. Bestenfalls schafft er es bis Februar, und bis dahin ist das Finale längst vorbei.«

»Sagte er nicht in seinem Abschiedsbrief, daß er früher abführe?«

»Was hatte er in New York verloren, wenn er von England nach Australien wollte?« fuhr Donovan fort. »Der Abstecher nach New York bedeutete einen Umweg von dreitausend Meilen. Meiner Ansicht hatte er überhaupt nicht vor, nach Australien zu fahren.«

»Er kam hierher, damit William und Kevin Andrea Jones helfen konnten«, meinte Marcie.

»Ja, und angesichts Ashtons Ruf bei der Royal Navy – er hatte Belobigungen von mehreren Ersten Seelords in der Kabine hängen – bedeutet das auch, daß der britische Geheimdienst mit drin steckt. Anglo-amerikanische Zusammenarbeit und so weiter.«

»Willst du etwa behaupten, daß die britischen und amerikanischen Geheimdienste kooperierten, um Andrea Jones bei ihrem Rachefeldzug zu unterstützen?« fragte Marcie.

»Jawohl«, antwortete Donovan. »Von ihrem Standpunkt aus gesehen war der Plan perfekt – ihr Verlobter wird von der IRA umgebracht, sie will sich an den Verantwortlichen rächen, und eben diese Leute wollen auch die Nachrichtendienste aus dem Weg räumen. Man unterstützt sie also und macht sich dabei die Finger nicht schmutzig. Wenn sie erwischt wird, hält man sich einfach heraus. Für die ganze Welt sieht es dann aus, als hätte eine Frau aus einem alten Virginia-Geschlecht die Familienehre retten wollen. Der Gebrauch der uralten Waffe verstärkte diesen Eindruck noch.«

Marcie schüttelte in widerwilliger Bewunderung den Kopf. »Irgendwie kann ich sie ja verstehen. Schade, daß ich sie nicht kennengelernt habe.«

Das Telefon ging. Donovan nahm ab und begann ein langes Gespräch mit Jefferson, der von der Einheit in New York aus anrief. Marcie ging derweil zu Donovans Tante in die Küche. Nach einer halben Stunde gesellte sich Donovan zu ihnen und setzte sich an den großen runden Tisch. Er breitete Papiere aus und erkundigte sich bei seiner Tante nach dem Fahrplan der Orient-Point-Fähre. Es fand sich einer.

»Nehmt ihr die Fähre?« fragte die Tante.

»Ja, Marcie und ich haben heute abend etwas Dienstliches zu erledigen.«

»In New London?«

»Nein, in Newport.«

»Eigentlich hatte ich ein Dinner für sechs geplant, aber . . .«

»Können wir morgen nachholen«, meinte Donovan. »Und dann bleiben wir eine Woche, das verspreche ich dir.«

»Wirklich?« fragte Marcie erregt.

»Sicher, wir richten uns in dem Häuschen ein, das Tante Elizabeth mir aufgehoben hat . . .«

»Ist ja toll«, rief Marcie. »Und was wollen wir in Newport?«

»Die Ashtons erwischen.«

»Und du glaubst, daß die in Newport sind?«

»Das weiß ich genau«, sagte Donovan. »Die größte Schwäche der Briten ist ihre Ordnungsliebe. Ashton legte der Küstenwache einen Kursplan vor, ehe er auslief. Er ist unterwegs nach England und wird in Newport Proviant an Bord nehmen.«

Marcie sagte: »Unvorstellbar . . .«

». . . die Arroganz dieser Leute, die glauben, die Welt gehörte ihnen«, ergänzte Donovan. »Überm Britischen Empire mag die Sonne untergegangen sein, aber diese Tatsache ist Ashton entgangen. Er und seine Crew bleiben bis morgen nachmittag in Newport.«

»Was ist in Newport arrangiert?«

»Wir essen eine Kleinigkeit und fahren in einer Stunde los. Jefferson koordinierte die Unterstützung der dortigen Polizei und stößt in Newport zu uns. Newport hat uns fünfzehn Mann zugesichert, falls wir sie brauchen sollten.«

»William, begibst du dich wieder einmal in Gefahr?« fragte Tante Elizabeth.

»Ich hoffe doch, daß die Gefahr von uns ausgeht.«

»Erst wird etwas Ordentliches gegessen. Schließlich bist du mein einziger Erbe, und ich will nicht, daß mein Land von irgendwelchen Spekulanten verhunzt wird. Du sollst es haben, wenn ich einmal nicht mehr bin, zusammen mit Marcie.«

Marcie gab Donovan einen Kuß auf die Wange. »Sieh es doch mal so«, sagte sie. »Wie kannst du Clint auf dem Land allein lassen?«

Donovan und Marcie saßen auf Holzbänken und tranken Kaffee, während die Fähre von Orient Point auf Long Island nach New London im Staat Connecticut pflügte. Unter Deck stand Donovans Wagen, beladen mit Pistolen, Schrotflinten und Munition.

Hinter hohen Wolken versank die Sonne, und überm Horizont zog ein Militärflugzeug Kondensstreifen hinter sich her.

»Meine Tante und du, ihr habt meine Zukunft wohl schon längst geregelt«, sagte Donovan.

»Fast. Gib uns noch eine Woche, dann kündigen wir das Hochzeitsdatum an.«

Donovan räusperte sich. »Eigentlich lasse ich mich nicht so gerne verplanen, abgesehen vielleicht von dir.«

»Ehrlich, ich schaue jetzt seit über zehn Jahren mit an, wie du dein Leben planst. Beeindruckt bin ich nicht.«

»Wieso?«

»Im Lauf von zwölf Jahren hast du mindestens zwei Beziehungen ruiniert und mit Erfolg eine Schnappschildkröte auf-
gezogen«, versetzte Marcie.
Er setzte zu einer Entgegnung an.
»Nein, sei jetzt still, betrachte dir den Sonnenuntergang und
sag, daß du mich liebst.«
Er sah sich den Sonnenuntergang an und bewies seine Liebe
zu ihr, indem er ihr erlaubte, seinen Kopf in ihren Schoß zu
ziehen. Die Beine streckte er auf der Bank aus.
Donovan und Marcie schwiegen lange Zeit – bis die Sonne
unterm Horizont versunken war und die Lampen auf der
Fähre angingen. Die Lichter von Connecticut kamen näher.
»Jefferson hat festgestellt, daß *HMS Worcester* Norfolk im
April einen vierwöchigen Besuch abstattete. Sie hatte auch
Marinesoldaten an Bord«, sagte Donovan dann.
»Und einer, der aristokratischer Abstammung war, interes-
sierte sich für Pferde.«
»Und bei seinen Recherchen in der Bibliothek stieß Jefferson
auch auf einen besonderen Todesfall: Corporal Christopher
E. Ashton, am 10. Februar 1984 in Nordirland aus dem Hin-
terhalt erschossen.«
»Wurde der Schütze gefaßt?«
»Nein, der Mann, der abdrückte, entkam unerkannt«, sagte
Donovan. »Aber jene, die ihn mit Munition versorgten, guk-
ken sich jetzt das Gras von unten an.«

19

Newport war teils Touristenattraktion und teils Museum,
aber eigentlich kaum ein Platz zum Leben.
Donovan war sicher, daß dort Menschen wohnten, aber abgesehen von Dienern und Kellnerinnen sah man nur wenige
Anzeichen permanenter Habitation. Es gab natürlich die großen Herrenhäuser, sorgfältig eingezeichnet auf einer Karte,
die man beim Verkehrsverein bekam. Vielleicht wohnte dort
jemand, aber angesichts der Touristenhorden, die durch
diese prachtvollen alten Anwesen getrieben wurden, stellte
Donovan sie sich nicht besonders heimelig vor.

Im Zentrum von Newport lief die Hauptstraße an den Jacht-
clubs und Anlegestellen der Ausflugsdampfer vorbei, und
dort befand sich auch die Polizeiwache.

Chief Robert Williams, ein beleibter Mann von rund fünfzig,
hatte die frische Gesichtsfarbe eines Hafenarbeiters, was Donovan verriet, daß der Mann die Piers den Herrenhäusern
vorzog.

Nach der Vorstellung – Jefferson war den Interstate Highway
95 hochgetobt – erkundigte sich der Chief, was er für sie tun
könne.

»Sagen Sie uns, wo das Boot liegt«, bat Donovan.

Williams reichte Donovan eine Karte des Hafens, auf der die
Position der *Christopher E.* rot markiert war. Ebenfalls ange-
strichen waren die beiden Fahrzeuge der Küstenwache, die
eine Meile vor der Küste lagen und die Fahrrinne von
Newport zum Atlantik bewachten.

»Wie weit liegt Ashtons Boot vom Ufer entfernt?« fragte Donovan.

»Moment«, meinte der Chief und schaute auf die Karte.
»Rund eine Viertelmeile. Ein Motorboot liegt bereit, falls Sie
es brauchen sollten. Aber vorerst ist noch kein Boot nötig.
Wir haben die *Christopher E.* seit Sergeant Jeffersons Anruf
überwacht. Drei Besatzungsmitglieder – zwei junge Männer
und eine Frau – sind an Land. Der ältere Mann ist noch an
Bord.«

»Eine Frau?« rief Marcie aus.

»D'Amato sagte mir, er könne von seinem Boot aus Gesprä-
che auf anderen Wasserfahrzeugen an unserer Pier mithören.
In einem Fiberglasboot lebe man wie im Korpus einer Gitarre, meinte er. Er hörte einen Mann mit britischem Akzent
mit einer Frau reden – zwei Stunden nach der Explosion des
BMW.«

»Andrea Jones?« fragte Marcie.

»Mag sein. Das Spurensicherungsteam meint, eine positive
Identifizierung der Leichen aus dem BMW sei erst nächste
Woche zu erwarten.«

»Und doch rief jemand die Zeitung in Riverton an und gab
eine Todesanzeige auf.«

»Das war ihr ›Onkel‹«, sagte Donovan. »Er wollte, daß jeder,
der sich für den Fall interessiert, glaubt, daß sie tot ist. Ich

aber glaube, daß sie mit den Ashtons nach England unterwegs ist, denn ihren Auftrag hier hat sie erfüllt.«

»Wissen Sie, wo sich diese drei Besatzungsmitglieder an Land aufhalten?« fragte Marcie.

»Sie bestellten heute nachmittag Proviant und gingen dann für eine Weile zurück aufs Boot. Vor einer Stunde kamen sie zurück an Land und gingen zu einer Party im Overseas Yacht Club. Besonders gefährlich kommen sie mir aber nicht vor, Lieutenant.«

»Bisher haben sie mindestens fünf und bis zu mehreren Dutzend Menschen umgebracht – die genaue Zahl wissen wir erst, wenn alle Leichen in den Trümmern eines gewissen Lagerhauses gefunden sind.«

Williams war beeindruckt. »Dann brauchen Sie wohl Hilfe.«

»Ich glaube nicht. Inzwischen wissen wir, wie sie operieren. Die beiden jungen Männer sind britische Kommandos und teuflisch tückisch. Die Frau – nun, das ist eine andere Geschichte. Erreichen wir Sie auf Kanal 2, wenn wir Hilfe brauchen?« Donovan hob das Sprechfunkgerät, das Williams ihm geliehen hatte.

»Wir werden bereit sein«, sagte Williams. »Und zwei von uns sind ehemalige Seals der Navy. Wenn es also hart auf hart geht . . .«

»Das weiß ich zu schätzen«, meinte Donovan.

»Was planen Sie?«

Donovan hob die Schultern. »Wir überraschen sie, was in diesem Fall bedeutet, daß wir in den Club marschieren und ein Bier bestellen.«

»Und das ist Ihr Plan?« fragte Williams ungläubig.

»Lassen Sie mich das erklären«, meinte Donovan. »Diese Männer sind von Maschinen ausgebildet und denken wie Maschinen. Das Letzte, was sie von mir erwarten – sofern sie überhaupt mit mir rechnen – ist, daß ich einfach hereinkomme und ein Bier bestelle, also etwas ganz Dummes tue.«

»Wo Vernunft versagt, versuche Unvernunft«, bemerkte Marcie.

Donovan tätschelte ihr den Kopf. »Kann sein, daß wir tatsächlich eine gemeinsame Zukunft haben.«

Der Overseas Yacht Club befand sich in einem alten Gebäude mit mindestens dreißig oder vierzig Zimmern, zu dem sechs

Landungsstege und eine Motorbarkasse gehörten, die von acht Uhr früh bis elf Uhr nachts bereitstand, um Mitglieder von ihren Booten zu holen und wieder zurückzubringen. Im Hafen lagen mindestens zweihundert Boote, darunter die *Christopher E.*

Donovan hielt beim Parkwächter und zeigte kurz eine alte, laminierte Karte vor. »Captain William Donovan, Peconic Bay Yacht Club. Ich bitte um Gästeprivilegien.«

»Jawohl, Captain. Sind Sie bereits angemeldet?«

»Natürlich nicht. Ich komme ja gerade erst an, wie Sie sehen. Mein Boot trifft in einer Stunde ein.«

»Sehr wohl, Sir. Sie können parken, wo Sie wollen.«

Donovan fuhr an.

»*Captain* Donovan?« fragte Jefferson.

»In diesen Clubs hat jeder, der einmal Skipper eines Dingis war, das Recht, sich Captain zu nennen«, erklärte Donovan.

Nachdem er geparkt hatte, besprach sich das Trio und verteilte die Waffen. Marcie versteckte ihre Schrotflinte in einer Tennisschlägertasche mit Reißverschluß, Donovan und Jefferson füllten ihre Taschen mit Schnelladern für ihre Revolver. Jeder Lader enthielt sechs Patronen in der richtigen Position zur gleichzeitigen Einführung in die Trommel.

»Wie ist Andrea Jones aus dem BMW entkommen, wenn sie tatsächlich die Frau auf der *Christopher E.* ist?« fragte Marcie.

»Sie saß überhaupt nicht in dem Wagen«, sagte Donovan. »Gesehen habe ich nur eine langhaarige Frau. Die NSA behauptet zwar, keine Agenten im Einsatz zu haben, aber wer glaubt schon alles, was dieser Verein sagt? In dem Wagen können Agenten gesessen haben, und er könnte dem FBI, der CIA, der NSA oder dem britischen Geheimdienst gehört haben.«

»Bei dem Versuch, den Halter des BMW festzustellen, rannte ich gegen eine Wand«, warf Jefferson ein.

Donovan sah sich das Clubgebäude an. »Hinten ist es ziemlich dunkel. Die Hauptbeleuchtung kommt aus dem Speisezimmer und dem Salon und von den Terrassen. Halte dich da fern, Thomas, schlage einen Haken und gehe am anderen Ende der Terrasse in Stellung.

Marcie, du siehst so respektabel aus, daß du auch ein Gast sein könntest. Du kommst mit mir hinein. Ich trage uns ein, und du gehst auf die Terrasse und suchst dir dort einen Tisch. Ich marschiere sofort zur Bar.«

»Wie überraschend.«

»Diesmal rein dienstlich«, erwiderte Donovan. »Die jungen Ashtons sind entweder an der Bar oder im Salon. Auch Andrea Jones scheint eine Vorliebe für Bars zu haben. Ich werde sie also suchen gehen.«

»Und wenn du sie findest?« fragte Marcie.

»Dann mach ich ein Geräusch. Kommt dann rein und, na ja, schießt, so gut ihr könnt.«

Sie stiegen aus und fielen dank ihrer Kleidung auf dem belebten Parkplatz überhaupt nicht auf: Donovan und Marcie waren geschmackvoll, aber sehr lässig gekleidet, und Jefferson schien direkt aus der Segelsportabteilung von Brooks Brothers zu kommen. Mit Polizisten konnten sie nur jene verwechseln, hinter denen sie her waren.

Auf der Terrasse spielte eine Dixieland-Band. Donovan zeigte seine alte Clubkarte vor und spendete fünfzig Dollar. Marcie ging wie geheißen auf die Terrasse und setzte sich an einen Tisch.

Donovan drängte sich durch die Menge und versuchte zu verhindern, daß sein Magnum unter dem blauen Blazer hervorguckte.

Weder Kevin noch William Ashton waren zu sehen. Donovan begab sich zur Bar, die nur wenige Sitzplätze hatte, aber sehr geschäftig war, weil Gäste Getränke abholten und hinaustrugen. Donovan setzte sich und bestellte ein Miller Lite. Ehe er einen Schluck trinken konnte, sah er sie.

Andrea Jones saß an der Bar und starrte in ein Glas Weißwein. Sie war allein; ungewöhnlich angesichts ihres Aussehens und der vielen verfügbaren Männer. Donovan rief den Barkeeper.

»Wer ist die Blondine?« fragte er.

»Können Sie gleich vergessen«, sagte der Mann. »Die ist wie ein Eisschrank und will mit niemandem reden.«

»Ich bin ein guter Elektriker«, meinte Donovan. »Mal sehen, ob ich da etwas machen kann.«

»Viel Glück.«

Donovan ging auf sie zu. Vielleicht spürte sie, daß schon wieder ein Mann anbändeln wollte, denn sie senkte den Kopf und schaute noch tiefer in ihr Glas. Selbst als Donovan neben ihr stand, schaute sie nicht auf.

Die Band spielte den traurigen Blues *St. James Infirmary*.

»Pech mit Ihrem Pferd«, sagte Donovan.

Sie sah noch immer nicht auf.

»Haben Sie es denn nicht im Radio gehört?« fuhr er fort. »Gamesman hat verloren.«

Andrea Jones schaute auf, und Donovan sah wieder den Blick, der ihm in seiner Wohnung aufgefallen war, als er ihr an den Kopf gefaßt hatte. Ihr Ausdruck verriet Überraschung, Verwirrung und Haß.

»Donovan«, sagte sie.

Er zeigte ihr seinen Revolver. »Sie sind verhaftet. Gehen wir unauffällig und verderben den Leuten ihr Fest nicht.«

Überraschung, Zögern und Haß verweilten kurz und wichen dann Resignation.

»Verstanden«, sagte sie. »Was ließ ich in Ihrer Wohnung zurück?«

»Ein paar Haare . . . und Fingerabdrücke.«

»Sie machten also doch keinen Annäherungsversuch.«

»Enttäuscht?«

Ihr Lächeln verriet Galgenhumor. »Sex gab ich auf, als Christopher ermordet wurde.«

»Wozu die Effekthascherei?« fragte er. »Warum haben Sie überall Spuren hinterlassen? Warum kamen Sie in meinen Fitneßclub, mein Stammlokal, meine Wohnung?«

»Warum nicht?« fragte sie zurück.

»Wollten Sie von Washington und London ablenken?«

»Das werden Sie nie beweisen.«

»Wollten Sie sich nur produzieren? Warum haben Sie die Kerle nicht einfach abgeschossen und sind aus der Stadt verschwunden?«

»Weil Terroristen Feiglinge sind«, erwiderte sie. »Und Feiglinge tötet man nicht, indem man selbst feige handelt.«

Donovan dachte kurz nach. »Gehen wir«, sagte er dann. »Ich habe den Verdacht, daß Sie jetzt nobel werden, und ich ziehe es vor, Sie als Verliererin mit einer Waffe in der Hand in Erinnerung zu behalten.«

Der Haß kehrte in ihre Augen zurück. Sie sah sich nach Kevin oder William Ashton um.

Donovan erahnte ihre Stimmung. »Halten Sie Ihre Hände so, daß ich sie sehen kann«, warnte er.

Sie reagierte nicht. Donovan sagte zornig: »Gut, dann geht es halt auf die harte Tour. Linke Hand auf den Rücken, die rechte bleibt auf der Theke.«

Als er nach den Handschellen langte, die er hinten am Gürtel hängen hatte, kippte ihm Andrea Jones den Weißwein ins Gesicht und rammte ihm den Ellbogen in den Solarplexus. Donovan ging in einem Gewirr aus Hockern und Menschen zu Boden, und Gelächter klang auf, weil man meinte, es sei mal wieder jemand bei der Blonden abgeblitzt.

Als Andrea Jones Leute aus dem Weg stieß und zur Terrasse hastete, kam Donovan auf die Beine und wischte sich die brennende Flüssigkeit aus den Augen. Er hob seinen Revolver und rief so laut er konnte: »In Deckung! Polizei!«

Andrea Jones war auf halbem Weg zur Terrasse, als sich die Party in Schreie und Chaos auflöste. Dann sah er Marcie Barnes mit erhobener Schrotflinte in der Terrassentür stehen. Andrea Jones blieb stehen und schaute sich verzweifelt um.

Kevin und William Ashton drängten sich durch die Menge, ebenso geschickt, wie sie bei dem Überfall auf Faccis Lagerhaus vorgegangen waren. Jones schaute zu ihnen hinüber, machte dann kehrt und rannte auf Donovan zu, tastete dabei nach dem Dragoon.

Donovan richtete seinen Revolver auf sie; Marcie zielte mit der Schrotflinte. Andrea Jones wirbelte herum, schaute sie beide an, erkannte, daß sie in der Klemme saß. Ihren alten Colt hielt sie nun schußbereit.

Kevin Ashton hatte sich als erster durch die Menge gekämpft. Er segelte durch die Luft, über die Köpfe der geduckten Gäste hinweg, und schleuderte Donovan mit einem gezielten Tritt zurück auf den Boden. Der Smith & Wesson fiel dem Lieutenant aus der Hand.

Wieder ein Ruf. »Polizei! Keine Bewegung!« brüllte Jefferson, doch William Ashton hörte nicht auf ihn, sondern langte in die Innentasche nach seiner Automatic. Dann kam der Knall einer 38er, deren Geschoß in die Seite des jungen Mannes eindrang und sein Herz durchbohrte. Jefferson setzte über die Leiche und jagte auf den anderen Ashton zu.

Donovan kam gerade noch rechtzeitig genug auf die Beine,

um sich unter einem linken Handkantenschlag wegducken zu können. Er rammte die rechte Faust dem anderen Mann tief in den Magen, packte ihn dann am Haar und schlug sein Gesicht heftig gegen sein Knie. Kevin Ashton brach zusammen, und sein Gesicht ähnelte einem abstrakten Gemälde, ausgeführt in Blut.

Die Zeit schien für einen Augenblick zu gefrieren: Donovan stand über den reglosen beiden jungen Ashtons und starrte in die Mündung von Andrea Jones' Revolver. Sie schien ihr letztes Ziel gewählt zu haben, und das war er. Dann kam ein Donnerschlag, der Fenster und Gläser erklirren ließ. Andrea Jones wurde von einem einzigen Schuß aus Marcies Schrotflinte in der Leibesmitte getroffen. Was von ihr übrig war, fiel auf die beiden Männer, die einmal ihre Schwäger hätten werden sollen.

Donovan hob seine Waffe auf und stolperte zu einem Barhocker, legte den Kopf auf die Theke, den Smith & Wesson vor sich. Von seiner Wange troff Andrea Jones' Blut. Erst nach und nach fanden seine Augen einen klaren Überblick über das Gemetzel, das im Overseas Yacht Club angerichtet worden war.

Das Ruderboot war alt und hölzern. Von seinen Bordwänden blätterte die Farbe ab. Es leckte ein wenig, und in der Bilge dümpelte eine alte Tabaksdose, die seit Jahren zum Ausschöpfen benutzt worden war.

Donovan ruderte auf geradem Kurs auf die *Christopher E.* zu. Daß Ashton wußte, was geschehen war, bezweifelte er nicht. Wenn er nicht aus Washington oder London über Funk benachrichtigt worden war, mußte er den Lichtern und Sirenen an Land schon genug entnommen haben. Die Tatsache an sich, daß noch kein Polizeiboot auf ihn zugejagt gekommen war, sollte ihm sagen, daß das Ende sanft sein würde, aber unvermeidlich.

Donovan legte am Heck von Ashtons Jacht an, kletterte an Bord und nahm die Bulin des Ruderbootes mit. Er machte die Leine an einer Klampe fest und hielt kurz inne, um sich an Deck umzusehen. Alles war sauber und in tadelloser Ordnung, selbst die Taue waren aufgeschossen.

Er zog die Waffe und ging langsam zum Niedergang, aus

dem Licht fiel. Donovan drückte mit dem Lauf der Smith & Wesson die Tür auf und spähte dann die Treppe hinunter.

Unten war es wie in einem menschenverlassenen, nur von Gespenstern bevölkerten Museum. Donovan ging hinunter und vernahm Musik. Francis Ashton war in seiner Kabine und hörte Mozart. Donovan betrat langsam die Kabine, und als er hinter der Tür stehenblieb, nahm Ashton ihn kaum zur Kenntnis.

»Le/tenant«, sagte Ashton.

Ashton beendete gerade einen Brief, klebte den Umschlag zu und legte ihn dann auf den Schreibtisch. »Würden Sie bitte dafür sorgen, daß dieser Brief aufgegeben wird? Er ist an meine Frau und rein privat.«

»Ich werde mich darum kümmern«, sagte Donovan.

»Ich hörte Schüsse und sah Lichter. Was ist mit meinen Söhnen?«

»William ist tot«, antwortete Donovan. »Kevin ist auf dem Weg ins Krankenhaus und wird durchkommen.«

»Ich verstehe. Und Miss Jones?«

»Ebenfalls tot.«

Ashton schloß kurz die Augen, schlug sie dann wieder auf. »Wie haben Sie uns gefunden?« fragte er.

»Sie legten der Küstenwache einen Kursplan vor.«

Ashton seufzte. »Alte Gewohnheiten. Ich muß das rein instinktiv getan haben. Sie folgerten natürlich, daß ich nie die Absicht hatte, nach Perth zu segeln.«

»Natürlich«, meinte Donovan.

Ashton warf einen Blick auf Donovans Revolver und sagte: »Das ist überflüssig.«

»Es stört Sie doch nicht, wenn ich meine eigenen Rückschlüsse ziehe?«

Ashton wandte sich Donovan zu und zog dabei einen kleinen Revolver unter Papieren hervor. Donovan hob den Smith & Wesson. »Dergleichen hatten wir in letzter Zeit zu Genüge.«

»Richtig«, stimmte Ashton zu. »Aber ich habe alles verloren. Und ihr Yankees habt gewonnen – wie immer.«

»Nicht immer. Der Waffenfluß von New York zur IRA ist eingedämmt – für eine Weile. Und Christopher ist gerächt.«

»Doch um welchen Preis«, sagte Ashton und spielte mit seinem Revolver.

»Legen Sie das Ding weg«, befahl Donovan.

Ashton ignorierte ihn, klappte die Trommel heraus und entfernte alle Patronen bis auf eine. Dann schloß und spannte er die Waffe.

»Leſtenant, würden Sie mich bitte einen Augenblick allein lassen?«

Donovan nickte ein wenig traurig.

»Es gab tatsächlich einen Grund«, meinte Ashton. »Abgesehen von Rache für den Mord an Christopher.«

»Ich weiß«, antwortete Donovan. »Aber ich bin ein einfacher Polizist, der in seinem Revier für Ruhe zu sorgen hat. Ich kann nicht zulassen, daß Leute – wie gerecht ihre Sache auch sein mag – auf meinem Territorium Kriege ausfechten. Ich sorge dafür, daß Ihr Brief in die Post kommt.«

Ashton dankte Donovan und gab ihm den Umschlag. Donovan ging rückwärts aus der Kabine und an Deck.

Eine Polizeibarkasse näherte sich. Jefferson stand im Bug und sah aus wie Washington bei der Überquerung des Delaware. In der *Christopher E.* erklang ein Schuß.

Jefferson hörte ihn nicht.

Als die Barkasse längsseits kam und die Maschine stoppte, sagte Jefferson: »Nun?«

»Ashton hat sich erschossen. Ich konnte ihn nicht daran hindern.«

»Tja, und Kevin hat es nicht ins Krankenhaus geschafft.«

Donovan fragte, was das bedeuten solle.

»Als er zum Krankenwagen getragen wurde, kam jemand aus der Menge im Jachtclub und erschoß ihn. Erwischt haben wir den Täter nicht.«

»Das wird uns auch nie gelingen«, meinte Donovan und schaute zum Himmel. Dort donnerte ein Militärjet durch die obere Atmosphäre.

20

Donovan und Marcie saßen im Gras über dem Teich am Haus seiner Tante. Sie hatten gerade das Abendessen verspeist, das am Vortag stehengeblieben war, und entspannten sich.

Es war ein herrlicher Tag, der Beginn einer Woche, die herrlich zu werden versprach: die erste Woche, die sie seit zwölf Jahren zusammen verbringen würden. Von der Bucht her kam eine leichte Brise herein, die die Schnaken fernhielt und Seegeruch mitbrachte. Am Nordufer des Teiches stand wieder der weiße Reiher.

Marcie seufzte. »Tja, jetzt bleibt uns wohl nichts anderes übrig, als uns zu entspannen und die Woche zu genießen.«

»Morgen gehen wir segeln.«

Marcie lachte. »Jefferson nennt sich ›Captain‹, seit er die Polizeibarkasse hinaus zu Ashtons Boot gesteuert hat.«

»Unsinn«, meinte Donovan, »er stellte sich nur auf den Bug und machte sich wichtig.«

»Na, zu mir kannst du auch bald ›Captain Barnes‹ sagen.«

»Steckt da etwas dahinter?«

»Ja, Bill. Ich habe beschlossen, die *West Wind* zu behalten. Ich werde die Option, sie das ganze Jahr über zu bewohnen, ausüben. Es gefällt mir auf dem Fluß.«

»Da wird es im Winter aber mächtig kalt«, meinte Donovan.

»Na, dann ziehen wir halt zu dir in die Wohnung.«

»Ah, das tun *wir* also«, versetzte er nicht ohne Schärfe.

»Außerdem habe ich beschlossen, meine Versetzung zu deiner Einheit zu beantragen«, fuhr Marcie fort. »Es ist an der Zeit, daß bei euch einmal eine Frau nach dem Rechten sieht.«

Donovan schwieg und behielt den Teich im Auge. Der Kopf einer Schildkröte erschien an der Oberfläche und schaute in die Runde. Donovan meinte, das sei Clint. »Na, was hältst *du* davon?« schrie er.

Die Schildkröte tauchte weg.

»Mit wem redest du da?« fragte Marcie.

»Mit meinem Berater in Frauenangelegenheiten. Im Augenblick hat er keinen Kommentar abzugeben.«

»Und du?« fragte sie. »Hast du etwas zu sagen?«

Donovan dachte eine Viertelsekunde lang nach, stand dann auf, half ihr hoch und warf sie sich über die Schulter.

»Wo willst du mit mir hin?«

»In ein schattiges Tal.«

»Ich wußte gar nicht, daß es hier schattige Täler gibt«, sagte sie.

»Das ist ein Familiengeheimnis.«

»Donovan!«

»Generationen von Donovans haben dieses Tal für einen guten Zweck benutzt.«

»Für welchen Zweck?«

»Vorwiegend, um neue Donovans zu zeugen.«

Sie schritten durch Blaubeeren und wanden sich durch Schlingpflanzen. Bald waren sie allen neugierigen Blicken entzogen. Er setzte sie ins weiche Gras ab und legte sich neben sie.

»Donovan, bist du von Sinnen? Was, wenn deine Tante . . .«

»Meine Tante kennt diese Stelle hier ganz genau«, sagte Donovan.

»William, wird es nun wirklich ernst mit uns?« fragte Marcie. »Bleiben wir nun endlich zusammen?«

Anstatt zu antworten, trommelte Donovan mit den Fingern ins Gras.

Sie schaute auf das schattige Tal, zum Himmel und dann zu ihm.

»Ach was«, sagte sie dann. »Dumme Frage.«

Und begann sich die Bluse aufzuknöpfen.